KB232194

신투

Fantastic
Oriental
Heroes

녹목목목 新무협 판타지 소설

신투 2

녹목목목 新무협 판타지 소설

초판 1쇄 찍은 날 § 2005년 8월 24일
초판 1쇄 펴낸 날 § 2005년 8월 30일

지은이 § 녹목목목
펴낸이 § 서경석

편집장 § 문혜영
편집책임 § 한지윤
편집 § 장상수 · 이재권 · 유경화

펴낸곳 § 도서출판 청어람
등록번호 § 제1081-1-89호
등록일자 § 1999. 5. 31
어람번호 § 제2-0680호

주소 § 경기도 부천시 원미구 심곡1동 350-1 남성B/D 3F (우) 420-011
전화 § 032-656-4452 팩스 § 032-656-4453
http://www.chungeoram.com
E-mail § eoram99@chollian.net

ⓒ 녹목목목, 2005

ISBN 89-5831-691-8 04810
ISBN 89-5831-689-6 (세트)

神偸

신투

Fantastic Oriental Heroes

녹목목목 新무협 판타지 소설

2

친구를 얻다

도서출판 청어람

| 목차 |

第一章

세상에서 제일 더러운 기연

당문의 독물고 안에서 구달비의 얼굴은 사색이 되었다.

황금장에 이어 이번 당문 도둑질까지도 '또 들켰다' 는 생각에 그는 기가 막혔다.

그러나 이렇게 당황해하고만 있을 수는 없는 노릇.

구달비는 옆으로 두 걸음 미끄러지듯 이동한 후 번개같이 뒤를 돌았다.

이윽고 눈길의 정체를 확인한 구달비.

그는 안도의 한숨과 함께 벌렁이는 가슴을 쓸어내렸다.

피식 웃음이 나온다.

"뭐야? 원숭이잖아?!"

시선의 주인공은 검은색 털이 난 한 마리의 원숭이였다.

원숭이는 붉은 눈알을 굴리며 구달비를 아래위로 훑어보고 있었다.

놈은 마치 구달비의 검은 야행복이 당문도들의 상징인 초록 옷과 다르다는 것을 알아보기라도 한 듯 눈초리에 흥미를 잔뜩 담고 있다.

구달비는 화섭자를 비추며 원숭이에게로 다가섰다.

원숭이는 만년묵철로 만들어진 별로 크지 않은 우리에 갇혀 있었다.

우리는 앞면을 천잠사로 촘촘히 망을 짜서 붙였고 크고 작은 자물쇠가 여덟 개나 달려 있다.

탈출이 절대 불가능할 이 탄탄한 우리로 보아 이놈은 뭔가 대단히 중요한 동물인 것 같다.

구달비는 의아한 생각이 들었다.

'생쥐 등 실험용 동물들은 서쪽에 따로 만들어놓은 우리에 있던데 왜 이놈만 여기에 있을까?

구달비는 목을 길게 빼서 사방을 둘러보았다.

어지럽게 가득 찬 선반들 사이에 살아 있는 동물이라곤 이 원숭이밖에 없다.

아마도 이놈이 몸을 웅크리고 잠을 자고 있느라 구달비가 미처 발견 못한 것 같았다.

구달비는 화섭자를 비추며 원숭이 우리 안을 자세히 살펴보았다.

원숭이 발치에 텅 빈 물그릇이 놓여 있는 게 보인다.

우리 안을 기웃거리던 구달비의 눈이 한곳에 고정되었다.

그곳에는 원숭이한테 먹이로 준 손바닥만한 도마뱀 한 마리가 있었는데 그놈은 한입 물어뜯겨진 배를 허옇게 드러낸 채 죽어 있었다.

한데 거기에 푸르죽죽한 곰팡이가 잔뜩 난 것으로 보아 원숭이한테 마지막으로 신선한 먹이를 준 지가 벌써 여러 날이 지난 것 같았다.

당문은 이 원숭이를 가둬두는 데만 급급했지 원숭이의 건강은 도통 신경을 안 쓰는 것으로 보여진다.

"크읍……!"

도마뱀의 썩은 시체에서 풍겨 나오는 역한 냄새에 구달비는 자기도 모르게 인상을 찡그렸다.

그러자 구달비의 시선을 의식한 원숭이가 슬며시 뒷발을 뻗어 도마뱀 시체를 구석으로 밀어버린다.

그 후 원숭이는 망에 매달린 채 기대에 찬 눈으로 구달비를 바라보았다.

구달비는 학대당하는 원숭이를 보자 내심 측은한 마음이 들었다.

텅 빈 물그릇에 물이라도 좀 주고 싶다.

하지만 그는 시간이 없었다. 어서 빨리 필요한 것을 훔쳐서 이곳을 벗어나야만 했다.

자기를 바라보는 원숭이에게 구달비는 고개를 저으며 말했다.

"미안하지만 강아지라면 모를까 난 원숭이는 별로 안 좋아해. 아버지가 날더러 원숭이같이 까불거린다고 만날 놀리셨거든."

말을 마친 구달비는 돌아서서 가려고 했다.

그러나 그는 비명과 함께 원숭이 우리에서 후닥닥 떨어졌다.

"흐악!"

원숭이의 몸이 불에 녹인 엿가락처럼 흐물흐물 흘러내리고 있었다.

이내 그것은 꾸덕꾸덕 뭉치더니 한 마리의 강아지 모습이 되었다.

붉은 눈을 반짝이며 검은색 강아지가 구달비를 향해 반갑게 짖는다.

멍! 멍!

"어, 어떻게 이런 일이……?"

구달비는 입을 딱 벌렸다.

자기 눈으로 직접 목격하고도 정녕 믿을 수 없는 일이었다.

비단 그가 아니라도 세상에 이 일을 믿을 사람이라곤 없을 것이다.

"이런 동물이 다 있다니, 잘하면 사람 말도 하겠구나."

구달비가 경악을 하는 동안 강아지는 또 다른 것으로 변하고 있었다.

이번에는 화려한 색의 꼬리 깃털을 가진 커다란 앵무새였다.

앵무새가 붉은 눈알을 번득이며 말했다.

"이봐, 넌 당문 놈이 아니지? 날 이 안에서 꺼내줘!"

앵무새의 당당한 요구에 구달비는 망설였다.

'이 이상한 괴물이 독물고에 있는 것을 보면 이놈은 독이 있는 게 틀림없어.'

그런 위험물에 손을 댈 구달비가 아니다.

게다가 지금은 도둑질을 하러 들어왔으니 다른 데 신경 쓸 여력이 없다. 어서 빨리 목적을 달성하고 튀어야 한다.

구달비는 거절하면서 돌아섰다.

"미안, 미안. 안됐지만 난 바빠. 네 일은 네가 알아서 하라구."

그러자 앵무새가 재빨리 태도를 바꿔 애걸복걸한다.

"잠깐만! 그냥 가지 말고 제발 날 여기서 꺼내줘! 부탁이야! 날 꺼내달라구! 이봐! 내 말 안 들려? 이봐!"

구달비는 앵무새의 애원을 모른 척하고 영약이 있을 거라 믿어지는 방의 문으로 들어섰다.

그러나 그는 들어서자마자 석상이 되어버렸다.

"허억!"

영약고는 텅 비어 있었다.

사방에 잔뜩 붙어 있는 선반마다 모조리 비어 있었던 것이다.

충격으로 인해 잠시 멍청하니 섰던 구달비는 곧 선반들을 빠르게 살피고 다녔다.

잠시 후 그의 안색에 기쁨의 빛이 떠올랐다.

"있다!"

제일 높은 곳에 위치한 선반에 커다란 삼 뿌리가 한 개 남아 있었다. 또한 그 옆에는 자그마한 비단 방석 위에 손가락만큼 작은 백자(白瓷) 호리병이 한 개 놓여 있다.

선반들을 이 잡듯이 뒤지고 다녔지만 방 안에 있는 것이라고는 이 두 가지가 전부다.

"이 삼 뿌리를 보면 이곳이 영약고라는 게 확실한데?"

구달비는 그 유명한 당문에 이렇게까지 영약이 없다는 게 당최 이해가 안 갔다. 자신이 다른 문파엘 잘못 찾아 들어왔나 하는 착각이 들 정도다.

"참 이상도 하네? 영약이 독보다 구하기 어렵기야 하지만 그래도 이렇게 텅 비다니 말이 안 되잖아?"

구달비는 당문이 '악마의 독'이라 명명(命名)한 독중지독(毒中之毒)을 정화시킬 해독제를 개발하느라고 요 몇 년간 영약을 다 소모해 버린 것을 몰랐다.

배가 고픈 구달비는 일단 삼 뿌리로 손을 뻗었다.

크기가 사람 팔뚝만한 이 삼은 사람처럼 팔다리가 달려 있는 모습이다.

먹기가 조금 징그러운 면이 없지 않았지만 굶주린 구달비는 침부터 흘렸다.

“영약은 먹고 운기조식을 해야 한다는데……. 어디, 조금만 맛을 볼까?”

이빨로 조금 뜯어 먹어보니 삼 특유의 향과 함께 쌉싸름한 맛이 기가 막히다.

이때를 놓치지 않고 음식 맛을 본 배가 용트림을 한다.

꼬르륵! 꼬르르르륵!

구달비의 입에서 침이 뚝뚝 떨어졌다.

먹고 싶어서 미칠 것만 같다.

“에라이, 배가 고프니 일단 조금은 먹고 봐야겠다. 한입만 먹자. 딱 한입만 먹자구.”

그러나 각오와는 달리 걸신들린 구달비의 한입은 두 입, 세 입으로 이어졌다.

와삭와삭~

삼을 무 먹듯이 덥석덥석 베어 먹는 구달비.

그러면서도 틈틈이 투덜댔다.

“냠냠, 밖에는 저렇게 독물이 드글드글한데 이건 뭐야? 삼 뿌리 하나밖에 없잖아?! 뭐, 하긴 영약은 찾기가 어렵지만 독으로 말하자면 조그만 지네 한 마리도 독이 있으니 독물은 영약보다 구하기가 더 쉽긴 하겠지. 아차, 내 정신 좀 봐. 이제 그만 먹어야지. 이러다가 다 먹어치우겠다.”

구달비는 어느 틈에 절반이나 먹어버린 삼을 옆구리에 끼고 선반 위에 유일하게 남은 호리병을 집어 들었다.

“뭐야, 요건? 비단 방석 위에 올라앉았으니 뭔가 귀한 게 들어 있겠지?”

하지만 백자 병을 흔들어보던 구달비는 곧 실망한 표정이 되었다. 안에는 아무것도 안 들었는지 찰랑거리거나 하는 느낌이 전혀 없었던 것이다.

구달비는 병 뚜껑을 열고 안을 들여다보았다.

방이 어두우니 잘 안 보인다.

그는 화섭자를 벽에 붙은 촉대(燭臺)에 걸고 호리병을 눈에 거의 밀착시켰다.

그러나 역시 보이지 않는 것은 마찬가지다.

"아무것도 없나? 근데 왜 빈 병을 여기에 두었지?"

구달비는 호리병을 거꾸로 들어서 혀에 대고 탁탁 털었다.

아무것도 안 나온다.

마침내 혀끝을 뾰족하게 만들어서 호리병 속에 넣어보기까지 하는 구달비.

그러자 답답할 정도로 느릿하게 흘러나온 뭔가가 혀끝에 닿았다.

"어? 쩝쩝."

삼 뿌리하고는 또 다른 기가 막히게 향긋한 맛이 혀 전체로 느껴지더니 금방 식도를 타고 내려가는 느낌이 전해온다. 곧이어 온몸이 환상적인 향에 녹아드는 것만 같다.

아마도 천상의 맛이란 게 이런 것일 게다.

구달비는 꿀을 본 개미처럼 병에 달라붙었다.

그는 병 속의 것을 우려내기 위해 침을 뱉어 넣었다가 다시 그것을 먹기도 하고 병을 거꾸로 들고 밑바닥을 두들기기도 하는 등 생난리를 쳤다.

한참 후 그는 실망 어린 소리를 냈다.

“쳇, 뭐야? 딱 한 방울 들어 있었군?!”

툴툴거리는 구달비.

일순 그는 멈칫했다.

“참! 만년빙심!”

그러나 만년빙심은커녕 눈 씻고 찾아봐도 그 흔한 인삼 뿌리 하나 없는 영약고다.

구달비는 장님 처녀를 생각하자 가슴이 아려왔다.

“당문이 없다고 한다더니 진짜로 없네. 으음, 금경은 낭자가 안됐군.”

당문의 영약고에 만년빙심이 없는 것이 자신의 잘못은 아니었지만 그는 면목이 없다는 생각과 함께 자연스럽게 ‘황궁보고’가 머리에 떠올랐다.

그러나 구달비는 당문보다 몇십 배나 더 무서운 황궁보고는 근처에도 가기 싫었다.

그는 얼굴을 굳히며 말했다.

“황궁보고에 들어가려면 죽을 확률이 이 영약고보다 적어도 백배는 더 커. 하니 그 낭자의 병은 못 고치겠네. 안됐지만 그냥 팔자소관이려니 해야지 뭐.”

말은 냉정하게 했지만 불쌍한 여인을 생각하니 구달비는 기분이 울적해졌다.

그는 혹시나 이 안에 숨겨둔 비밀 창고라도 있을까 해서 세밀히 벽을 살폈다.

그런데 이 외중에도 밖에선 앵무새가 고래고래 소리를 질러대고 있었다.

“야! 날 여기서 꺼내달라구! 야! 야, 임마! 너 정말 그럴래?”

구달비가 계속 무시하자 앵무새는 이젠 협박까지 했다.

"야! 너, 나 안 꺼내주면 당문 놈들을 부른다?"

그 소리를 들은 구달비는 인상을 그었다.

"저 괴물 녀석이 치사하게시리 별 더러운 짓을 다 하네?"

입으로는 툴툴댔지만 구달비는 앵무새의 말에 전혀 걱정을 하지 않았다.

이 영약고는 다른 전각들과 멀찌감치 떨어져 있고 두터운 만년묵철 벽에 흙까지 산을 이루며 덮여 있는지라 앵무새의 발악이 밖으로 새어 나갈 리 없기 때문이다.

그러나 볼일을 다 봤으니 그는 이제 그만 가려고 했다.

그때 갑자기 구달비는 오만상을 찌푸리며 허리를 구부렸다.

꾸르르르~

빈 속에 갑자기 삼을 먹은 때문인지 갑작스레 배가 아파왔다.

설사가 나오려고 한다.

그런데 이 정도로 배가 아픈 건 태어나서 처음이다.

창자란 창자는 몽땅 뒤틀리는 것만 같은 심한 복통.

전신에 식은땀이 흐른다.

일단 당문을 벗어난 후 산속에서 느긋하게 똥을 누고 싶지만 그것은 마음뿐이고 뱃속에선 천둥이 치고 있다.

"으으으… 크윽!"

구달비는 똥 쌀 곳을 찾아 두리번거렸다.

너무도 배가 아파 눈앞이 뿌옇게 되며 전신이 와들와들 떨린다.

그는 구석으로 후닥닥 뛰어감과 동시에 서둘러서 바지춤을 까 내렸다.

뿌지이직—

설사가 펑펑 쏟아진다.

조금만 늦었어도 바지에 똥을 쌀 뻔했다.

"헉헉……."

구달비는 이마의 땀을 닦으며 가쁜 숨을 몰아쉬었다.

엄청난 양의 설사가 앞을 다투어 몸 밖으로 나온다.

똥뿐이 아니라 마치 몸속에 있는 모든 내장들이 밖으로 쏟아지는 것만 같다.

뿌직! 뿌지직!

한데 일반적인 똥 냄새와는 완전히 다른, 아주 지독한 악취가 코를 찌른다.

그 냄새가 어찌나 독하던지 비록 자신의 똥 냄새였으나 구달비는 기절할 것만 같았다.

"윽!"

구달비는 코를 말아 쥐고 입으로 숨을 쉬었다.

그러나 냄새로 말미암아 입 안과 목구멍이 매캐하다.

게다가 아직도 창자가 끊어지는 것처럼 배가 아프다.

"아이고, 배야! 왜 이렇게 배가 아프지?"

뿌직~ 뿌직~ 뿌지직~

벌써 한 양동이는 싼 것 같은데도 설사는 끝도 없이 나온다.

구달비는 옆으로 퍼지는 설사를 피해서 다리를 넓게 벌렸다.

설사에는 뭔가 덩어리들도 잔뜩 섞여 나왔다.

뿍~ 뿌직~ 뿌지지직~

그의 궁둥이 밑에는 상상을 초월한 똥의 산이 수북이 쌓이고 있었다.

그리고 똥 더미가 높아짐과 더불어 궁둥이도 좀점 더 위로 올라갔
다.

처음엔 쪼그려 앉았는데 이젠 기마(騎馬) 자세가 됐다.

그러나 그것도 잠시, 구달비는 궁둥이를 번쩍 든 채 두 손으로 바닥
을 짚었다. 설사와 함께 전신의 기운이 다 빠져나갔는지 도저히 힘이
들어서 두 다리만으로는 버틸 수가 없었던 것이다.

얼마나 많은 똥을 쌌는지 이젠 현기증까지 난다.

"헉헉! 왜 이렇게 많은 설사를 하는 걸까?"

의심이 가는 것이라곤 삼 뿌리와 호리병 속에 들었던 정체 모를 액
체 한 방울뿐이다.

"헉헉헉!"

구달비는 두 다리 사이로 고개를 박고 똥 더미를 쳐다보았다.

색이 시커먼 게 말로만 듣던 숙변 같다.

저런 게 내 몸속에 들어 있었다고 생각하니 혐오감이 든다.

"으으, 너무 싫다!"

마침내 좀 개운해지며 몸속의 똥이 거의 다 나온 느낌이다.

"조, 종이!"

구달비는 부리나케 밑 닦을 것을 찾았다.

그러나 산속이라면 나뭇잎이나 풀로 닦을 것이지만 이 안에 그런 게
있을 턱이 없다.

그는 똥물로 범벅이 된 궁둥이를 어찌할 까나 하고 고민에 빠졌
다.

결국 엉덩이를 선반이나 벽에다 대고 문지르느냐 하는 참에 그의 눈

에 제일 낮은 선반에 납작 붙어 있는 한 장의 양피지(羊皮紙)가 들어왔
다.

구석에 박혀서 눈으로 식별이 잘 가지 않는 그것은 먼지에 범벅이
되어 있었다. 아마도 양피지가 그곳에 있은 지 오랜 세월이 흐른 것 같
다.

구달비는 궁둥이를 깐 채 양피지가 있는 곳으로 엉금엉금 기어갔다.

설사가 그의 뒤를 놓칠세라 길게 이어진다.

철푸덕~ 철푸덕~

소리를 내면서 바닥에 떨어지는 설사.

구달비는 똥물이 튀는 범위에서 벗어나기 위해 팔다리를 마구 놀려
서 바퀴벌레보다도 빠르게 기었다.

이윽고 선반에 도착한 구달비는 쪼그리고 앉아서 양피지를 떼어냈
다.

가죽은 무척 보드라웠다.

불이 붙은 것처럼 쓰라린 항문을 닦아내기에는 안성맞춤이었다.

그런데 양피지를 뒤집자 갑자기 눈앞이 현란해졌다.

양피지에는 희한한 가루들이 보석처럼 박혀 있었던 것이다.

무지개 색으로 반짝이는 그것은 이상한 문양을 이루고 있었다.

여러 개의 점과 선이 배합된 그 모양은 문자 같기도 하고 그림 같기
도 했다.

"…이건 또 뭐야?"

설사를 하느라 기운이 다 빠진 구달비는 힘없이 중얼거렸다.

그는 이 문양이 뜻하는 게 무엇인지 전혀 알아볼 수가 없었다.

"이상한 가루군. 근데 독물고에 있는 게 아니니 독은 아닐 거야."

구달비는 집게손가락으로 가루를 살짝 쓸어보았다.

이때였다.

끼이이이이이이—

사람의 골을 송두리째 뒤흔드는 괴이한 고음(高音)이 밖에서 들려왔다.

그 소리는 아주 독특했다.

엄청난 고음의 그 소리는 마치 귓속을 송곳으로 쑤시는 것만 같은 고통을 수반했다.

깜짝 놀란 구달비는 고개를 번쩍 들었다.

한데!

그 바람에 그는 집게손가락이 닿았던 부분의 가루들이 가볍게 일렁이는 장면을 못 본 채 놓쳐 버렸다.

끼이이이이이— 끼이이이이이이이이—

구달비는 이것이 앵무새가 내는 소리임을 깨달았다.

"저 괴물이 왜 저래? 앗! 혹시 당문도들이 이곳엘?"

저 소리가 당문도가 왔음을 알리는 경고라 생각하자 다급해진 구달비.

그는 똥을 그만 누고 이곳에서 달아나고 싶었다.

하지만 그의 의도와 상관없이 설사는 계속 나왔다.

줄기차게 나오는 똥 줄기를 끊을 방법이 없었다.

똥줄이 탄 그는 죽자 사자 항문에 온 힘을 주었다.

뿌직— 뿌직— 뿌직—

그러나 똥을 누면서 앵무새의 괴성에 귀를 기울이던 그는 잠시 후 안도했다.

"당문도가 온 것은 아니군."

앵무새가 내는 귀청을 찢는 소리에는 깊은 슬픔이 배어 있었다.

아마도 그놈은 슬피 울고 있는 것 같다.

구달비는 혀를 찼다.

"쯧쯧, 당문에 붙잡혀 와 갇혀 있다니, 저놈 아주 불쌍한 놈이야. 아니지. 내가 남 생각할 때가 아니지. 얼른 똥이나 다 누자."

구달비는 양피지를 내려다보며 무지갯빛 가루가 있는 면과 아닌 면 중 어느 쪽으로 항문을 닦을 것인지 잠시 고민했다.

"역시나 이 찜찜한 가루를 손이 아닌 더러운 똥꼬에 대는 게 낫겠다."

구달비는 가루가 묻은 쪽으로 밑을 닦았다.

생각과는 달리 까칠한 느낌이 전혀 없다.

그러나 그는 몰랐다, 항문에 닿은 무지갯빛 가루가 마치 솜에 물이 빨려들 듯 소리도 없이 그의 궁둥이에 박혀든 것을.

양피지에 있다가 구달비의 궁둥이로 이사를 가서 새집에 정착한 가루들.

그것들은 기쁜 듯이 빛을 내뿜었다.

반짝반짝~

이에 갑작스레 뒤에서 번득이는 빛무리에 깜짝 놀란 구달비가 펄쩍 뛰어올랐다.

"헉! 뭐야? 뭐야?"

그는 냉큼 뒤를 돌아보았다.

그러나 보이는 것이라곤 산더미 같은 똥뿐이다.

"어? 분명히 뭐가 번쩍였는데? 내가 잘못 보았나?"

똥 무더기를 향해 선 그의 오동통한 볼기짝에는 무지갯빛 가루들이 촘촘히 박힌 채 아롱거리고 있었다.

구달비는 설마 자신의 궁둥이에 그 원인이 있을 줄은 꿈에도 생각 못한 채 연신 고개를 갸웃거렸다.

"참 이상도 하지? 내가 똥을 너무 많이 싸는 바람에 현기증이 나서 헛것을 보았나?"

구달비는 더 생각하기를 포기하고 바지를 치켜 올렸다.

그의 엉덩이와 무지갯빛 가루들이 바지에 가려졌다.

이제 무지갯빛 가루는 구달비 몸의 일부분이 되었다.

사실 당문은 이 가루가 박힌 양피지를 수백 년 전에 얻었지만 이것이 뭐에 쓰는 것인지를 몰랐다. 그들은 양피지에 그려진 문양을 해석해 보려고 애를 썼지만 결과는 실패였고, 이 가루의 성분도 밝혀낼 수가 없었다.

그리고 구달비가 만졌을 때 가루는 움직였지만 당문도들이 만졌을 때는 그런 반응이 전혀 없었다.

이유인즉 가루는 살아 있는 동물의 피부에만 반응을 일으켰던 것이다. 이 가루의 그런 특성을 당문이 발견 못한 까닭은 이 양피지를 만질 때마다 그들은 항상 가죽 장갑을 낀 상태였기 때문이다.

구달비는 구겨진 양피지를 똥 더미에 던져 버리고 밖으로 나가려고 했다.

그러나 그는 채 두 발자국을 걷기도 전에 극심한 현기증을 느꼈다.

"으으……"

눈앞이 캄캄해지며 그는 정신을 잃고 바닥으로 쓰러졌다.

털썩!

먹다 남은 삼 뿌리가 바닥에 나뒹군다.

*　　　　　*　　　　　*

구달비는 정신을 잃은 채 당문의 영약고에 누워 있었다.

이때 갑자기 그의 몸에 커다란 변화가 생겨났다.

구달비의 전신이 경련을 일으키면서 피부 껍질이 풀풀 일어나기 시작했던 것이다.

그것은 마치 뙤약볕에 검게 탄 피부가 허옇게 일어나는 듯한 현상과 같았다.

구달비는 뱀의 탈피처럼 몸 전체의 허물을 벗었다.

도합 세 번이나 계속된 허물 벗기는 처음엔 누리끼리한 색깔이더니만 두 번째 허물은 그것보다 훨씬 밝은 색이다. 그리고 마지막 세 번째는 뽀얀 우윳빛이다.

이것은 무림인들이 꿈에도 그리는 탈태환골(奪胎換骨)의 기연이었다.

오랜 세월에 걸쳐 쌓였던 몸속의 노폐물이 영약의 힘에 의해서 몸밖으로 배출되어 무공을 익히기에 최상의 상태로 만들어주는 작용인 이 탈태환골은 느릿느릿하게 진행되었다.

그동안 벽에 걸린 화섭자는 다 타서 꺼져 버렸고, 수북이 쌓인 똥 더미에서는 아직도 고약한 냄새가 진동을 한다.

구달비의 엉덩이에 박힌 무지갯빛 가루들은 탈태환골에 영향을 안 받는지 잠잠하다.

아울러 바락바락 악을 써대던 앵무새도 이제는 지쳤는지 조용해졌다.

그렇게 시간은 천천히 흘렀다.

"드르렁~ 쿨쿨~"

구달비는 자신이 탈태환골한 줄도 모르고 깊은 잠에 빠져 있었다.

그러다 그는 숨 쉬는 게 답답해졌다.

왜냐하면 숨을 쉴 때마다 종잇장 같은 허물이 붙었다 떨어졌다 하며 콧구멍을 간지럽히고 있었기 때문이다.

"으으응~ 음냐~ 음냐아아……?"

잠결에 얼굴을 긁으려 하지만 복면이 방해가 된다.

급기야 복면을 걷어 올리고 북북 긁는 구달비.

그 바람에 영약고 바닥에 피부 껍질이 후두두 떨어진다.

"아~ 짜증나!"

구달비는 인상을 찡그리며 열심히 콧구멍을 후볐다.

정신이 조금 든다.

그는 별 생각 없이 눈을 떴다.

한데 사방이 캄캄하다.

구달비는 눈을 몇 번 깜박이며 정신을 가다듬었다.

"여기가 어디지……?"

빛이라곤 한 점 없는 어둠 속에서 어리둥절해하던 그는 품속을 더듬어 화섭자를 찾았다.

치이익~

영약고 안이 일시에 환해지며 사방의 선반들이 드러난다.

그제야 이곳이 어디며 자신이 기절을 했었단 사실도 기억이 난다.

"헉! 여기는 당문!"

벌떡 일어난 구달비는 벽에 걸어놓았던 화섭자부터 찾았다.

꽁지만 남은 그것을 만져 보니 오래전에 불이 꺼졌는지 차갑기만 하다. 더불어 정신을 잃은 동안에 흐른 시간을 말해 주는 듯 똥 무더기의 겉 부분도 꾸덕꾸덕 말라 있다.

구달비는 심장이 덜컥 내려앉았다.

"큰일이다! 벌써 날이 밝았는지도 몰라!"

날이 밝은 것은 고사하고 벌써 하루나 이틀이 경과했는지도 모른다.

하니 최대한 빨리 이곳을 벗어나야 한다.

바닥에 놓인 삼 뿌리 동강이를 허겁지겁 집어 드는 구달비.

이때 그는 사방에 떨어진 허물을 보고 의아한 표정이 되었다.

"어? 이게 뭐야?"

구달비는 손에 붙은 피부 껍질을 더듬더듬 만져 보았다.

그의 눈이 점점 커진다.

"이거 혹시……?"

말로만 듣던 탈태환골이 분명했다.

구달비의 큰 입이 귀밑까지 벌어진 것은 순식간이었다.

"이히히히~ 너무 좋다. 당문에 들어온 보람이 있구나. 근데 영약의 기운을 모두 섭취하기 위해선 이럴 때 얼른 앉아서 운기를 해야 한다는데?"

그러나 지금은 그럴 시간이 없다.

결국 운기조식을 포기할 수밖에.

구달비는 울상이 되었다.

"이런, 젠장! 삼 뿌리는 왜 먹어가지고! 아이구~ 이런 멍청이!"

후회가 들지만 이미 때는 늦었다.

구달비는 반 남은 삼 뿌리를 품에 소중히 간직했다.

"그래도 아직 반이 남아 있으니 이걸로 다시 해보자."

하지만 밖으로 뛰어나가려던 구달비는 멈추어 섰다.

그는 허물이 깔린 바닥을 보며 발을 동동 굴렀다.

"이걸 어쩌지? 아버지가 도둑질한 현장에는 아무 흔적도 남기지 말라고 하셨는데?"

구달비는 어쩔 줄을 몰라 했다.

허둥대는 사이에도 얼굴과 소매에선 이미 벗겨진 피부가 조각조각 자꾸 떨어지고 있다.

그는 바닥에 널려 있는 허물을 서둘러 주웠다.

조각은 손톱만한 것부터 시작해서 손바닥만한 것도 있는 등 그 크기가 다양했다.

열심히 허물을 줍는 구달비.

그러다가 그의 눈이 똥 더미에 가서 박혔다.

흔적을 없애려면 저 똥도 다 퍼가야만 한다.

구달비는 산더미 같은 똥을 보자 막막해졌다.

"…이대로 도망갈까?"

몸을 움직일 때마다 크고 작은 피부 조각이 마구 떨어지고 옷 속의 허물들이 버석댄다.

하니 똥은 차후의 문제고, 이런 상태로 도망가다간 곳곳에 떨어지는 이 허물을 쫓아서 당문도들이 개 떼같이 추격할 것이다.

결국 흔적을 말끔히 지우기란 애초에 불가능했다.

구달비는 포기할 수밖에 없었다.

"에이, 어쩔 수 없다!"

일단 똥 냄새를 피해서 구달비는 독물고로 나왔다.

똥 냄새에 비하니 차라리 독물의 비릿한 냄새가 시원하다.

이때 그의 모습을 본 앵무새가 망에 매달려 애원했다.

"이봐! 제발 부탁이니 나 좀 꺼내줘! 뭐든지 시키는 대로 다 할게!"

그러나 지금 구달비에게 있어 앵무새 따위는 문제가 아니었다.

이미 밖에는 문의 경첩이 떨어져 나간 것을 발견한 당문도들이 암기를 겨누고 있을지도 모른다.

구달비는 화섭자를 벽에 걸어놓은 후 옷을 벗어 탈탈 털었다.

말라붙은 허물이 함박눈처럼 우수수 떨어진다.

이후 재빨리 옷을 챙겨 입던 그는 변화한 자신의 몸에 깜짝 놀랐다.

옷소매가 껑충하니 손목이 다 나와 버린 것이다.

"우와! 키가 한 뼘이나 커졌다!"

하지만 지금은 신이 나 할 틈이 없다.

구달비는 서둘러 문으로 향했다.

앵무새가 그 뒤통수에 대고 죽자 사자 소리를 질러댔다.

"날 두고 가지 마! 당문 놈들이 나를 죽일 거야! 나 좀 살려줘!"

그러거나 말거나 두어 걸음 달려가던 구달비의 안색이 환해졌다.

아까는 당황해서 몰랐지만 이제 보니 몸이 날아갈 것만 같다.

사실 아닌 게 아니라 탈태환골은 둘째 치고 저만큼 엄청난 양의 똥을 빼냈으니 몸이 가벼울 수밖에 없다.

기뻐하는 구달비의 귀로 앵무새가 악 쓰는 소리가 들린다.

"그냥 갈 거야? 야! 야, 이 죽일 놈아! 날 두고 가다니 천벌을 받아라, 이 개자식아! 야, 이 개자식아아~"

화가 난 앵무새는 시끄럽게 욕을 해댔다.

구달비는 건성으로 대꾸하면서 몸을 날렸다.

"그래, 나 개자식할란다. 개자식은 갈 테니 새자식은 남아라."

영약고 문에 도착한 구달비는 만년묵철 문에 귀를 대고 밖의 동정을 살폈다.

조용하다.

그러나 안심할 수는 없다.

경공을 펼칠 만반의 준비를 갖추고 구달비는 무거운 문을 밀기 위해 두 손을 뻗었다.

이때였다.

그의 발길을 붙잡는 소리가 들려왔다.

앵무새가 목 놓아 울고 있었다.

"엉엉~ 엄마가 보고 싶어! 엄마~ 엄마아~"

"……!"

구달비의 얼굴이 일그러졌다.

그는 엄마가 없이 자랐다.

아버지한테 물어보니 '네 엄마는 하늘에 올라 선녀가 되었다' 고 했다. 어린 구달비는 동네 아이들에게 '우리 엄마는 선녀' 라고 자랑하고 다녔다.

그러나 머리가 커지자 소년은 살아 있는 사람은 하늘나라에 갈 수 없다는 사실을 알게 되었다. 그때 소년은 엄마 얼굴도 기억이 안 났지만 엄마가 죽었다는 사실에 무척 슬펐다.

그런 구달비에게 있어 엄마는 한없이 그리운 존재이기만 했다.

"엄마가 보고 싶어~ 엄마아~"

앵무새는 쪼그리고 앉은 채 흐느꼈다.

녀석은 붉은 눈에서 닭똥 같은 눈물을 뚝뚝 떨어뜨리며 구슬프게 어미를 불렀다.

"엄마아~ 엄마~ 엄마아~ 엉엉~"

가슴 저리는 애달픈 울음소리에 구달비는 고민에 빠졌다.

'제기랄!'

만년묵철 문에 대고 있던 구달비의 두 손이 움찔거리기를 여러 차례.

마침내 그는 앵무새 우리로 후닥닥 뛰어갔다.

그리고 앵무새와 다시금 마주한 구달비는 다짜고짜 윽박질렀다.

"너, 독 있지? 그래서 이 안에 갇혀 있는 거지?"

"……!"

눈물 맺힌 붉은 눈알에 당혹이 스쳐 갔다.

하지만 그것은 지극히 짧은 순간이었을 뿐 곧 앵무새는 펄쩍 뛰었다.

"그게 무슨 소리야? 어딜 봐서 내가 독이 있을 거 같아? 나, 독 같은 거 없어!"

앵무새는 두 날개를 활짝 펴 보이며 머리를 좌우로 마구 저었다.

그러나 구달비는 이 괴물을 믿을 수가 없었다. 독이 없다면 왜 독물고에 있느냔 말이다.

그렇지만 지금은 이런 걸로 왈가왈부할 틈이 없다.

구달비는 앵무새를 노려보며 엄포를 놓았다.

"너, 독 있으면서 왜 없다고 사기 치냐? 어쨌거나 나를 물면 안 돼! 알았지?"

"나 독 같은 거 없다니까! 진짜야! 믿어달라구!"

독물고에 있으니 독이 있어야 정상인 앵무새는 끝까지 아니라고 우겼다.

구달비는 혹시 앵무새의 발이 오리발 모양인지 슬쩍 발을 보면서 다짐을 받았다.

"아무튼 절대로 나를 안 문다고 맹세해!"

"맹세할게! 맹세한다구! 어서 문이나 열어줘!"

앵무새는 다급히 외쳤다.

구달비는 품속에서 조그만 가죽 주머니를 꺼냈다.

그 안에서는 여러 모양으로 구부러진 철사들이 나왔다.

그는 철사들을 이용해 여덟 개나 되는 자물쇠를 따기 시작했다.

앵무새가 붉은 눈알에 희망을 가득 담고 쳐다본다.

구달비는 손을 놀리면서 그만큼이나 빠르게 입도 놀렸다.

"야, 앵무새 괴물! 너 혹시 이름 있어? 이름이 뭐야?"

"난 악마라고 해."

"……!"

순간 구달비는 등골이 섬뜩했다.

'뭐? 이름이 악마? 아니, 대체 얼마나 무서운 독을 가지고 있기에 그런 끔찍한 이름을?'

구달비는 '혹시 이 괴물을 돕는 건 큰 실수가 아닐까' 하는 불안감이 엄습했다.

그러나 어미를 찾는 어린 짐승을 그냥 두고 가기에는 왠지 껄끄럽다.

구달비는 앵무새한테 입을 삐죽여 보였다.

"쳇! 악마? 무슨 이름이 그 모양이야?!"

"하지만 다들 나를 그렇게 불렀어……."

구달비의 편잔에 악마가 변명조로 어물거린다.

그사이에 자물쇠가 한 개 풀어졌다.

찰칵!

구달비가 인상을 긋는다.

"에이, 이러다간 날새겠다!"

구달비는 품속에서 검은 단도를 꺼내 들었다.

그의 안색이 어두워졌다.

"이 단도의 흔적을 남기기는 싫지만 시간상 어쩔 수 없지."

영약고 문에서 경첩을 뗄 때를 포함, 벌써 두 번이나 이 단도를 쓰는 것이다.

그런데 단도를 본 악마의 눈에 공포의 빛이 서렸다.

악마는 움찔대며 뒤로 물러섰다.

이에 구달비가 의아해하며 물었다.

"왜 그래?"

"나도 몰라. 그냥 그 칼이 무서워."

악마는 스스로도 이해를 못하겠다는 어리둥절한 표정을 짓고 있었다.

구달비는 단도에 힘을 주어 천잠사를 찍었다.

부욱—

둔탁한 소리와 함께 천잠사가 찢어지며 바늘 하나 겨우 들어갈 만큼 촘촘하게 짜여졌던 망에 호두알 크기의 구멍이 뚫렸다.

순간 악마가 소리를 버럭 질렀다.

"저리 비켜!"

"흐악!"

구달비는 비명을 지르며 엉덩방아를 찧었다.

단도에 의해 뚫린 구멍을 통해서 검은 물체가 엿가락처럼 길게 쏟아
져 나왔다.

쉬익―

그리고 우리를 탈출한 엄지손가락만한 굵기의 그것은 곧바로 꿈틀
대며 뭉치기 시작했다.

第二章

도둑질한 물건을 도둑맞다

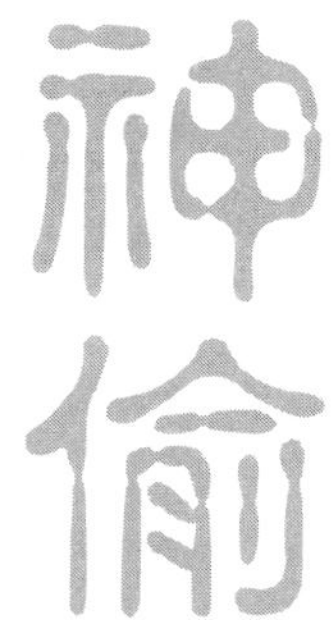

당문의 조제실주는 영약고로 향했다.

그는 백녹피 장갑을 낀 손을 뒷짐 진 채 천천히 걸으면서 생각에 잠겼다.

'악마 놈의 독에 대한 해독제를 만들기 위해서는 아무래도 만년인형삼왕(萬年人形蔘王)을 써봐야겠군.'

조제실주는 악마의 독을 떠올리자 머리가 아파왔다.

장장 이십 년이 넘는 기간 동안 당문이 악마의 득을 해독하기 위해서 처들인 약재가 마차로 몇십 대 분이다.

당문은 수백 년근 산삼부터 시작해서 웬만한 영약은 다 써보았다.

그러나 악마의 독은 어찌나 강한지 모두가 무용지물이었다.

이제 마지막 방법은 영약고 안에 달랑 한 개 남아 있는 만년인형삼왕밖에 없다.

그런데 천 년은 족히 묵은 그것을 쓰려니 조제실주는 몹시 아까웠다. 만년인형삼왕은 당문이 가지고 있는 영약 중 최고봉인 백자 호리병 안의 공청석유(空淸石乳) 다음가는 영약이었던 것이다.

조제실주는 만년인형삼왕을 생각하며 입맛을 쩝쩝 다셨다.

'고게 참 맛이 삼삼했어. 그 잔뿌리들을 싸그리 떼 먹었으니 난 이제 백오십 살까지는 너끈히 살 수 있을 게야. 크흐흐흐~'

희희낙락하던 그는 문득 눈살을 찌푸렸다.

텅 비어버린 영약고로 생각이 옮겨갔기 때문이다.

'그간 물 퍼내듯 쓰기만 하고 영약고 안을 제대로 채워 넣지 못했으니 큰일이다. 한데 영약고에 채워 넣을 영약들의 도착이 꽤 늦는구면. 아니, 이놈의 약재상 놈들은 주문한 지가 언젠데 여태 꾸물거려?! 금씨세가에서 딸년의 병을 고친다며 아무리 웃돈을 얹어준다고 해도 그렇지 이건 우리 당문을 무시하는 짓거리야! 이런 죽일 놈들!'

조제실주는 당문에 약재를 공급하는 약재상들을 욕했다.

그러나 금씨세가로 물자가 빠져나갔다 해도 영약고가 비게 된 것은 관리자인 자신에게 책임이 있다.

백녹피 장갑을 낀 주먹에 힘이 들어간다.

'아무래도 그 돈만 아는 약재상 놈들을 한번 손 좀 봐줘야겠어. 괘씸한 놈들 같으니라구!'

툴툴대다 보니 어느덧 영약고 앞이다.

조제실주는 주변에서 경계를 서고 있는 네 문도들이 들으라는 듯 큰 기침을 했다.

"크흠!"

그 후에는 늘 반복되는 일.

백녹피 장갑을 낀 손놀림에 자물쇠에서 소리가 난다.

철커덕~ 철컥~

이윽고 자물쇠가 열리자 조제실주는 영약고의 문을 잡아당겼다.

그러나 문은 평소와는 달리 꿈쩍도 안 했다.

"엥?"

조제실주는 문 손잡이를 힘주어 잡아당겼다.

"끙!"

끼이이~

귀에 거슬리는 쇳소리가 나더니 만년묵철로 된 커다란 문이 기우뚱하며 앞으로 무너져 내렸다.

"……?"

조제실주는 자신의 머리 위로 덮쳐 오는 문짝을 멍하니 바라보았다.

이 어이없는 일에 주변에 서 있던 네 문도들 역시 넋을 잃었다.

누군가가 먼저 정신을 차리고 외쳤다.

"피해랏!"

그러자 장한들은 냅다 달아났다.

조제실주도 그제야 후닥닥 뒤로 돌아서서 뛰기 시작했다.

그러나 너무 놀란 터라 후들거리는 다리를 채 몇 발자국도 떼기 전에 철문이 그를 강타했다.

쿠웅─

육중한 문의 무게로 땅이 울리며 먼지가 일어났다.

당문의 문주 당문준은 전대 문주였던 아버지에게 아침 문후를 여쭈었다.

“아버님, 안녕히 주무셨습니까?”

“오냐, 그래. 너도 잘 잤느냐?”

“예, 아버님.”

“오늘따라 차 맛이 좋구나. 흘흘~”

영약의 기운으로 백 살이 넘도록 살아 있는 아버지는 이빨이 다 빠져 버린지라 호물딱거리며 차를 마셨다.

그런 아버지를 소문난 효자인 당문주는 따스한 눈길로 지켜보았다.

아침에 아버지와 마주 앉는 이때가 그에게는 하루 중 가장 행복한 시간이다.

당문주는 아버지가 자신에게 베풀어준 은혜를 생각하면 항상 가슴이 벅차올랐다.

‘아버님이 아니었으면 난 절대로 문주가 되지 못했을 것이다.’

아홉 명이나 되는 아들 중 막내인 당문준을 문주로 선택해 준 사람은 다름 아닌 아버지였다.

당문!

허드렛일을 하는 사람들을 제외하고는 당씨 성을 가진 자들로만 이루어진 문파. 딸을 낳아도 데릴사위를 얻어 당씨 핏줄을 절대 밖으로 출가시키지 않는 문파.

이 당문의 한 가지 문제점이라면 어느 문파나 다 알력 싸움이 있건만 족벌들로만 구성된 당문은 그 정도가 유독 심했다. ‘나랑 똑같은 사촌인데 왜 저놈이 나보다 많이 가졌는가’ 하는 질투심은 남의 발목을 잡는 음모로 이어졌던 것이다. 게다가 바로 지척에 독과 암기가 있었다.

결국 서로가 모두 친척인 이들이 질서를 지키게 하기 위해선 엄격한

규율이 필요했다.

그 대표적인 것이 바로 문주의 권리였다.

전대 문주가 후계자로 뽑은 새 문주는 모든 것을 지배할 절대권력을 지녔다.

문주는 모든 당문도들 머리 위에 서며, 문도들은 설혹 문주보다 촌수나 연배가 높더라도 문주로부터 하대를 들어야 했다.

한 번 정해진 서열에 하극상이란 없도록 역대 당문주들은 이렇게 문주의 직위에 막강한 힘을 부여해 놓았던 것이다.

당문주는 아버지가 차를 다 마시자 공손히 차 주전자를 기울였다.

쪼르륵~

아들의 정성이 담긴 찻물이 가득 채워졌다.

그런데 찻잔을 들어 올리는 늙은이의 손이 힘겹게 떨렸다.

아버지는 한 손으로 들기가 어려운지 두 손으로 찻잔을 받쳐 든다.

그 모습을 본 아들의 눈에는 안타까움이 깃들었다.

'요즘 아버님의 기력이 많이 쇠잔해지셨어.'

당문주는 아버지가 무병장수하기만을 바랄 뿐이다.

사실 육십 년만 살아도 오래 살았다고 하는 판어 이미 백 년이나 살았으니 죽으면 호상(好喪)이라 불러야 할 터인데도 당문주는 아비의 죽음을 원치 않았다.

효자인 그는 아무리 아버지가 연로해 천수를 다 누렸다손 치더라도 아버지를 죽게 그냥 내버려 둘 작정이 아니었다. 그에겐 아버지를 위해 이미 세워둔 계획이 있었던 것이다.

'공청석유! 나에겐 공청석유가 있다!'

당문이 생긴 이래 대대손손 전해져 내려오는 최고의 영약인 공청석유는 그간 누구도 사용해 보지를 못했다.

왜냐하면 딱 한 방울밖에 없는 그것은 너무도 귀한 것이라 쓰기엔 아까웠기 때문이다.

그런데 그 귀중한 공청석유를 당문주는 아버지를 위해서 사용하기로 이미 오래전부터 마음을 굳히고 있는 바다.

'공청석유! 살아 있는 사람이 복용하면 그 즉시 탈태환골을 하고 아직 몸이 식지 않은 죽은 사람에게 먹이면 다시 살아난다고 하는 영약 중의 영약! 나는 그걸 아버님을 위해서 쓸 테다!'

당문주가 이렇게 아비의 죽음에 대비해서 만반의 준비를 갖추고 결의에 찬 눈빛을 빛낼 때, 그의 귀에 이상한 굉음이 들렸다.

쿠웅―

소리는 아주 멀리서 들렸다.

당문주는 그 소리를 듣자마자 진원지가 어디인지를 파악하기 위해 머리를 굴렸다.

'화약을 다루는 암기실이라면 모를까, 저 소리는 영약고 쪽에서 났는데… 대체 어인 일인가?'

내심 궁금했지만 아버지 앞이라 당문주는 평정을 유지했다.

그러나 지금은 귀가 멀어가는 고령의 아버지도 예전에는 고수였으므로 고개를 갸우뚱하며 물었다.

"얘야, 뭔가 큰 소리가 난 것 같은데 너도 들었느냐?"

"별일 아니니 심려치 마십시오."

당문주는 늙은 아버지에게 문중의 일로 걱정을 끼치고 싶지 않았다.

그는 만약 무슨 문제가 생겼으면 의당 문도가 소식을 가져올 거라

믿으며 굳건히 자리를 지켰다.

　그런 아들의 속마음을 아는지 모르는지 아버지는 차만 마신다.

　잠시 후 아버지는 창밖을 바라보며 말했다.

　"애야, 여름으로 접어들어서 그런지 날씨가 아주 좋구나."

　"예, 아버님. 내일은 소풍이나 갈까요?"

　"그거 좋지. 흘흘~"

　부자는 두런두런 다정한 대화를 나눴다.

　그러나 당문주는 아버지가 하는 말을 경청하면서도 밖의 동정에 귀를 기울였다. 갑작스러운 굉음의 정체가 심상치 않았던 것이다.

　아니나 다를까, 누군가 급히 달려오는 기척에 이어 전음이 들려왔다.

　『문주님! 영약고에 큰 문제가 발생했습니다!』

　예상했던 대로 영약고에서 일이 벌어졌다.

　그러나 존경하는 아버지 앞에서 경망스럽게 행동할 수는 없다.

　당문주는 침착하게 머리를 숙였다.

　"아버님, 소자 이만 나가서 일을 보겠습니다."

　"그래, 그래. 흘흘~"

　아버지가 진물이 흐르는 눈가에 주름을 잡으며 아들을 보내준다.

　조용히 방에서 물러 나온 당문주는 영약고로 신형을 날렸다.

　조제실의 부실주인 당조제는 너무도 놀란 나머지 뻣뻣이 굳어버렸다.

　"허억……!"

　영약고의 두 문짝 중 한 개가 땅바닥에 그 거대한 덩치를 눕히고 있는 게 눈에 들어왔다.

거기까지는 봐줄 만한데 문제는 그 문 밑에서 하얀 사슴 가죽 장갑 두 개가 밖으로 나와 있다는 점이다.

조제실주를 상징하는 그 백녹피 장갑은 손가락 하나하나가 흙을 움켜쥐며 땅에 박혀 있었다.

피에 젖어 붉게 물들어가는 그것은 이대로 떠나기가 한스러운지 금방이라도 꿈틀거리며 움직일 것만 같다.

그 광경은 한마디로 끔찍했다.

당조제는 무서워서 몸을 부들부들 떨었다.

그리고 이 처참한 죽음은 그의 생각을 바꿔놓는 계기가 되었다.

'으으, 난 절대로 저런 장갑 끼지 말아야지.'

이때 당문주가 날 듯이 달려오며 엄히 물었다.

"무슨 일이냐?"

당조제는 다른 문도들과 함께 얼른 허리를 굽혀 예를 취했다.

문짝이 떨어져 나갈 때 그 자리에 있었던 문도가 화급히 아뢴다.

"문주님, 영약고에 도둑이 들었습니다!"

"뭣이라? 도둑?"

안색이 하얗게 변한 문주는 영약고 안으로 번개같이 뛰어들어 갔다.

그는 독물고를 지나쳐서 곧바로 백자 호리병이 보관되어 있는 비단 방석으로 달려갔다.

이어서 호리병을 들고 안을 살펴보던 문주는 말을 잇지 못했다.

"이, 이……!"

텅 빈 호리병만큼이나 그의 머리 속도 텅 비었다.

얼이 빠진 문주는 자리에 털썩 주저앉았다.

그는 미친 듯이 중얼거렸다.

"아버님이… 아버님이……!"

아버지는 이제 돌아가시면 끝장이다. 다시는 살릴 길이 없다.

"문주님, 정신 차리십시오!"

따라 들어온 당조제가 문주의 팔을 잡고 흔들었다.

그는 호리병 안에 보관돼 있던 공청석유의 존재를 아는지라 문주가 왜 이렇게 큰 충격을 받는지 십분 이해할 수 있었다.

"문주님! 문주님!"

당조제는 혹시 문주가 기절이라도 하지 않을까 걱정이 되었다.

그러나 한 문파를 이끄는 수장답게 문주는 곧 정신을 차렸다.

당문주는 자리에서 벌떡 일어났다.

"내가 이럴 때가 아니다!"

그는 영약고 안과 밖을 빠르게 살핀 후 문도들의 보고를 들었다.

"흐음……!"

도둑놈이 남기고 간 허물 조각을 손에 든 당문주.

그는 사태를 냉철히 파악하려고 애썼다.

도둑이 든 것은 확실했다.

한데 보통 도둑놈이 아니었다.

악마의 우리에 달렸던 자물쇠 한 개가 깨끗한 솜씨로 풀어진 것을 보면 놈은 이 방면으로는 전문가 중에서도 최고였다.

그리고 조제실주가 문짝에 맞아 죽고 난 후 곧바로 놈이 경공으로 도망쳐 나갔다고 하니 도둑놈은 무공까지 익힌 무림인이다.

당문주의 안색이 흐려졌다.

‘으음, 굉장한 경공이었단 말이지? 쉽게 잡기는 어렵겠군.’

이미 당문도들이 추격에 나섰다.

그러나 도둑은 사전에 이미 도주로를 확보해 놓고 당문에 침입했을 터. 하니 성과가 있을 것 같지는 않다.

당문주는 생각을 이었다.

만년묵철로 제작된 경첩이 찰흙처럼 떨어져 나갔고, 도검(刀劍)에도 끄떡없다는 천잠사가 찢겨졌다. 우리에 갇혀 있던 악마가 한 짓은 결코 아니다.

‘도둑놈은 엄청난 신병(神兵)을 소유했음에 틀림없다!’

‘신병’ 이란 단어가 떠오르는 순간 당문주의 눈에는 탐욕의 빛이 어른거렸다.

그러나 그것은 곧 사라졌다.

신병보다 그에겐 공청석유가 더 중요했다.

그런데 도둑놈이 탈태환골을 한 걸로 보아 놈은 이미 공청석유를 복용한 게 분명하다.

날아가 버린 공청석유로 인해 당문주는 미쳐 버릴 것만 같았다.

그는 냉정을 유지하려고 애썼다.

당조제가 옆에서 울먹이는 목소리로 투정하듯 말한다.

“그 죽일 놈이 다 쓸어가서 영약은커녕 그 흔한 산삼의 실.뿌.리. 하나 안 보입니다!”

실뿌리를 힘주어 말하는 당조제에게 문주는 설명했다.

“영약고는 이미 예전에 비어 있었네. 악마의 독에 대한 해독약을 만드느라 그간 많이 썼지.”

“아, 그렇군요.”

당조제가 무안한 표정이 되어 허리를 깊이 숙인다.

그의 귀로 문주가 부르는 소리가 들렸다.

"이보게, 조제실주."

"……?"

당조제는 죽은 조제실주의 유령이라도 나타났나 싶어 얼른 고개를 들어 주변을 둘러보았다.

그러나 주위엔 아무도 없다.

문주는 지금 자신을 부르고 있는 것이다. '조저실주'라고.

당조제는 손가락으로 자신의 가슴패기를 가리키면서 더듬거렸다.

"저, 저요?"

문주가 고개를 끄덕인다.

"조제실주가 죽었으니 이젠 자네가 조제실주지."

"……!"

기쁨에 넘친 당조제는 터져 나오는 웃음을 참느라 안간힘을 썼다.

입이 저절로 벌어지려고 하며 동시에 콧구멍이 벌름거린다.

침착해질 때까지 소매로 잠시 얼굴을 가렸던 당조제는 두 손을 모으며 허리를 굽혔다.

그는 예의상 한 번 사양을 했다.

"문주님, 고마우신 말씀이오나 제가 어찌 그런 중책을……."

그러나 당조제는 문주의 낯이 굳어지자 얼른 뒷갈을 덧붙였다.

"맡겨만 주십시오!"

그러자 문주의 얼굴색이 정상으로 돌아오며 그는 명쾌하게 말했다.

새로 조제실주가 된 당조제에게 첫 번째로 내리는 명이다.

"영약고에 있던 만년인형삼왕이 사라졌네. 도둑놈이 그걸 먹은 게 분명한지 자네가 확인해 보게."

"어떻게 말씀입니까?"

어리둥절해하는 당조제에게 문주는 똥 더미를 눈짓으로 가리켰다.

순간 말뜻을 알아들은 당조제의 얼굴에서 핏기가 싹 가셨다.

"……!"

냄새만 맡아도 구역질이 나는 저 더러운 똥의 맛을 보라니?

당조제는 정신이 아득해졌다.

'이럴 수가! 조제실주가 되자마자 남의 똥부터 맛봐야 한단 말인가?'

그가 알기로 저 설사는 영약을 먹은 후에 생긴 부작용이다.

특히 저 엄청난 양으로 볼 때 도둑이 삼의 기운과 공청석유의 기운이 부딪치는 것을 제대로 다스리지 못해서 나타난 결과다.

그 때문에 몸 안의 숙변과 오만가지 나쁜 노폐물을 씻어 내리긴 했지만.

화장실 갈 때와 올 때의 마음이 다르다고, 조제실주가 되기 위해서는 뭐든지 할 것만 같았던 당조제는 막상 그 직위가 되자 슬금슬금 화가 났다.

저 산더미 같은 똥으로 보아 도둑놈이 삼을 복용했다는 사실은 문주도 뻔히 알 텐데 왜 이따위 더러운 일을 시키는지 그는 알 수가 없었다. 아마도 확실한 것을 좋아하는 문주의 성격 탓일 게다.

당조제의 머리 속으로 '이 나이에 이러고 살아야 하나?' 등등 별의별 생각이 다 스쳐 지나간다.

그는 죽어도 하기 싫었지만 하늘 같은 문주의 명을 거역할 수는 없었다.

새 조제실주는 우거지상이 되었다.

‘그냥 물건만 훔쳐 가지 똥까지 싸고 도망가다니…… 이런 똥 싸 뭉개다 뒈질 놈!’

속으로 도둑놈을 마냥 욕하면서 당조제는 어기적어기적 똥 더미로 다가갔다.

뒤통수로 문주의 시선이 따갑게 느껴진다.

당조제는 눈을 질끈 감고 약지를 똥에 찔러 넣었다.

푸욱~

굳은 껍질을 뚫자 안은 찐득거린다.

‘으윽!’

손가락에 똥의 촉감이 느껴지자 당조제는 당장 토할 것만 같았다.

그러나 그는 이를 악물었다.

‘문주님이 보고 계시다! 참아야 한다! 끄으윽!’

당조제는 손가락을 입에 넣고 빨았다.

하지만 그의 입속으로 들어간 것은 똥 묻은 약지가 아니라 깨끗한 집게손가락이었다.

이것은 육십 년 넘는 세월을 헛살은 게 아니라는 연륜을 보여주는 기막힌 한 수였다.

똥을 먹어보는 척한 당조제는 주먹을 꼭 쥐어서 약지를 감춘 후 말했다.

“문주님, 만년인형삼왕은 제가 못 먹어봐서 모르지만 하여간 인형삼(人形蔘) 맛이 분명합니다!”

“그래, 그렇겠지.”

문주가 당연하다는 듯 고개를 끄덕였다.

그는 밖에다 대고 크게 고함을 쳤다.

"암기실의 모든 장인(匠人)을 이리로 소집해라!"

얼마 지나지 않아 암기실의 장인들이 모조리 불려왔다.

당문주는 바닥에 널린 탈태환골한 허물들을 가리키며 그들에게 말했다.

"내가 말 안 해도 할 일을 알겠지?"

"옛!"

서른 명이 넘는 장인들이 일제히 대답한다.

이후 그들은 허물에 달라붙어서 그 조각들을 맞추기 시작했다.

머리카락보다도 미세한 바늘 등 여러 가지 암기를 만드는 이들에게 있어 작은 조각을 맞추는 일은 시간이 좀 걸린다 뿐이지 호박에 침 주기로 쉬운 일이었다.

장인들은 전문가답게 일단 색깔별로 누리끼리한 색, 좀 더 밝은 색, 뽀얀 색 등, 세 가지로 조각들을 구별해서 나눈 뒤 열 명씩 조를 짜서 밤잠도 자지 않고 허물 조각을 맞추었다.

그렇게 이틀이 지나자 수많은 조각들이 맞춰지면서 그것은 점점 인간의 모형으로 틀이 잡혀갔다.

이렇게 해서 구달비의 진면목이 백일하에 밝혀지는 순간이 다가오고 있었다.

*　　　*　　　*

해가 뉘엿뉘엿 질 무렵의 깊은 산속.

정적을 깨고 들려오는 가쁜 숨소리가 있다.

"후아후아~ 아이고, 힘들다. 이만큼 도망쳐 왔으면 이젠 괜찮겠지?"

구달비는 뻐근해진 허리를 두들기며 숨을 몰아쉬었다.

아닌 게 아니라 당문에서 벗어난 이래 이틀 동안 잠도 안 자고 꼬박 달려왔으니 힘이 들 만도 했다.

구달비는 근육을 푸느라 다리를 흔들어대다가 문득 가슴패기를 내려다보면서 말했다.

"야, 악마! 얼굴 좀 보자!"

그러자 그의 앞섶을 헤치며 검은 고양이 한 마리가 머리를 빼꼼히 내밀며 묻는다.

"우린 이제 안전한 거야?"

"그래. 그러니까 밖으로 나와봐."

고양이가 땅으로 폴짝 뛰어내리더니 기지개를 켠다.

구달비도 그 옆에 털썩 주저앉아서 깊이 숨을 들이마셨다.

그는 고양이를 보며 웃음 지었다.

"어때? 역겨운 냄새가 나는 독물고에 갇혀 있다가 신선한 공기를 마시니까 좋지?"

"정말 기분이 좋아. 고마워."

고양이가 하얀 송곳니를 드러내며 배시시 웃는다.

구달비는 이런 악마가 몹시 신기했다.

"야, 악마. 근데 넌 앵무새가 아닌 고양이 모습일 때도 말을 할 수가 있네?"

"난 어떤 상태에서도 다 말할 줄 알아. 그리고 사든 뭐든 다 변신하지. 내 몸만한 크기라면 다 변신이 돼."

고양이는 친절하게 설명을 해줬다.

구달비는 손가락으로 고양이의 옆구리를 쿡 찌르며 물었다.

"야, 너, 독 있지? 이젠 사실대로 말해 봐."

"독이… 있기는 하지."

시선을 회피하다가 마침내 자백하는 고양이.

사실을 확인한 구달비는 흥미가 당겨 물었다.

"굉장한 독이야? 응?"

"내 독이 좀 강하기는 하지. 에헤헤~"

"얼마나 강한데?"

"그게… 나도 자세히는 모르는데 당문 놈들이 말하길 내 독이 세상에서 제일 강하대. 아, 글쎄, 그놈들이 내 독에 대한 해독제만큼은 못 만들어냈다는 거 아냐."

고양이는 무척 자랑스럽다는 표정으로 우쭐댔다.

구달비는 악마가 독이 있다는 사실을 눈치채고 있었고, 그 독이 엄청나게 지독할 거라는 것도 이미 예상하고 있었다. 하지만 막상 실제로 들으니 섬뜩했다.

그러나 구달비는 아무렇지도 않은 듯 가볍게 물었다.

"독이 이빨에 있어? 그럼 물리면 죽는 거네?"

"응, 이빨에 있어. 근데 걱정 마. 넌 절대로 안 물게."

"흠……."

불안해진 구달비는 다짐을 받았다.

"안 문다는 거 확실해?"

"걱정 말라니까!"

“그래, 그래. 너를 믿을게. 근데 그 영약고 문짝에 깔린 영감님은 죽었을까? 매일 영약고로 영약을 가지러 오던 그 영감님 말야.”

“그렇게 무거운 쇳덩어리에 맞았으니 당연히 죽었겠지.”

“······.”

구달비의 안색이 흐려졌다.

영약고를 탈출하기 직전에 갑자기 문이 떨어져 나간 것을 생각하면 아직도 심장이 벌렁거린다.

그런데 그 문에 사람이 깔려 죽다니······.

구달비는 자신이 도둑질만 나가면 시체를 본다는 사실에 기분이 우울해졌다.

더구나 이번 일은 그가 문의 경첩을 떼어놓았기 때문에 발생했다.

찜찜한 마음이 된 구달비는 죄책감에 빠졌다.

“그 노인네는 나 때문에 죽은 거야. 기분이 안 좋군.”

이 말에 고양이는 붉은 눈알을 번들거리며 성질을 냈다.

“그 영감탱이 놈은 꼭 죽어야 해! 그놈이 나를 얼마나 괴롭혔는지 알기나 해? 그놈은 나를 하루가 멀다 하고 고문하고 밥도 안 줬어! 난 밥을 밥 먹듯이 굶었다구! 난 그놈 생각만 하면 치가 떨려!”

“그래도 사람이 죽었어······.”

구달비가 고개를 떨구자 고양이는 조그만 앞발로 구달비의 팔을 탁탁 쳤다.

“신경 쓰지 말어! 그 악질 늙은이는 내가 죽이고 싶었어! 그놈은 아주 잘 죽은 거야! 그건 하늘이 내린 천벌이라구!”

“그럴까?”

“그럼, 그럼. 헤헤헤헤~”

　원수 같은 조제실주의 죽음에 고양이는 기분이 좋아서 헤죽거렸다.

　그리고 고양이가 '조제실주는 진짜 나쁜 놈'이라고 거듭 주장을 하
자 구달비의 기분도 조금 나아졌다.

　구달비는 긴장이 풀어지자 슬슬 배가 고파졌다.

　그는 먹다 남긴 삼 뿌리를 찾아 품속을 뒤졌다.

　"이번엔 그냥 먹지 말고 반드시 운기조식을 해야지."

　굳게 다짐하는 구달비.

　한데 그의 여덟 팔(八) 자 눈썹 사이에 주름이 잡혔다.

　"어? 여기 있던 삼 뿌리가 어디 갔지?"

　깜짝 놀란 구달비는 두 손으로 마구 옷을 헤집었다.

　그러나 아무리 찾아봐도 삼 뿌리는 그림자도 안 보인다.

　"이게 대체 어딜 간 거야?"

　구달비는 기억을 더듬어보았지만 달려오면서 떨어뜨린 건 아무것도
없다.

　"참 이상도 하다. 분명히 품에 집어넣었는데? 음……."

　잠시 생각하던 그는 고양이를 노려보았다.

　"너지? 니가 먹었지?"

　고양이는 화들짝 놀라며 오히려 되물었다.

　"먹다니? 뭘 말야?"

　"뭐긴 뭐야? 너랑 같이 내 가슴패기에 넣어두었던 삼 뿌리! 그게 없
어졌어! 네가 먹은 게 분명해!"

　고양이는 세차게 도리질을 했다.

　"난 안 먹었어! 정말이야! 난 모르는 일이라구!"

"우리 둘밖에 없는데 너도 안 먹었고 나도 안 먹었으면 그럼 귀신이 먹었다는 거야?!"

구달비는 이마에 핏대를 세우며 악을 썼다.

이에 고양이도 지지 않고 더 큰 소리로 악을 쓴다.

"안 먹었다고 하잖아! 왜 생트집을 잡어?"

"이게 정말……?"

씨근덕대는 구달비.

그는 득달같이 덤벼들어 고양이의 입을 벌리고 그 속에 코를 들이박았다.

킁킁!

삼 냄새가 분명히 난다.

고양이가 머리를 뒤로 빼며 소리를 질렀다.

"왜 이래? 뭐 하는 짓이야?"

"이거 삼 냄새 맞잖아!"

구달비는 고양이를 거칠게 내동댕이치며 고함쳤다.

"이 도둑놈! 그게 어떤 물건인데 먹어? 엉? 그건 내 목숨이 걸린 거란 말야!"

"난 안 먹었어! 정말이야!"

"네 입에서 나는 게 삼 냄새가 확실한데 왜 잡아떼?"

"난 모르는 일이야! 삼에 대해선 정말 아무것도 몰라!"

이미 들통이 났는데도 불구하고 고양이는 끝까지 아니라고 발뺌을 했다.

"이, 이 거짓말쟁이 악마구리 놈!"

고양이의 거짓말에 구달비는 진저리를 쳤다.

분노로 온몸이 덜덜 떨린다.

목숨을 걸고 훔쳐 낸 삼이 날아갔다는 사실에 구달비는 미쳐 버릴 것만 같았다.

그는 이를 악물고 말했다.

"꺼져! 이 원수 같은 놈! 다시는 내 눈앞에 나타나지 마!"

고양이는 그제야 눈을 휘둥그레 뜨며 구달비에게 매달린다.

"자, 잘못했어. 난 그저 배가 고팠을 뿐이야."

구달비는 화가 머리끝까지 났다.

그게 어떤 삼인가?

중원 전역에서 추격하는 현상금 사냥꾼들로부터 자신을 지켜줄 유일한 영약이었다.

그런데 힘들게 얻은 그 영약이 고작 괴물의 배나 채우는 용도로 쓰여지다니…….

구달비는 이 고양이를 절대로 용서할 수가 없었다.

그는 증오에 가득 찬 눈으로 고양이를 노려보며 악을 썼다.

"꺼지라고 하잖아! 난 너같이 입만 벌리면 거짓말을 하는 놈이랑은 다신 어울리고 싶지 않아! 내 손에 죽고 싶지 않거든 당장 꺼져!"

"내가 잘못했어. 다신 안 그럴게. 한 번만 용서해 줘."

고양이는 두 앞발을 가슴에 모으고 빌었다.

녀석의 눈망울에 눈물이 그렁그렁 고인다.

구달비는 매몰차게 외면하며 신형을 뽑아 올렸다.

"이 나쁜 자식! 넌 네 갈 길로 가!"

"잠깐만! 날 두고 가지 마! 제발 부탁이야!"

번개같이 사라지는 그의 뒤를 검은 고양이가 허둥지둥 뒤따른다.

구달비는 고양이의 간청을 무시하고 달렸다.

예전보다 최소한 두 배는 빠른 엄청난 경공이다.

"이봐! 같이 가!"

고양이는 애타게 불렀지만 구달비는 멀어져 갈 뿐이다.

안 되겠다 싶은지 고양이의 앞발이 날개로 변했다.

퍼덕퍼덕~

그러나 구달비의 경공은 마치 바람만 같아서 천리비응이 아닌 다음에야 도저히 일반 새가 쫓아갈 수 있는 속력이 아니었다.

"야, 같이 가! 흐아앙~"

고양이는 기를 쓰고 날개를 저었으나 구달비는 이미 사라지고 없었다.

第三章

공포의 당문

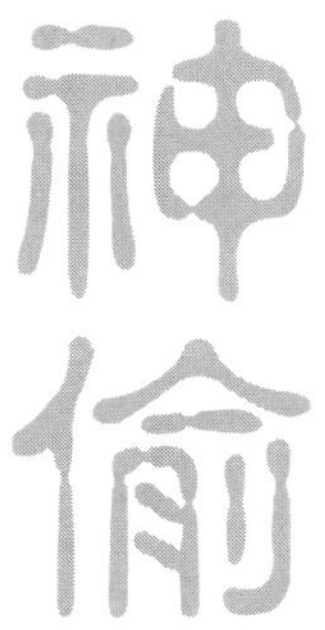

당문의 문주 당문준은 완성된 세 구의 인형을 앞에 두고 침음성을 흘렸다.

"으으음……."

그는 자신의 눈을 의심했다.

'세상에 이렇게 이상하게 생긴 놈이 다 있다니…….'

세 개의 인형은 첫 번째 것보다 두 번째 것의 키가 반 뼘이 컸고, 세 번째는 두 번째보다 또 반 뼘이 더 컸다. 결과적으로 도둑놈은 탈태환골로 인해 키가 한 뼘 정도 커졌다는 걸 한눈에 알아볼 수 있는 광경이다.

한데 저 얼굴은 대체 뭔가?

세 인형의 얼굴 생김새는 모두가 똑같았지만 그 이목구비는 너무도 우습게 생겨서 이게 설마 실제 인물이라고는 믿어지지 않았다.

"문주님, 여기 초상화가 있습니다."

새로 조제실주가 된 당조제가 공손히 종이를 바친다.

문주는 초상화를 들여다보았다.

선 몇 개 찍찍 그려진 게 전부다. 구달비의 얼굴을 모르는 사람이 보면 어린애가 장난쳤다고 여겨질 정도다.

당문주는 고개를 끄덕였다.

"흐음, 그간 수고들 했다. 조제실주만 남고 모두 가서 쉬도록 해라."

당조제를 제외한 다른 사람들을 물리치는 당문주.

둘만 남게 되자 당조제는 긴장이 되었다.

'문주님께서 내게 긴히 하실 말씀이 있으신가 보다.'

그러나 문주는 초상화만 들여다볼 뿐 말이 없다.

"……."

"……."

조제실주는 조용히 서서 문주가 하명하기만을 기다렸다.

한동안 뜸을 들이던 당문주가 마침내 입을 열었다.

"이보게, 조제실주. 이제 초상화가 완성되었으니 추적을 하긴 해야겠지만 우리 당문에서 무공을 익힌 문도는 고작 백 명 남짓밖에 안 되는데 그들을 다 밖으로 내보낼 수야 없잖은가? 십 할 중 아무리 못 잡아도 삼 할은 남아서 본 문을 지켜야 해."

"지당하신 말씀입니다. 다 내보냈다가 그사이에 누가 쳐들어오기라도 하면 큰일입지요."

당조제는 열심히 고개를 끄덕이며 문주의 의견에 장단을 맞추었다.

그는 문주의 걱정을 알 것 같았다.

영약고 안에 허물은 물론이요, 똥까지 잔뜩 싸고 달아난 도둑놈은 그렇게 여기저기 흔적을 남길 때와는 달리 산속에서는 감쪽같이 사라졌다.

결국 당문도들은 추격을 포기하고 돌아왔다.

사실 놈의 흔적을 더 멀리까지 찾아보는 게 정석이지만 놈이 동서남북 어디로 튀었는지를 모르니 찾아볼 지역은 넓고 인원은 한정되어 있다. 고작 일흔 명으로 할 수 있는 일이 아니다.

문주가 의미심장한 눈빛으로 당조제를 바라본다.

"흐음, 도둑놈의 인상착의를 다 알고 있음에도 불구하고 파견할 인력이 없으니……. 자네 혹시 청부단(請負團)이라고 들어봤는가?"

"예, 알고말고요. 강호에서 청부단 모르는 사람이 어디 있겠습니까? 청부단은 심부름 단체 중에서 가장 신용이 있고 능력이 뛰어난 걸로 알고 있습니다. 근데 청부단은 단주인 천면호리(千面狐狸)가 그 별호처럼 천(千) 가지 얼굴로 둔갑을 하는지라 나이는커녕 남자인지 여자인지, 그 성별조차도 불분명하다고 하더군요. 한마디로 신비에 싸인 단체지요."

당조제는 자신이 아는 게 나오자 신이 나서 주절댔다.

문주가 조용히 손을 들어 당조제의 말을 끊으며 명했다.

"청부단에 이 도둑놈을 잡으라는 청부를 넣게. 그리고 악마도 같이 잡으면 좋겠지만 그놈은 영악해서 쉽지 않겠지. 우리가 아불리가(阿弗利加:아프리카)에서 그놈을 처음 포획할 때 어려움을 많이 겪었듯이 말야. 아무튼 악마를 떠나서 도둑놈부터 잡는 게 급선무야. 어흠! 조제실주는 서둘러서 청부단과 접촉을 해보게. 만리비응을 이용하든지, 하여간 최대한 빨리 일 처리를 하게."

"예, 명하신 대로 행하겠습니다."

당조제는 머리를 조아렸다.

그러나 그는 곧 걱정스러운 얼굴로 물었다.

"한데 청부단은 실력도 실력이지만 까다롭기로도 그 소문이 자자하더군요. 그들은 웬만해서는 청부를 들어주지 않는다고 정평이 났던데 만약 그게 사실이라면 우리가 청부를 넣는 게 쉽지만은 않을 텐데요?"

"청부대금 외에 신병을 얹어준다고 하게. 도둑놈이 가진 천잠사를 찢는 신병 말일세."

"아, 그렇군요. 그런 조건이라면 누구라도 혹할 겁니다."

당조제는 문주의 현명함에 감탄했다.

사실 문주는 도둑이 가지고 있는 신병이 탐났다.

그러나 무림인이라면 누구나 그런 병기에 눈이 뒤집힐 테니 청부단은 도둑을 잡음과 동시에 신병을 슬쩍할 터. 하니 아예 처음부터 준다고 생색을 내는 게 낫다.

당문주는 이런 상황에서 모든 것을 다 차지하려고 욕심을 부리는 건 바보 짓이라 판단했던 것이다.

문주는 당조제가 못 미더운지 일일이 토를 달아 설명했다.

"그 도둑놈이 설혹 인피면구를 쓴다 치더라도 남보다 키가 크고 비쩍 말랐으니 찾기가 수월할 게야. 그리고 악마 놈과 같이 붙어 있다면 더 더욱 찾기가 쉬울 테지. 악마는 그 무엇으로 변해도 눈알만은 항상 붉은색이니 말일세. 아무튼 청부단에 우리가 알고 있는 정보를 하나도 빠짐없이 전하게."

"예, 그렇게 하겠습니다."

허리를 굽히는 당조제.

갑자기 그는 어두운 안색으로 물었다.

그러니 아버지처럼 여러 가지를 동시에 할 수 있으려면 공력이 최소한 이 갑자는 되어야 할 것 같다.

한데 전 무림을 통틀어 이 갑자의 내공을 가진 고수는 손가락으로 꼽을 정도다.

고작 도둑인 아버지가 그 정도의 고수라니 구달비는 당최 이해가 안 갔다.

'내가 아버지를 잘 모르고 있었음이야.'

아버지가 대관절 어떤 사람이었는지에 대한 여러 가지 의혹이 뭉게뭉게 피어오른다.

그러나 아무리 머리를 짜내도 아버지에 대한 해답은 도출해 낼 수가 없다.

구달비는 아버지에 대해서 알아내기를 포기했다

'어쨌거나 이제 내 공력은 사십 년.'

자신의 공력을 떠올리자 구달비는 씁쓸해졌다.

당문에서 똥 누고 기절하는 바람에 운기조식을 못해서 공력이 별로 늘지 않은 것에 대한 실망감이 들었기 때문이다.

그러나 자신이 참지 못하고 삼을 먹은 게 원인이니 누구 탓을 할 수도 없다.

'휴우~ 그게 다 내 팔자겠지. 그래도 탈태환골이 어디야? 이젠 무공을 익혀도 남보다 빨리 익힐 수 있잖아? 그걸로 된 거지 뭐.'

구달비는 최대한 긍정적으로 받아들이려고 노력했다.

한편으로는 충동적으로 삼을 먹어버린 것에 대한 반성도 들었다.

'큰 기회를 놓쳤어. 앞으론 행동하기 전에 두 번, 세 번 깊이 생각해 보고 결정하자.'

이런 저런 생각을 하던 구달비는 갑자기 실실 웃었다.

'킥킥킥, 근데 내가 삼을 반이나마 먹어버렸으니 망정이지 그때 안 먹었으면 이 흑아 녀석이 다 먹어치워서 난 맛도 못 봤을 거야. 푸흐흐흐흐~'

지금의 결과를 보니 생각없이 삼을 먹은 행동이 잘한 건지 못한 건지 구별이 안 간다.

구달비는 고개를 갸우뚱할 수밖에 없었다.

이때 흑아가 잠꼬대를 했다.

"으으응… 달비야… 날 두고 가지 마……."

"걱정 마. 두고 가지 않을게."

구달비는 친구가 된 흑아를 부드럽게 쓰다듬었다.

"으응……."

뒤척대던 흑아가 안심을 한 듯 다시금 깊은 잠에 빠진다.

그 모습을 내려다보던 구달비의 입술이 달싹였다.

"친구라……."

가슴 한구석이 따뜻해진다.

고개를 들어 하늘을 보니 숲의 나뭇가지 사이로 별이 총총히 빛난다.

第四章

천왕문

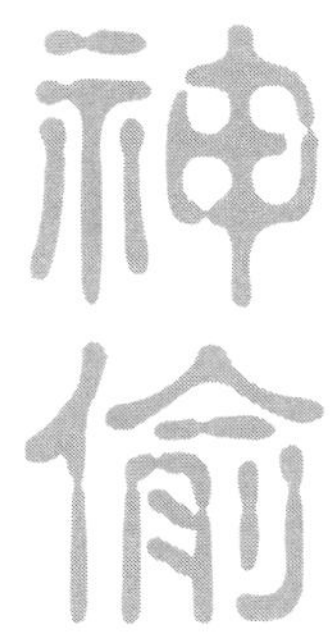

천왕문(天王門)!

올해로 역사가 백오십 년이 되는 천왕문은 무지막지한 위력의 쌍도끼질로 쟁쟁한 위명을 떨쳤던 천세마왕(天歲魔王) 천도일(天道壹)과 그의 친우(親友)들이 세운 문파다.

이 천왕문은 처음엔 규모가 그리 크지 않았으나 백 년이 넘는 세월이 흐른 지금은 사파의 영도자 역할을 하고 있다.

그런데 천왕문이 사파에서 가장 큰 문파가 되기까지는 천왕문이 사천성(四川省)의 가장자리, 즉 중원의 국경 부분에 위치를 잡았다는 이유가 지대한 비중을 차지했다.

만약 중원 한복판이었다면 사파가 힘을 얻는 것을 저어하는 정파무림의 틈바구니에서 이만큼 세를 불리기 어려웠을 것이다. 하지만 이곳은 관부의 힘이 제대로 닿지 않는 중원의 변두리. 쫓기는 범죄자와 갈

곳 없는 사람들이 모여드니 문도 수는 절로 불어만 갔다. 게다가 문도들은 비단 중원인만으로 국한되는 것이 아니라 옆 나라인 활불국인(活佛國人:티벳인)들도 다수 포함되어 있었다. 한마디로 여러 나라에서 죄 짓고 도망쳐 온 범죄자들로 구성된 곳이 바로 이 천왕문이다.

그리고 도합 다섯 각으로 구성되어 있는 천왕문의 각 중 정보를 총괄하는 비신각(秘信閣)에서 일하는 공탁수(共倬秀)도 열다섯 살 때 살인죄로 쫓기다가 이곳으로 도망쳐 온 자이다.

설마 이렇게 생긴 사람이 살인범일 거라고는 상상도 못할 만큼 점잖은 풍모의 공탁수는 오늘도 열심히 일을 하고 있는 중이다.

그는 책상 위에 수북이 쌓인 서신들의 내용을 정리하다가 문득 옆쪽을 곁눈질했다.

공탁수 옆에는 한 명의 젊은 귀공자가 앉아서 분홍빛 비단에 무엇인가를 정성 들여 쓰고 있었다.

귀공자는 자신이 하는 일에 정신없이 몰두하고 있었는데 땀까지 삐질삐질 흘리는 꼴이 어지간히 중요한 문서인 것 같다.

그를 훔쳐보던 공탁수는 자기도 모르게 고개를 절레절레 흔들었다.

이 귀공자, 비신각주의 조카라는 이름으로 밥만 축내고 있는 이 난봉꾼 공자는 유부남인 신분을 망각한 채 또 누군가한테 쓰는 연서(戀書)로 삼매경에 빠져 있다.

공탁수는 작게 한숨을 내쉬었다.

"휴우……."

세상이 너무 불공평했다.

누구는 잘난 부모를 만나서 허구한 날 연애 편지나 쓰고 앉았고 누구는 남의 일까지 떠맡아서 하루 종일 일만 한다.

이제는 중년의 나이가 되었지만 공탁수는 어린 나이로 천왕문에 들어와 잔심부름을 전전하다 급기야 글을 배워서 이곳에 배치되었다.

그 후 그는 정말로 성실하게 일해왔다.

그러나 천왕문 창시자들의 후손이 오 각을 다 잡고 있는지라 그들의 핏줄이 아닌 이상 수뇌부가 되기란 불가능했다.

공탁수가 일하는 비신각도 예외는 아니어서 옆의 귀공자와 그 위의 상관들은 모두가 비신각주(秘信閣主)의 친인척들이다.

그래도 관부에 끌려가 살인죄로 사형을 당하는 것보다야 낫겠지만 가진 능력에 비해서 합당한 대우를 못 받는 공탁수는 미래가 암울하기만 했다.

공탁수는 활짝 열려진 창문을 통해 하늘을 올려다보았다.

끝도 없이 펼쳐진 푸른 하늘.

공탁수는 높이 날아오르고 싶었다.

기회만 주어진다면 그도 수뇌부가 되어 자신의 능력을 마음껏 펼쳐보고 싶었다.

그러나 현실은 한숨만을 짓게 만들 뿐이다.

"휴우……."

이때 나직한 한숨이 섞인 공기를 가르며 한 마리의 비둘기가 창으로 날아들었다.

퍼드득~

미리 준비되어 있는 대에 내려앉은 비둘기는 목적지에 도착한 것이 무척이나 기쁜지 소리 내어 울었다.

구구구~ 구룩구룩~

공탁수는 늘 하던 대로 익숙한 손동작으로 비둘기를 잡았다.

그리고는 비둘기가 가져온 전서의 내용을 확인했다.

이 일은 공탁수같이 똑똑한 사람이 할 일이 아니었지만 그에게는 더 이상 높이 올라갈 길이 없었다.

하지만 그래도 공탁수에겐 한 가닥 희망이 있었다.

'선우운철, 우리 천왕문에서 제이인자인 선우이인(鮮于李仁)의 아들인 선우운철. 그자만이 내 희망이다.'

공탁수가 이렇게 선우운철한테 희망을 품는 것도 당연했다.

두 달 전에 날아든 전서구.

그 비둘기가 달고 온 대나무통 속에 있던 작은 종이.

그리고 그 종이에 적혀 있던 내용.

천왕문에서 애타게 찾고 있는 팔찌가 황금장주의 팔에 채워져 있다는 그 내용.

공탁수가 그 전서를 훔쳐다가 선우운철한테 갖다줬기 때문이다.

그것은 공탁수에게 있어 한 번의 기회였다. 아니, 어쩌면 그것은 공탁수가 잡을 수 있는 평생의 처음이자 마지막 기회였는지도 모른다.

그 전서 내용의 중요함으로 보자면 그것은 천왕문에서 도둑질의 정도를 넘어서는 중대한 범죄이자 반역이다.

들키면 당연히 일을 벌인 공탁수 본인은 물론이거니와 세상에서 제일 소중한 여동생마저 끝장이다.

하나 자신에게 찾아온 기회를 공탁수는 절대 놓칠 수 없었다.

'내가 어릴 때, 바로 그때 도둑질을 했어야 한다고 오랜 세월 후회 속에서 살아왔는데…….'

그의 어린 시절, 하루만 일찍 도둑질을 결심했어도 자신과 여동생의 삶은 이런 꼴이 아니었을지도 모른다는 평소의 자책감은 결국 중년의 공탁수에게 전서를 훔치게 만들었다.

한데 선우운철한테 팔찌의 내용이 적힌 전서를 갖다준 지도 벌써 두 달이 넘었다.

그사이 황금장주가 도둑의 손에 죽고 팔찌가 사라졌다는 소식이 전 중원에 퍼졌다.

하지만 정작 선우운철한테서는 꿩 구워 먹은 소식이다.

공탁수는 답답해졌다.

'선우운철이 아직도 팔찌의 비밀을 못 풀었단 말인가?

자신이 아는 한 선우운철은 은혜를 저버릴 인간이 결코 아니었다.

그래서 훔쳐 낸 전서를 갖다줄 인물로 천왕문의 그 많은 사람들 중 선우운철을 택했다.

그런데 시간은 마냥 흘러가건만 기다리는 좋은 소식은 없다.

파다다닥~

또 한 마리의 비둘기가 날아들었다.

공탁수는 묵묵히 맡은 일을 했다.

그는 그저 선우운철이 하루빨리 팔찌의 비밀을 풀어서 천왕문을 장악하기만을 학수고대할 뿐이다.

*   *   *

천왕문의 정보를 담당하는 비신각에서 일하는 공탁수가 전서구에서 서신을 훔쳐 낸 일은 아직 천왕문에서 들통이 안 난 상태다.

그래서인지 천왕문은 여느 때와 다름이 없다.

천왕문.

현재 천왕문의 제일인자로는 당연히 문주인 천왕유세(天王有勢) 천상천(天上天)을 들 수 있을 것이다.

하나 그보다 더 뛰어난 자가 있었으니…….

이름하여 독고마왕(獨孤魔王) 독고강(獨孤鋼)!

천왕문 내에서 독고강의 직위는 태상호법이다.

한데 천왕문도들은 문주 뒤에 떡 버티고 있는 이 엄청난 인물에 대해서 언급을 극도로 삼가했다. 그도 그럴 것이, 독고강은 경이적인 존재이면서 동시에 위협적이고 두려운 자였기 때문이다.

독고강은 현 천왕문주인 천왕유세 부친의 사형이다.

천왕문주의 부친은 이미 늙어 죽고 없지만 그 사형인 독고강은 세수 팔십이 넘었는데도 불구하고 아직 정정했다.

사형인 독고강은 사제보다 월등히 뛰어난 무공을 가졌다.

그런데 예전에 두 사형제가 천왕문주 자리를 놓고 경쟁을 하게 되었을 때 독고강은 자발적으로 물러났다.

그 후 그는 홀로 여행을 떠나서 사제가 문주의 지위를 확고히 할 때까지 천왕문으로 돌아오지 않았다.

사실 그가 문주의 자리를 쟁취하지 않은 이유는 권력에 관심이 없어서라기보다는 무엇에고 책임을 지기 싫어하는 그의 이기적인 성격 때문이었다. 독고강은 어디에도 얽매이지 않는 자유를 원했고 후배 양성이나 문파의 안녕 따위가 아닌 오직 자신만의 안위를 생각하는 위인이었던 것이다.

다만 그에게도 한 가지 연연하는 게 있었으니, 바로 그의 여동생인 독고미향(獨孤美香)에 관한 것이었다.

피를 나눈 혈육이라고는 여동생밖에 없는 그는 독고미향을 끔찍이 싸고돌았다.

거기까지도 다 괜찮았다.

그러나 한 가지 문제점이라면 여동생에 관한 그의 소유욕과 집착이 너무 과하다는 점이었다.

그것은 독고강이 여동생의 청춘 사업을 일일이 쫓아다니며 방해를 놓는 것으로 이어졌다. 여동생을 맡길 만큼 그의 마음에 쏙 드는 청년이 단 한 명도 없었던 것이다. 아니, 사실 아무리 완벽한 남자라도 독고강의 마음에는 안 찼으리라.

어쨌거나 덕분에 독고미향은 여든 살이 다 되어가는 지금까지도 시집을 못 간 상태다.

그래서 지어진 그녀의 별호가 고독미녀(孤獨美女)다.

천왕문의 뒤편에 자리한 마왕루(魔王樓).

태상호법인 독고마왕 독고강이 거처하는 곳이다.

이곳엔 시중드는 시비를 제외하곤 아무도 찾아오지 않는지라 언제나 적막하기만 하다.

마왕루의 아래쪽으로는 드넓은 호수가 시원하게 펼쳐져 있다.

사방으로 창이 터진 누각에 등을 돌리고 앉은 한 사내가 보인다.

바로 이 마왕루의 주인인 독고강이다.

지금 그는 호수를 향해 두 팔을 뻗고 있다.

손바닥이 둥글게 원을 그리며 호수 위를 따라 천천히 움직인다.

독고강은 강기로 물속을 뒤지는 중이다.

그때 그의 귀로 청아한 음성이 들려왔다.

"오라버니, 또 잉어들을 괴롭히시는 거예요?"

"괴롭히기는? 누가 들으면 정말인 줄 알겠구나. 허허허~"

독고강은 과장되이 너털웃음을 터뜨렸다.

그의 뒤에는 언제 나타난 건지 한 여인이 얼굴에 망사를 쓴 채 조용히 서 있다.

하지만 독고강은 여동생인 독고미향이 온 것을 진작에 알고 있었기에 전혀 놀라지 않았다.

문득 독고강이 기쁨의 탄성을 질렀다.

"옳거니! 내가 손 안 댄 놈이 아직 있구나!"

그가 무언가를 끌어당기는 시늉을 하자 시퍼런 물결을 헤치고 팔뚝만한 잉어 한 마리가 떠오른다.

펄떡펄떡~

잉어는 허공을 가로질러 서서히 독고강의 코앞에 이르렀다.

잉어란 놈은 영문을 모르겠다는 듯 커다란 눈알을 뒤룩거린다.

독고강은 잉어의 네 가닥 수염을 손가락으로 떼어냈다.

똑! 또독! 똑! 똑!

수염을 도둑맞은 잉어가 작살에라도 꽂힌 것처럼 몸을 뒤틀고 난리를 친다.

퍼더덕~ 퍼덕퍼덕~

볼일이 끝난 독고강은 너 언제 봤냐는 양 잉어를 매몰차게 물속으로 집어 던졌다.

풍덩 소리가 들리기가 무섭게 수염이 없어진 민둥잉어가 죽자 사자 헤엄쳐 도망을 간다.

독고강은 잘라낸 수염을 맛있게 씹었다.

오독오독!

여동생 독고미향이 비위가 상한다는 어조로 물었다.

"오라버니, 안 비려요?"

매번 하는 질문이다.

그리고 그에 답하는 독고강의 대꾸도 항상 같다.

"민물고기는 비려야 제 맛이지. 역시 갓 잡은 놈이라 씹는 맛이 일품이야. 그래도 잉어 수염 한 접시에 은 닷 냥이나 가는데 나는 이렇게 자급자족을 하고 있으니 우리 천왕문에선 내게 상이라도 줘야 해."

오도독! 오도독!

잉어 수염을 맛있게 씹는 오빠에게 동생이 힐난을 한다.

"오빠 때문에 이 호수에 사는 잉어들이 수난을 당해요."

독고미향은 잉어가 불쌍한지 한숨을 내쉬었다.

이에 독고강이 즉각 항변한다.

"그래도 아직 대왕 잉어는 손대지 않았잖느냐?!"

독고 남매가 '대왕 잉어' 라 부르는 잉어는 이 호수에 사는 잉어들 중 가장 큰 놈으로 몸집이 사람보다 컸다. 고래로 착각할 정도의 그 잉어의 수염은 굵기만도 사람의 팔목만 하다.

독고강은 그 녀석을 제일 나중에 먹으려고 일부러 아껴두고 있는 중이었다.

오빠인 독고강이 대왕 잉어를 거론하자 독고미향이 어이없다는 듯 머리를 저으며 말한다.

"그 불쌍한 대왕 잉어는 오빠가 하루에 한 번씩 물 위로 건져 올려서 입맛을 다시는 통에 멸치같이 비쩍 말라 버렸어요!"

여동생의 핀잔에 독고강은 딴청을 피우며 화제를 돌렸다.

"얘야, 우리 잉어 얘기는 그만 하고 어디 얼굴 좀 보자."

독고강의 요청에 독고미향이 섬섬옥수로 망사를 걷어 올렸다.

그러자 중년 부인의 풍만하고도 자애로운 모습이 드러난다.

은은한 미소를 관세음보살처럼 엷게 드리운 그 얼굴은 상당한 미인이다.

독고강의 강렬한 눈빛이 부드러워졌다.

여동생한테서 보이는 것은 모친의 얼굴이다.

"얘야, 언제 보아도 좋구나."

가벼운 감탄과 함께 독고강은 몹시 흡족해했다.

독고미향이 올렸던 망을 살포시 내리며 말한다.

"오라버니, 저, 강호에 나갔다 올게요."

이에 독고강은 조금 못마땅한 듯이 투정조로 물었다.

"강호? 또 바람 쐬러 가느냐?"

"네, 천왕문에만 있기 갑갑해서요."

"그래, 그렇게 해라."

"다녀올게요. 제가 없는 동안 대왕 잉어나 너무 괴롭히지 마세요."

독고미향이 기뻐하며 걸어나간다.

그녀의 뒷모습은 군살 한 점 없이 호리호리하다.

그런 여동생을 아래위로 훑어보며 독고강은 고개를 끄덕였다.

'허허허, 미향이에게 주안과(駐顏果)를 먹이길 정말 잘했어.'

인세에 드문 영약 중에서도 젊음을 유지시켜 준다는 과일 주안과.

그 주안과는 과거 여행하던 독고강이 천왕문으로 돌아오면서 여동생에게 선물로 가져온 것이다.

독고강은 그것을 독고미향에게 먹였다.

주안과의 효과는 실로 대단했다.

그것을 복용한 여동생은 전혀 늙지를 않는 것이다.

그리고 그런 여동생은 독고강의 자랑이요, 낙이었다.

자신은 할아버지가 되어 검버섯이 자글자글해도 여동생만은 젊고 탱탱하다는 것에 만족감을 느끼는 독고강이었다.

오빠의 배웅을 받으며 독고미향은 마왕루를 물러 나왔다.

그녀의 발걸음이 날 듯이 가볍다.

강호에 나갈라 치면 여동생을 떼어놓기가 싫은 오빠가 이 핑계 저 핑계로 만류를 하던가, 아니면 그도 동생을 따라나섰다. 하니 이렇게 혼자서 나가는 것은 정말 흔치 않은 기회다.

기분이 좋아서 웃음이 절로 난다.

"오랜만에 나 혼자 강호에 나가네? 호호호~"

나비처럼 나풀거리며 그녀는 화원으로 들어섰다.

아직 이른 여름이건만 수많은 기화요초가 앞을 다투어 피어 있다.

독고미향은 꽃을 감상하기보다는 어서 빨리 강호로 나가고 싶어 발걸음을 재촉했다.

갑자기 그녀의 눈길이 이채를 발했다.

꽃에 둘러싸인 한 쌍의 선남선녀가 눈에 들어왔기 때문이다.

'응? 저 애들은 문주의 딸인 천명희(天明熙)와 그 애의 약혼자인 선우운철이잖아? 아마 둘이서 꽃 구경을 나왔나 보군.'

천왕문주의 딸인 천명희의 약혼자 선우운철은 천왕문의 제이인자인 선우이인의 외아들이며 동시에 문주의 두 번째 제자이기도 했다.

독고미향은 아무 생각 없이 걸음을 옮겼다.

그때 그녀의 귀로 천명희가 선우운철의 소맷자락을 붙잡고 늘어지며 뭐라고 애원하는 소리가 언뜻 들린다.

"가가! 제발 돌려주세요! 인피(人皮)… 어마!"

천명희는 말을 다 잇지 못했다.

독고미향을 발견한 선우운철이 천명희의 입을 급히 손으로 막았던 것이다.

본의 아니게 엿듣게 된 독고미향은 내심 의아스러웠다.

'인피(人皮)? 사람의 가죽? 연인들이 입에 담기에는 너무 끔찍한 말이 아닌가?

독고미향은 이해가 안 갔다.

요즘 들어 이 한 쌍의 젊은이가 티격태격하는 모습이 눈에 자주 뜨인다.

'혼인이 늦어져서 저러나?

독고미향의 뇌리로 천왕문주의 외아들이자 문주의 첫 번째 제자인 천명기(天明氣)가 떠오른다.

그 천명기가 사제인 선우운철을 극도로 싫어한 나머지 여동생인 천명희와 선우운철의 결혼을 미루려고 일부러 장가를 안 가고 버틴다는 것은 이미 파다하게 퍼진 소문이다.

그리고 그런 천명기가 미워서 천명희 역시 오빠와 얼굴을 마주 안 한다는 것도 알 만한 사람이라면 다 아는 사실이다.

"어머나! 오신 줄 몰랐어요, 고독미녀님."

천명희가 당황해하며 허둥지둥 인사를 한다.

그녀의 곁에 선 선우운철이 날카로운 눈빛으로 독고미향의 안색을 살피며 고개를 숙인다.

"어서 오십시오, 고독미녀님."

"저어… 도둑놈을 잡으신 후에는 악마도 잡으실 겁니까?"

"당연하지!"

문주는 그게 무슨 소리냐는 듯 인상을 찡그렸다.

이어 그는 발칵 짜증을 냈다.

"비록 해독제는 아직 못 만들었지만 독 중의 왕인 '악마의 독'을 더 얻으려면 반드시 악마도 붙잡아야만 해. 게다가 그런 괴물을 타국으로부터 데려와 무림에 풀어놓았다는 사실이 알려지면 하나도 좋을 게 없지."

"네에……."

당조제는 자신의 얼굴 표정을 숨기려고 황급히 허리를 꺾었다.

그는 가슴이 아팠다.

'…불쌍한 악마 녀석.'

새로 조제실주가 된 당조제는 악마를 측은히 여겨왔다.

죽은 조제실주가 그간 얼마나 혹독하게 악마를 다뤘는지 자주 목격했기 때문이다.

그자는 악마 외에도 더 많은 수의 악마들을 붙잡겠다는 구실로 악마를 모질게 고문했다.

그러나 악마는 종족이 있는 곳을 알지 못했다.

결국 나날이 행해지는 끔찍한 고문 속에서 악마는 그 순간을 모면하려고 거짓말을 하기 시작했고, 그 후 악마는 거짓말이 입에 붙어버리고 말았다.

당조제가 보기에 악마는 영리해서 잘 다독거리기만 하면 충분히 사람을 따를 것 같았다.

하지만 자기보다 약한 자를 발로 밟으며 쾌감을 느끼는 못된 성품을 지닌 조제실주는 우리에 갇힌 악마를 괴롭히면서 즐거움을 만끽했다.

어느 날 당조제가 굶고 있는 악마에게 먹이를 주다 들키자 조제실주는 악마를 당조제의 손길이 미치지 못하는 독물고로 옮겼다.

그날 이후로 악마에 대해서 끊임없이 걱정을 해오던 당조제는 도둑놈이 악마를 데려갔다는 사실에 뛸 듯이 기뻤다. 마치 앓던 이가 빠진 것처럼 시원했다.

물론 그도 당문의 힘을 더 강화하기 위해선 악마의 독이 필요하다는 것을 잘 알고 있었지만 그래도 그는 악마가 자유를 찾기를 원했다.

'그 불쌍한 놈이 독물고에만 내내 갇혀 있다가 이제 겨우 몇 년 만에 햇빛을 보게 되었는데 또다시 이리로 잡혀온다면……. 내가 조제실주가 되었으니 전보다야 낫겠지만 그래도 그렇지, 너무 비참한 일이야. 쯧쯧쯧.'

당조제는 악마가 어미를 찾아내서 이제 다시는 당문에 안 잡혀오기를 바랐다.

이때 문주가 갑자기 목소리를 낮춰서 은밀한 어조로 말했다.

"이보게, 조제실주. 이번 청부에 한 가지 주의할 점은 그 도둑놈의 털끝 하나도 다치지 않게 하고 반드시 산 채로 끌고 와야 한다는 것이네. 알겠는가? 절대로 놈의 몸을 상하게 해서는 아니 되네. 절대로! 그리고 이 일은 우리 둘만이 아는 것으로 하세."

"……?"

당조제는 왜 문주와 자기 둘만이 이 일을 알아야 하는지가 납득이 안 갔다.

그러나 그는 아무것도 묻지 않았다.

"알겠습니다, 문주님."

"조제실주, 내 다시 한 번 말하지만 절대로 도둑의 신체를 상하게 해서는 안 되네."

"예, 예. 그렇게 청부를 하겠습니다."

"그럼 나가보게."

"예, 문주님."

공손히 절을 하고 나가는 당조제.

한데 그는 속으로 무척 의아했다.

문주가 왜 '도둑이 다치지 않게 잡으라' 고 신신당부를 하는지 이상했기 때문이다.

'다치지 않게… 다치지 않게… 아니?'

한 가지 생각이 떠오르며 당조제의 얼굴에서 핏기가 사라졌다.

그는 후닥닥 돌아서며 물었다.

"문주님, 혹시……?"

"……."

문주의 결의에 찬 눈과 마주치는 순간 당조제는 자신의 추측이 맞아들었음을 확인할 수 있었다.

당조제는 정신이 아득해졌다.

그래도 그는 자신의 예상이 빗나갔기를 바라며 물었다.

"문주님, 설마 그 도둑놈으로부터 공청석유를 짜내시려구요?"

"……."

문주는 말이 없다.

조제실주는 두려움으로 덜덜 떨면서 외쳤다.

"문주님, 백 년 전의 일을 잊으셨습니까? 만년하수오(萬年何首烏)를 복용한 사람을 곰국으로 끓여 먹고 내공을 높인 마인(魔人)이 무림의 공적으로 몰려서 죽은 이후로 영약 먹은 사람을 잡아먹는 것은 무림의 금기(禁忌)입니다! 이 일이 발각되면 우리 당문은 멸문(滅門)의 길을 걷게 될지도 모릅니다!"

이렇게 말하는 당조제의 목소리는 심한 공포감에 젖어 있었다.

그는 무림에 이 일이 알려질까 두려웠다.

그렇잖아도 당문이 눈엣가시 같은 존재라 구파일방이나 삼대세가 안에 끼워주지도 않는 등 일부러 당문을 찬밥 취급하는 무림이다. 그런 무림이 이 일을 알게 되면 그냥 두고만 볼 리가 없다. 당연히 무림맹을 결성해서 이 기회에 당문을 쓸어버리려고 할 것이다.

문주는 엄히 말했다.

"나는 공청석유가 필요해! 도둑놈의 설사로 보아 놈은 공청석유의 기운을 아직 몸으로 흡수하지 못했어! 하니 놈을 잡으면 지금이라도 공청석유를 되찾을 기회가 있어!"

"문주님!"

당조제는 문주의 발에 몸을 던졌다.

그는 떨리는 손으로 문주의 발을 잡으며 눈물로 애원했다.

"크흑! 문주님! 제발 생각을 달리해 주십시오! 무림인들이 알게 되면 우리를 죽이려고 떼거지로 몰려올 겁니다!"

그러나 문주는 도둑의 초상화를 들이대며 거칠게 말했다.

"공청석유를 회수할 방법은 그거 한 가지뿐이야! 여러 소리 말고 그대로 시행하게!"

"문주님! 문주님, 제발……!"

"닥치게! 더 이상 아무 소리도 듣고 싶지 않네!"

문주는 신경질적으로 발을 흔들어 당조제를 떨쳐 버렸다.

그 후 그는 말없이 밖으로 나가 버렸다.

혼자 남은 당조제는 끝없이 깊은 나락으로 추락하는 느낌에 몸을 떨었다.

"효자인 문주님이 지금 큰일을 저지르고 있다!"

누군가 이 일을 말릴 사람이 있어야 한다.

그러나 당조제는 다른 사람한테 도움을 청할 수가 없었다.

이 일을 입 밖에 내면 자신은 그날로 문주의 손에 죽을 것이기에.

당조제는 넋을 놓고 중얼거렸다.

"아무도 말릴 수가 없다……."

그는 문주가 당문의 장로들을 다 제치고 굳이 조제실주인 자신에게 청부 건을 맡긴 까닭을 이제야 알았다. 문주는 '도둑놈 곰국'을 끓일 때 영약에 대해서 가장 잘 아는 조제실주의 도움이 필요했기 때문인 것이다.

결국 도둑놈을 삶아야 하는 건 조제실주인 자신의 몫이다.

당조제는 두려웠다.

살아 있는 사람을 솥에 넣고 삶아야 한다니 상상만으로도 소름이 끼친다. 게다가 만에 하나 이 일이 무림에 탄로나면 그때는 어쩌랴.

말로는 다 표현 못할 공포가 해일처럼 엄습했다.

"이 일이 발각되면… 우리 당문은 끝장이다!"

당조제의 부릅뜬 눈으로 흰 사슴 가죽 장갑이 자신의 목을 조여오는 환영이 보인다.

*　　　*　　　*

여름날의 나른한 오후.

산과 산 사이의 계곡을 따라 걷고 있는 청년이 있다.

그 뒤를 검은 고양이가 한 마리 쫄래쫄래 따른다.

이들은 바로 구달비와 악마였다.

구달비는 발을 멈추고 신경질적으로 뒤를 돌아보았다.

"으씨! 왜 따라오는 거야?"

구달비의 짜증에 고양이는 무안한지 한쪽 앞발로 땅을 파는 척한다.

고개를 숙인 그 녀석은 가끔씩 눈을 들어 구달비의 눈치를 조심스럽게 살폈다.

그러다가 구달비와 시선이 마주치면 녀석은 화들짝 놀라며 주눅이 든 눈을 힘없이 떨구었다.

구달비는 주먹으로 가슴을 쳤다.

"으아! 하루 이틀도 아니고 이거 정말 사람 미치겠네!"

그는 고양이를 떼어놓기 위해서 그간 최고의 속도로 경공을 펼쳤다.

그러나 '이젠 따돌렸겠지' 하고 조금 숨을 돌릴라 치면 영락없이 고양이가 근처에 나타나서 알짱거렸다.

구달비는 팔짱을 낀 채 고양이를 내려다보면서 물었다.

"너 말야, 어떻게 나를 쫓아올 수 있는 거야? 네가 날개로 난다고 쳐도 내가 너보다 훨씬 빠른데 말야."

당문의 영약고에 들어갔다 나온 후로 경공이 두 배나 빨라진 구달비는 고양이가 대체 어떤 수법으로 매번 자신을 찾아내는지 몹시 궁금했다.

구달비의 물음에 고양이는 곤혹스러운 표정을 지었다.

"나도 몰라. 그냥 네가 어디에 있는지가 느껴져."

“희한한 놈이군.”

구달비는 이해가 안 가 그냥 머리를 저을 수밖에 없었다.

하나 그가 몰라서 그렇지 이 모든 일은 둘이서 만년인형삼왕을 반씩 나눠 먹었기 때문에 발생한 사태였다. 반으로 갈린 만년인형삼왕의 영성(靈性)이 서로 끌어당기고 있는 것이다.

다만 둘이 반씩 먹었다고는 하나 인간인 구달비보다 동물인 악마가 본능이 더 강했기 때문에 녀석은 구달비가 있는 곳을 쉽게 찾을 수 있었다.

구달비는 가슴이 답답해지면서 한숨이 나왔다.

“휴우~ 한마디로 돌겠군.”

사실 아닌 게 아니라 그는 미칠 것만 같았다.

자기 한 몸도 건사하기 힘든 판에 혹까지 붙었다.

‘이놈의 악마가 대체 무슨 수로 나를 찾아내는지는 모르겠지만 이렇게 된 이상 녀석을 떼어놓는 건 불가능하다. 나는 이놈을 평생 달고 다녀야 하는 건가?

구달비는 눈앞의 조그만 동물을 묵묵히 내려다브았다.

아무리 떼어놓으려고 한들 고양이가 달라붙으니 결국 같이 다녀야만 한다면 차라리 화해를 하고 사이좋게 다니는 편이 낫다.

하지만 악마가 먹어버린 삼 뿌리를 생각하니 또다시 울화가 치밀었다.

구달비가 인상을 그으며 물었다.

“근데 넌 니네 엄마나 찾아갈 일이지 왜 날 따라오는 거야?”

구달비의 험악한 표정에 검정 고양이는 움찔 물러섰다.

곧이어 녀석은 머리를 떨구며 처량하게 말했다.

“엄마가 어디 있는지 나도 몰라.”

이에 구달비가 코웃음을 치며 빈정거린다.

"흥! 너 또 거짓말하는 거지?"

"아냐! 정말로 몰라! 진짜야!"

"흠……."

구달비는 턱을 만지면서 고양이를 훑어보았다.

엄마의 거처를 모른다는 녀석의 말은 사실 같다. 알면 구달비를 쫓아오지 않고 엄마를 찾아갔을 테니까 말이다.

구달비는 고양이 앞에 쪼그리고 앉았다.

그는 며칠 내내 졸졸 따라오는 고양이한테 자신이 처한 상황을 설명했다.

"이봐, 고양이 군. 네가 잘 몰라서 이러는데, 나는 쫓기는 몸이야. 나를 잡으려고 중원 전역에 현상금 사냥꾼들이 장강의 모래알만큼 잔뜩 깔렸어. 당문에 가기 전에 내가 끝내주는 부잣집을 털었거든. 그러니 나랑 같이 있으면 무진장 무진장 위험해."

"……!"

고양이는 깜짝 놀란 눈치다.

녀석은 조그만 머리로 잠시 생각을 해보더니 말했다.

"그래도 너랑 있는 게 제일 안전할 거 같아. 너는 당문에 도둑질을 하러 들어올 만큼 당문을 안 무서워하잖아? 그러니 너랑 같이 갈래. 난 당문 놈들한테 다시 붙잡혀 갈까 봐 너무 무섭다구."

"당문이 무섭기는 나도 마찬가지야! 그러니 넌 네 갈 길로 가!"

냉정하게 자르는 구달비에게 검은 고양이는 울먹이는 목소리로 말했다.

"난 당문을 탈출한 후로 단 한숨도 잠을 자본 적이 없어."

“······!”

고양이의 고백에 구달비는 가슴이 아파왔다.

‘오늘따라 이 악마 녀석의 눈동자가 더 붉게 보이는 이유는 그간 잠을 전혀 못 자서 눈이 충혈되었기 때문이구나.’

자신이 틈틈이 잠을 잘 때 악마는 살고 싶다는 일념으로 잠 한숨 못 자고 부지런히 자신의 뒤를 쫓아왔음이 틀림없다.

그러나 구달비는 악마가 먹어버린 삼을 상기할 때마다 분노가 치솟았다.

구달비는 버럭 호통을 쳤다.

“대체 어쩌자고 삼을 훔쳐 먹은 거야? 난 당문에서 너를 탈출시켜준 은인이라구! 세상에 어떻게 하면 은인의 물건을 묻지도 않고 먹어치울 수가 있냐?!”

“난 언제나 배가 고팠어. 곰팡이가 난 썩은 도가뱀 따위는 먹고 싶지 않았어. 정말이야. 흐아앙~”

고양이는 쪼그리고 앉아서 두 앞발로 눈물을 훔치며 울었다.

“엉엉~ 당문에서 탈출한 후로 계속 힘들게 달리는 너한테 차마 밥까지 달라고 할 수는 없었어. 때마침 눈앞에 그게 있길래 그만······. 어엉엉엉~ 잘못했어. 다시는 안 그럴게.”

“아무리 코앞에 먹을 게 있더라도 참았어야지!”

“내가 바보라서 그래. 엉엉~”

고양이는 두 귀를 납작 내리고 서럽게 울어댔다.

야단을 치던 구달비는 입을 다물었다.

자신도 배고픔을 못 참고 삼을 절반이나 먹어치운 주제에 악마만을 나무라고 있다는 자각이 들었기 때문이다.

구달비는 착잡한 마음으로 악마를 바라보았다.

'아무래도 나보다 어린 놈이니 참을성이 더 부족하겠지.'

고양이가 눈물을 닦던 두 앞발을 하나로 모으고 애원한다.

"또 그런 일이 생기면 그땐 정말로 참아볼게. 한 번만 더 기회를 줘. 엉엉~"

녀석의 눈에서는 눈물이 비 오듯 떨어지고 콧물도 질질 흘리고 있다.

구달비를 쫓아오는 내내 전혀 쉬지를 못한 검정 고양이는 흙투성이에 몹시 더러웠다.

그 비참한 몰골에 구달비는 마음이 약해졌다.

"이제 그만 울고 네 얘기를 해봐. 엄마가 어디 계시는지 진짜 몰라?"

"엄마는… 엄마는… 흐아아앙~"

고양이는 눈물을 펑펑 쏟으며 통곡을 했다.

"엄마아~ 엄마~"

이때 갑자기 고양이의 목구멍 속에서 사람의 귓속을 꿰뚫는 굉음이 울려 나왔다.

끼이이이이이이이이이이이이이이—

"그만 해! 그만! 으아악!"

새파랗게 질린 구달비가 귀를 막은 채 비명을 질렀다.

그러자 미안한지 얼른 입을 다무는 고양이.

귀에서 손을 뗀 구달비는 숨을 헐떡이며 물었다.

"대체 왜 그런 이상한 소리를 내는 거야? 난 그 소리를 당문의 영약고에서도 들었다구."

"이건 우리 엄마 목소리랑 같은 거야. 난 엄마 얼굴도 기억 못하지만 이 소리를 내면 언젠가는 엄마가 나를 찾아올 거 같아.”

고양이는 눈을 반짝이면서 설명했다.

하지만 그 끔찍한 음향에 구달비는 몸서리를 쳤다.

“니가 한 번만 더 엄마를 부르다간 내가 내 명대로 못살겠다!”

투덜대던 구달비는 문득 의심쩍은 생각이 들었다.

“근데 참 이상해. 넌 어떻게 엄마 얼굴은 기억 못하면서 목소리는 알고 있냐?”

구달비의 의문에 고양이는 슬픈 표정을 지으며 고개를 흔들었다.

“몰라. 난 항상 어둠 속에 있었어. 그곳은 아주 따뜻한 곳이었는데 언제나 엄마의 목소리가 들려왔어. 엄마는 자장가를 불러주었어. 그 자장가가 어떤 거냐 하면…….”

“그만! 그만 해! 너네 엄마 노래가 어떨지 잘 아니까 또 흉내 안 내도 돼!”

구달비는 다급히 귀를 막으며 고양이를 말렸다.

＊　　　　＊　　　　×

으슥한 숲 속으로 자리를 옮겨 고양이와 대화를 나눈 구달비.

구달비는 녀석이 들려준 얘기를 정리해서 되물었다.

“음, 그러니까 넌 어딘가 아주 높은 곳에서 혼자 떨어진 후 검은색 피부의 사람들이 하반신을 풀 쪼가리로 가리고 사는 밀림에서 그네들의 왕 노릇을 하고 살았단 말이지? 그러다가 독물을 채집하러 온 당문도들의 눈에 띄어서 중원으로 잡혀왔고, 당문에 갇혀 있으면서 중원 말을 배웠다?”

"응, 맞아."

"쳇, 뭐야? 결론은 넌 그 검은 피부 사람들을 등쳐 먹었단 소리잖아?"

"무슨 말이 그래?"

듣기가 거북한지 고양이는 입을 삐죽거렸다.

그러나 구달비는 계속 이죽거렸다.

"사실이잖아. 넌 그 사람들의 가축을 물어 죽였다면서? 그래서 너를 두려워한 그들이 바치는 공물을 먹고 살았다며? 넌 그 사람들한테 웬수였어. 오죽했으면 그네들이 너를 악마라고 불렀겠냐?! 그래서 당문에서도 그들을 따라 너를 악마라고 부른 거잖아?"

"……."

인정하기 싫은 듯 고양이는 샐쭉한 표정으로 딴청을 피웠다.

구달비는 의미심장한 표정으로 물었다.

"너, 거기서 가축 말고 사람도 물어 죽였냐?"

"…그런 적 없어."

하지만 고양이가 구달비의 눈을 똑바로 보지 못하는 꼴을 보니 녀석은 인간도 죽였음에 틀림이 없다.

구달비는 아버지로부터 '살인하지 말라' 고 누누이 교육을 받은 터라 이 일을 절대 묵과할 수 없었다.

그는 고양이한테서 다짐을 받았다.

"사람을 죽이는 건 원수에 원수를 낳는 일이야. 그러니 다시는 사람을 죽이면 안 돼! 약속해!"

"아, 알았어! 알았다니까!"

고양이가 불만스럽다는 어투로 할 수 없이 대답한다.

구달비는 그런 고양이를 보며 물었다.

“근데 넌 왜 입만 벌리면 거짓말이니?”

“나도 몰라. 옛날엔 이런 적이 없었는데… 당문에 있다 보니 이렇게 됐어.”

“아무튼 나를 따라다니려면 이젠 더 이상 거짓말하지 말어!”

“앞으론 거짓말 안 할게. 에헤헤~”

함께 다니기로 허락을 받은 고양이가 기쁜 표정이 되어 헤벌쭉 웃는다.

구달비는 고양이가 조금 귀여워졌다.

‘나도 이젠 이목구비 중에서 두 가지나 고칠 수 있으니 현상금 사냥꾼들한테 잡히진 않을 거야. 하니 악마를 데리고 다녀도 이놈한테 피해를 줄 일은 없을 테지.’

고양이를 보면서 속으로 미소를 짓는 구달비.

그는 갑자기 박수를 치면서 말했다.

“야, 난 네가 악마라고 불리는 게 싫으니 일단 네 이름부터 새로 짓자. 근데 넌 참 이상한 동물이야. 암수 생식기도 없는 데다가 마음대로 변하기까지 하고 말야. 새 이름은 음… 넌 검은색을 좋아하는 것 같으니 흑아(黑兒)가 어때?”

“좋아, 좋아. 이제부터 난 흑아야. 에헷헷헷헷~ 흑아! 감이 좋군. 넌 달비라고 했지?”

흑아는 마냥 기뻐했다.

구달비도 따라서 기분이 좋아졌다.

“흑아야, 나랑 같이 지내려면 네가 알아둘 게… 엉?”

말을 하다가 보니 흑아는 딴짓을 하고 있다.

녀석은 아름드리 나무의 밑둥치를 노려보고 있었다.

거기엔 주먹만한 풍뎅이 한 마리가 기어가고 있었다. 번쩍이는 갑옷에 사슴처럼 큰 뿔을 가진 아주 멋진 놈이다.

그러나 풍뎅이의 말로는 비참했다.

마치 개구리가 파리를 낚아채는 것처럼 고양이의 입에서 혀가 길게 뻗어가더니 풍뎅이를 휘말아 입 안으로 끌어 넣었던 것이다.

휘리릭~

"……!"

구달비는 깜짝 놀랐다.

흑아의 몸이 찹쌀떡같이 쭉쭉 늘어난다는 사실은 알고 있었지만 그래도 아직은 익숙지 않다.

고양이가 풍뎅이를 황급히 씹는다.

"우작우작! 꿀꺽!"

이어 고양이는 입가에 붙은 풍뎅이의 뒷다리를 구달비가 뺏어 먹기라도 할까 봐 걱정이 되는지 얼른 혀로 턱을 핥았다.

구달비는 풍뎅이 따위는 먹고 싶지 않았다. 해서 흑아가 하나도 안 부러웠다. 다만 녀석의 하는 짓이 괘씸했다.

구달비의 얼굴이 찡그려지더니 더는 참지 못하고 한마디 한다.

"너, 이제 보니 먹는 데 아주 치사한 놈이구나?!"

"……!"

흑아의 얼굴이 흠칫 굳어지더니 녀석은 작은 어깨를 늘어뜨리고 구달비의 눈치를 살핀다.

야단을 맞은 고양이 녀석은 기어들어 가는 어투로 사과했다.

"혼자 먹어서 미안해……."

"야! 내가 그깟 풍뎅이가 먹고 싶어서 그러는 줄 알아? 다만 나랑 친구가 되려면 뭐든지 나눠 먹을 줄 알아야 한다는 거지. 친구란 건 콩 한 알도 반쪽씩 나눠 먹는 그런 거라구!"

흑아가 얼른 묻는다.

"친구? 알았어. 앞으론 뭐든지 나눠 먹을게. 그러니 나랑 친구하는 거다?"

"……"

구달비는 흑아를 물끄러미 바라보았다.

이 녀석을 친구로 삼으면 평생 처음으로 친구란 걸 가지게 된다.

'흐음, 친구라……'

친구. 듣기만 해도 마음이 푸근해지는 단어.

구달비는 힘주어 고개를 끄덕였다.

"좋아! 우리 친구하자! 근데 너, 나 배신하면 안 된다?"

"알았어. 에헤헤, 달비야아~"

흑아가 헤죽거리며 즉시 붙어온다.

구달비는 흑아의 몸을 훑어보면서 물었다.

"네 본 모습은 어떤 거야? 넌 내가 아는 것만 해도 원숭이, 강아지, 앵무새에 지금은 고양이야. 어떤 게 진짜 네 모습이니?"

"몰라. 잊어버렸어. 하도 이것저것 많이 변하다 보니 원래의 내가 어땠는지 기억이 안 나."

이렇게 말하는 흑아의 얼굴은 무척 슬퍼 보였다.

그것으로 보아 거짓말은 아닌 듯싶다.

구달비는 침울한 분위기를 바꾸려고 일부러 가볍게 말했다.

"나도 내 이목구비 중에서 두 개를 바꿀 줄 알아. 얼마 전까지는 한 군데였는데 당문에서 영약을 훔쳐 먹은 후로는 두 개로 늘었지. 에헴!"

“굉장하다! 근데 넌 직업이 도둑이야?”

“그게… 나도 잘 모르겠어. 난 도둑질을 안 하고 싶은데 상황이 자꾸 도둑질을 하게끔 나를 몰고 가.”

“어떤 식으로?”

조그만 머리를 귀엽게 갸웃거리는 흑아에게 구달비는 자신의 과거를 얘기해 주었다.

“이 모든 일은 우리 아버지가 돌아가신 후부터인데…….”

한동안 혼자서 떠들던 구달비의 목소리가 잦아들며 그는 흑아를 내려다보았다.

흑아는 구달비의 무릎을 베고 어린아이처럼 자고 있다.

쌕쌕～

고양이의 숨결이 느껴진다.

수일간 잠을 못 잤으니 몹시 피곤했으리라.

“훗, 녀석…….”

자신을 믿고 깊은 잠에 빠진 흑아를 보면서 구달비는 여러 가지 상념에 잠겼다.

‘이십 년이었던 공력이 이제는 그 두 배나 된다. 그런데도 이목구비 중 겨우 두 군데만 변형이 되니 도대체 이목구비는 물론이거니와 몸 전체의 골격까지도 아예 다른 사람으로 바꿀 수 있었던 아버지의 공력은 얼마였을까?

아버지는 완전히 다른 사람으로 변신을 한 상태에서도 경공을 비롯하여 음식도 먹는 등 이런 저런 일을 다 할 수 있었다.

구달비의 경우 경공을 쓰려면 얼굴의 변형이 풀어져 버린다.

독고미향은 가볍게 응수했다.

"내가 그대들의 정취를 방해한 거나 아닌지 모르겠군."

"아니에요. 우리는 그저 화원을 걷고 있었을 뿐인걸요."

천명희가 황급히 대꾸한다.

반면에 선우운철은 말이 없다.

그는 독고미향이 자신들의 대화를 들은 게 아닌지 탐색하는 눈초리다.

그러나 독고미향은 그 둘이 그러든 말든 남의 연애 싸움에는 전혀 관심이 없었다.

독고미향은 발길을 떼어놓았다.

"나는 강호에 일이 있어서 가봐야겠어."

"안녕히 다녀오세요."

"다녀오십시오."

천명희와 선우운철이 허리를 굽한다.

두 남녀는 독고미향이 자기네 대화를 못 들은 것으로 생각하는지 적이 안심하는 눈치다.

독고미향은 이 젊은이들이 벌이는 수상쩍은 행각을 무시한 채 화원을 떠났다.

그녀는 오랜만에 강호로 나간다는 사실에 기분이 들뜬지라 천명희가 말한 '인피'를 천왕문 조사동에 있는 '인피지서'와 연관 짓지 못했다.

*　　　*　　　*

천왕문주의 딸 천명희의 약혼자인 선우운철의 방.

활짝 열려진 창을 통해 차가운 달빛이 고고하게 뿌려진다.

한데 그 달빛 속에 모습을 드러낸 물건이 있었다.

그것은 바로 용 모양의 백옥 팔찌!

선우운철은 팔찌를 이리저리 돌리며 달빛에 비춰보았다.

그러기를 수십 차례. 끝내 팔찌 위로 낮은 신음이 토해졌다.

"크윽! 보름달 빛에 비춰보기까지 했건만 팔찌의 무공을 찾을 수가 없다."

별짓을 다 해보아도 변함이 없는 팔찌를 보며 선우운철은 절망감에 사로잡혔다.

"아버지의 바람을 이루어 드리고 싶었는데……."

천왕문에서 제이인자의 위치에 있는 아버지의 소원은 천왕문의 문주가 되는 것이었다.

선우운철은 이 팔찌가 그 소원을 이루어주리라 예상했다.

그런데 팔찌의 비밀이 풀리지를 않는다.

"제길! 기회가 왔는데도 잡을 수가 없다니!"

천왕문의 역사는 본래 자식한테 문주 직위를 물려주는 것이 아니라 천왕문에 속한 문도라면 누구나 문주의 자리에 도전할 수 있었다.

그러나 그 자리를 지금껏 문주의 핏줄들이 내내 차지한 이유는 다른 문도들의 무공이 그보다 못했기 때문이다.

그건 당연한 일이었다. 천왕문주만이 들어갈 수 있는 조사동에는 수많은 비급이 보관되어 있고 역대 문주들은 그중 월등한 무공을 제자들이 아닌 자신의 자식한테만 전수했기 때문이다.

그간 제자가 문주의 자식보다 뛰어났던 예로는 오직 한 번, 독고마왕 독고강이 있을 뿐이다. 하지만 그는 문주가 되기를 원치 않았다. 그래서 천왕문의 개파 이래 문주는 모두가 천씨 가문의 소생이다.

어쨌든 실력이 따른다면 누구나 문주가 될 수 있었으니 선우운철의 아버지도 문주가 되고 싶어했다.

그러나 무공이 받쳐 주질 못했다.

해서 그는 자신은 포기할지언정 아들인 선우운철에게서 그 꿈을 이루어보려고 했다.

그는 아들이 어릴 때부터 무공은 기본이요, 외국어를 비롯한 특별 소양 교육까지 시켰다. 그렇지만 아들에게 있어 가장 필요한 문주의 무공을 넘어서는 무공이 없었다.

선우운철은 아버지가 선망의 눈길로 문주를 바라보는 모습을 보면서 컸다.

그런 아버지의 꿈을 위해서 선우운철은 사부인 천왕문주의 눈에 들고자 갖은 노력을 다 했다.

그러나 사부는 아들인 천명기한테만 뛰어난 두공을 전수했고 오히려 선우운철의 노력은 사부의 아들인 천명기가 사제를 증오하는 결과만을 낳았다.

결국 선우운철은 문주 직위를 체념할 수밖에 없었다.

그때 한 가닥 빛이 보였다.

천왕문주의 딸이자 정혼녀인 천명희가 조사동 안에서 '인피지서' 라는 비급을 훔쳐다 선우운철한테 주었던 것이다.

그 책의 무공은 인간의 한계를 벗어나는 실로 엄청난 것이었다.

그러나 비급은 완벽하지 않았다.

책에는 무공의 완성을 위해선 용 모양의 백옥 끝찌가 있어야 한다고 쓰여져 있었던 것이다.

용 모양의 백옥 팔찌.

선우운철은 천왕문에서 오랜 세월 동안 그 팔찌의 행방을 찾고 있다는 사실을 알았다.

그는 참담한 마음이 되었다. 자신이 천왕문보다 더 빨리 팔찌를 찾아낼 가능성은 전무했고, 그 팔찌가 아직까지 인세에 존재한다는 보장도 없었다.

그래도 선우운철은 언젠가 팔찌와 인연이 닿기를 바라며 최선을 다했다. 완성되지 않은 비급만으로는 문주의 무공을 넘어설 수가 없었지만 그는 포기하지 않고 비급 안의 무공을 익혔던 것이다.

그리고 기적이, 기적이 일어났다.

천왕문의 비신각에서 일하는 공탁수라는 자가 전서구에서 훔쳐 낸 서신을 들고 찾아왔다.

종이엔 ‘찾던 팔찌가 황금장주의 팔에 채워져 있다’ 고 적혀 있었다.

선우운철은 뛸 듯이 기뻤다.

그러나 갑작스레 찾아온 행운에 날아갈 것만 같았던 마음도 잠시, 선우운철은 혹시 사형인 천명기가 자신을 함정에 빠뜨리려고 음모를 꾸미는 게 아닌가 하는 생각을 해보았다.

그러나 여러모로 살펴본 결과 그렇지 않다는 확신을 얻자 선우운철은 행동에 나섰다.

이것은 절대적으로 신중을 기할 일이었다.

천왕문에서 찾는 팔찌를 자신이 빼돌린 사실이 발각되면 여러 사람이 죽는다. 자신은 물론 아버지한테도 피해가 가며 서신을 훔쳐다 준 공탁수도 목숨을 걸고 하는 일이다.

그래도 일이 잘돼서 팔찌의 무공으로 선우 가문에서 문주가 배출된다면 공탁수에겐 그 공로에 대한 큰 보상을 해줄 생각이다.

선우운철은 공탁수와 자신의 안전을 위해서 황금장이 있는 하남의 천왕문 지부에서 팔찌에 대한 전서를 날린 자를 죽여 살인멸구(殺人滅口)했다.

그게 선우운철 평생 첫 번째 살인이다.

선우운철은 살인을 하고 싶지 않았지만 상황은 그에게 더 많은 사람을 죽이라고 종용했다. 그리고 한 번 해본 살인은 두 번, 세 번으로 이어졌다.

결국 선우운철은 비급 안의 무공으로 황금장 호위무사들을 떼죽음으로 몰아넣었다. 그것은 황금장의 호위무사들이 방심하고 있었기에 가능한 일이었다.

한데 그 외중에 실수로 무공도 없는 황금장주 내외를 죽여 버렸다.

지금 생각하면 몹시 후회스럽지만 이미 지나간 일이니 어쩔 수 없다.

연후 황금장주의 방에서 팔찌를 훔쳐 가지고 나오던 선우운철은 심장이 목구멍으로 튀어나올 만큼 깜짝 놀랐다.

창밖에 어떤 놈이 숨어 있었던 것이다.

그놈은 교묘히 위장을 하고 있어서 만약 놈이 숨소리를 안 냈다면 선우운철도 모르고 그냥 지나칠 뻔했다.

다급한 김에 솔잎을 하나 날려 보냈지만 놈은 끄떡도 하지 않았다.

'혹시 천왕문의 사형이 보낸 자일지도 모른다'는 생각이 스친 선우운철은 일단 그 자리를 벗어난 후 소나무에 매달려서 그 복면인을 관찰했다.

그자는 조금 미적거리더니 잠시 후 황금장주의 방 안으로 들어갔다.

그 역시 팔찌를 찾으러 들어가는 걸지도 모른다. 아니, 분명히 그럴 게다. 그렇지 않고서야 감히 그 누가 있어 황금장주의 방에 침입을 한단 말인가?

선우운철은 복면인의 무공을 확인해 보려고 경비무사를 죽였다. 소란해지면 위기를 느낀 복면인이 뛰쳐나오리라 예상한 것이다.

그러나 기대를 깨고 그 수상한 자는 안에서 꿋꿋이 버텼다.

결국 아침 무렵까지 기다리던 선우운철은 날이 밝자 어쩔 수 없이 자리를 떴다.

나중에 소문을 들으니 놈은 그냥 한낱 도둑놈에 불과했다.

그런데 자신이 저지른 살인죄를 놈이 몽땅 뒤집어쓴 채 쫓기고 있단다.

선우운철은 어이가 없어서 웃음이 나왔다.

"큭큭큭, 황금장주의 맏아들이 눈이 뒤집혀서 어마어마한 현상금을 걸고 그놈을 찾는다지?"

자신은 하늘이 돕고 그놈은 재수가 더럽게 없는 놈이란 생각이 들었다.

그러나 놈한테 동정은 가지 않았다. 그놈은 남한테 해를 입히는 도둑질을 하는 놈이었기에.

"내가 천왕문주가 되면 하남성 감방에 갇혀 있을 그놈한테 사식(私食)이라도 넣어주고 싶구나. 그때까지 그놈이 살아 있다면 말이지. 크하하하하!"

복도 지지리 없는 도둑놈을 생각하며 대소를 터뜨리는 선우운철.

하나 그것도 잠시, 선우운철의 얼굴이 굳어졌다.

"지금까지는 모든 게 거짓말처럼 술술 잘 풀렸는데……."

사실 그의 말처럼 인피지서를 손에 넣을 때부터 지금까지의 과정은 누가 보아도 순조로웠다.

그런데 정작 제일 중요한 팔찌의 무공이 안 밝혀지니 사람 환장할 노릇이다.

풀리지 않는 팔찌의 비밀에 선우운철은 두 팔로 머리를 감싸 안았다.

"희매는 내가 인피지서를 손에 넣은 후부터 사람이 달라졌다며 책을 돌려달라고 난리지만 이건 우리 가문의 마지막 희망이다. 게다가 팔찌까지 얻은 이상 이건 틀림없는 하늘의 계시야."

선우운철은 다시금 용 모양의 팔찌에 눈길을 주었다.

"이 용의 눈……."

금(金)으로 된 용의 눈알이 수상하다.

금은 밖에서 넣은 게 아니라 마치 안에서 스스로 생성된 것처럼 자리잡고 있었다. 아무리 눈 씻고 찾아봐도 밖에서 집어넣은 흔적이란 없다.

그러나 상식적으로 생각해 봐도 백옥 속에서 금이 자랄 리는 없을 터.

결국 누군가가 인위적으로 금을 투입했다고 봐야 한다.

선우운철은 고심했다.

"대체 무슨 수를 써서 백옥 속에 금을 넣었을까?"

용의 두 눈알이 팔찌를 부숴보라고 유혹한다.

그러나 선우운철은 고개를 저었다.

"팔찌를 부수는 것은 최후의 방법이야. 그리고 혹시 인내심을 시험

하느라 일부러 이런 안배를 해놨을지도 몰라. 팔찌를 부수면 모든 것을 잃도록 말이지.”

선우운철은 자신도 팔찌의 무공이 필요했지만 그는 팔찌의 비밀을 풀어서 아버지께 드리고 싶었다. 아버지 앞에서 우쭐대며 자랑하고 싶었다.

팔찌를 붙들고 끙끙대던 선우운철은 자리에서 일어났다.

“휴우~ 어쩔 수 없군. 아버지랑 상의해 봐야겠다.”

팔찌의 무공을 드리며 아버지를 깜짝 놀라게 하고 싶었는데 이제는 별 도리가 없이 아버지의 도움을 받아야만 할 것 같았다. 그래 봤자 아버지 역시 못 풀겠지만 말이다.

마침내 어깨를 축 늘어뜨린 채 밖으로 나가는 선우운철.

그런데 선우운철은 그의 행동을 낱낱이 훔쳐보는 눈이 있음을 전혀 몰랐다.

벽에 지풍으로 뚫은 깨알만한 구멍을 통해서 천왕문 최고의 고수라는 독고마왕 독고강이 선우운철을 지켜보고 있었다.

그리고 천왕문이 오랜 세월 찾아 헤매던 팔찌를 목격한 독고강은 눈살을 찌푸릴 수밖에 없었다.

‘문주의 아들인 천명기 녀석이 매일같이 찾아와서 눈물 콧물 다 흘리며 기를 쓰고 부탁하길래 와봤더니만… 이 선우운철 놈이 반역을 꾀한다는 게 진짜였군.’

천왕문에서 찾던 팔찌를 가로챈다는 것은 반역이 확실했다.

천왕문에 대한 충성심이라고는 개 콧구멍만큼도 없는 독고강.

그는 이 일이 재미있다는 생각도 들긴 했으나 역시나 귀찮다는 마음이 절대적으로 우위를 차지했다.

'흐음, 어쨌든 천명기 녀석의 말이 사실이란 걸 확인했으니 이제 난 대왕 잉어나 보러갈까?'

독고강은 소리없이 사라졌다.

*　　　　*　　　　*

때는 한여름이라 구름 한 점 없는 무더운 날씨에 뜨거운 열기가 땅 위로 이글이글 피어오른다.

선우운철은 짙은 그림자를 만들며 천천히 걸었다.

그는 더위 따위는 느끼지 않는다. 공력이 일 갑자(60년)에 달한 까닭이다.

지금 선우운철은 정혼녀인 천명희를 생각하고 있는 중이었다.

'내 공력이 높은 이유는 내가 내공 증진에 힘썼기 때문인 것도 있지만 뭐니 뭐니 해도 아버지께서 내가 어릴 때부터 영약을 모아다 주신 것과 희매가 자신이 먹을 영약을 내게 준 덕택이지. 내 약혼녀인 희매…….'

귓가로 천명희의 나긋나긋한 음성이 들려오는 듯하다.

"선우 가가, 전 이미 복용했어요. 이건 한 개 더 얻어온 거니 부담 갖지 말고 드세요."

어린 소년이었던 선우운철은 천명희가 가져온 영약이 그녀 몫인 줄도 모른 채 받아 먹곤 했다. 이제 나이가 들어 진실을 알게 된 선우운철은 자신을 위해서 희생한 천명희한테 무한한 고마움을 느꼈다.

그는 천명희를 진심으로 사랑했다.

하나 요즘은 그녀를 생각할 때마다 마음이 무거워진다.

천명희는 정혼자인 선우운철이 잘되기를 바랄 테지만 아버지의 직위를 선우운철이 노리고 있다는 사실을 전혀 눈치채지 못하고 있기 때문이다.

선우운철은 아직 팔찌의 비밀이 풀리지 않았음에도 불구하고 벌써부터 걱정이 되었다.

'희매가 이 일을 어떻게 받아들일지가 큰일이군. 그래도 문주의 딸보다는 문주의 부인 자리가 더 좋은 거 아닌가?'

적당한 구실을 붙여서 위안을 삼으려고 하지만 아무래도 기분이 안 좋다. 이러고 저러고를 떠나서 자신은 장인이 될 사람의 직위를 뺏으려는 일파의 한 사람이다. 그것도 그녀가 인피지서를 훔쳐다 준 일이 발단이 되어서.

선우운철은 앞으로 천명희가 받을 충격에 가슴이 아팠다.

그는 자신의 행동을 합리화하려고 노력했다.

'문주 직위 쟁탈전은 꼭 지금이 아니더라도 언젠가는 천왕문에서 벌어질 일이야. 문주보다 높은 무공을 지닌 문도가 언제고 반드시 나올 테니까 말야.'

그래도 땅이 꺼질 듯한 한숨이 나온다.

"휴우~"

어두운 안색으로 그는 묵묵히 걸었다.

지금 선우운철은 사부인 천왕문주의 부름을 받고 문주의 집무실인 천왕각으로 가는 중이다.

그의 당당하던 발걸음이 평소와는 달리 미적거린다.

천왕문에서 애타게 찾고 있는 팔찌를 훔친지라 사부를 대하기가 껄끄러운 탓이다.

품에 지닌 인피지서와 백옥 팔찌가 오늘따라 무겁게만 느껴진다.

그러나 아무리 천천히 걸어도 어느새 천왕각 앞이다.

선우운철은 마음을 가다듬고 천왕각의 문을 열었다.

그런데 안으로 들어서던 그의 발걸음이 멈추어졌다.

대전에는 뜻밖에도 아버지가 불려와 있었던 것이다.

더욱이 아버지의 얼굴은 딱딱하게 굳어진 상태다.

선우운철의 얼굴에서 핏기가 가셨다.

"……!"

불길한 예감이 엄습한다.

선우운철은 재빨리 대전 안을 살폈다.

저 멀리 단상에 마련된 태사의에는 문주가 앉아 있고 그 아래쪽에 독고마왕 독고강과 아버지가 나란히 서 있다.

그리고 그곳엔 문주의 아들과 딸도 와 있었다.

한마디로 선우운철과 관계된 사람은 이 자리에 다 모인 셈이다.

독고마왕의 곁에 섰던 문주의 아들 천명기가 사제인 선우운철 쪽으로 걸어왔다.

약혼녀 천명희도 선우운철에게 다가왔다.

그녀는 안타까운 목소리로 정혼자를 불렀다.

"선우 가가!"

울음이 섞인 그 목소리에 선우운철은 퍼뜩 정황을 파악했다.

'들켰구나!'

인피지서가, 아니면 팔찌가 발각되었는지, 아니면 둘 다 발각되었는지 아직 확실치 않다.

그러나 외출을 잘 안 하는 독고마왕까지 와 있는 것을 보면 사태는 심각했다.

선우운철은 조금 더 나아가서 허리를 굽혔다.

"사부님, 부르셨습니까?"

천왕문주가 그를 똑바로 주시하며 운을 떼었다.

"애야, 내가 이상한 소릴 들었는데 그것이 참말이냐?"

"무슨 말씀이십니까?"

"네가 인피지서와 그 책에 언급되어 있는 백옥 팔찌를 가지고 있다는 소리 말이다."

"……."

선우운철이 대답이 없자 천명희가 그를 위해서 말한다.

"선우 가가, 사백조(師伯祖)님이 목격을 하셨대요."

사백조란 사부인 문주의 죽은 아버지의 사형인 독고마왕 독고강을 말함이다.

선우운철은 얼굴이 벌게지며 심장이 쿵쿵 뛰었다.

무공이 엄청나게 높다는 독고마왕이 몰래 정탐을 했음이니 자신이 모르는 게 당연하다.

궁지에 몰린 선우운철은 눈앞이 캄캄해졌다.

'목격자가 있으니 팔찌 같은 건 모른다고 거짓말을 할 수도 없다.'

천왕문주가 다시 입을 열었다.

"애야, 너의 아버지는 물론이고 너와 혼약을 한 내 딸의 얼굴도 있으니 다른 각주들이 없는 이 자리를 마련한 것이다. 그러니 솔직하게 말을 해보거라.”

사부의 말은 부드러웠지만 그 속에는 날카로운 질책이 담겨 있었다.

선우운철은 뭐라 할 말이 없었다.

“…….”

꿀 먹은 벙어리마냥 서 있는 선우운철의 귀에 또 다른 꾸짖는 소리가 들려왔다.

“이봐, 사제! 사부님의 말씀이 들리지 않는가?”

사형인 천명기다.

천명기의 눈에는 잔인한 빛이 일렁였다.

‘저 선우운철 놈은 아버지께 알랑방귀만 뀌던 놈이다. 그 바람에 내가 아버지한테서 야단을 맞은 게 한두 번이 아니었지.’

무공에 대한 자질이 자신보다 뛰어난 선우운철에게 강한 질투심을 느껴왔던 천명기는 속으로 회심의 미소를 지었다.

‘조사동 안에서 명희의 눈에 띄게 인피지서를 꺼내놓은 보람이 있었어. 큭큭큭, 멍청한 계집애.’

어리숙한 여동생을 이용해서 꼴 보기 싫은 선우운철을 함정에 몰아넣은 그는 스스로가 대견스러웠다.

‘저놈이 우리 천왕문의 제이인자인 선우이인의 아들이라 인피지서만으로는 놈의 강력한 처벌이 쉽지 않아서 또 다른 계책을 꾸며야 할 판에 팔찌 사건이 터졌지. 이건 하늘이 나를 도우심이야.’

아닌 게 아니라 천명기도 사제가 팔찌를 가지고 있을 줄은 전혀 몰랐다.

다만 그는 뭔가 꼬리를 잡을까 하여 사제의 주위를 맴돌던 중 선우운철이 어떤 물건에 대하여 상당히 집착하는 광경을 우연히 보게 되었

다. 선우운철은 그 물건을 가지고 여러 가지 실험을 하고 있었던 것이
다.

그 물건은 인피지서에서 말하는 백옥 용 팔찌 같았다.

하지만 천명기는 워낙 멀리서 보았기에 그 물건이 무엇인지 정확히
는 확인할 수가 없었다.

그래서 들키지 않고 가까이 갈 수 있는 사람인 독고강에게 부탁을
했고, 그 결과는 기대 이상의 큰 소득이다.

"흑흑흑……."

기어코 천명희가 울음을 터뜨렸다.

그녀는 선우운철 옆에서 고개를 숙이고 흐느꼈다.

정혼자가 그런 일을 벌였다는 게 못내 믿어지질 않았다.

자신은 그저 사랑하는 사람이 더 나은 무공을 원하기에 '이런 게 있
다' 며 인피지서를 가져다주었을 뿐인데 이런 사태가 되다니…….

훌쩍거리는 여동생을 못마땅하게 흘겨보던 천명기가 언성을 높였
다.

"사제, 어서 팔찌를 내놔!"

선우운철의 얼굴에 절망의 그림자가 드리워졌다.

'팔찌를 사부께 드리면 다시는 회수할 길이 없다. 결국 이런 식으로
포기할 수밖에 없는 건가? 아버지나 나나 평생 문주는 못 돼보는 건
가?'

사면초가에 몰린 선우운철.

그에게 전음이 들려왔다.

아버지인 선우이인이다.

『아들아, 팔찌를 줄 순 없다. 하나 너와 나는 문주와 독고마왕의 무공을 당할 수가 없으니 결국 방법은 하나다. 우리는 문주의 아들인 천명기를 인질로 삼아서 이 자리를 피하는 거다. 아들아, 네가 팔찌를 꺼냄과 동시에 나는 천명기를 사로잡겠다.』

절대 팔찌를 놓칠 수 없는 선우이인은 최후의 결정을 이렇게 내렸다.

그러나…….

독고마왕 독고강은 슬그머니 곁눈질을 했다.

선우이인의 입술이 달싹인다. 하니 그가 아들에게 전음을 보내고 있다는 것은 누구라도 알 수가 있다. 더불어 전음을 듣는 선우운철의 안색이 시시각각으로 변한다.

사실 전음의 내용에 선우운철의 안색은 변할 수밖에 없었다.

그는 아버지의 엄청난 계획에 심장이 오그라드는 것만 같았다.

'사형을 인질로? 그러면 나랑 희매의 결혼은 어떻게 되는 거야?'

오래 고민할 틈도 없이 아들의 갈등을 잘 아는 선우이인의 호통이 들려왔다.

『못난 놈! 한낱 계집에 얽혀서 집안의 광명을 포기하려느냐? 일단 문주가 된 후에 다시 구애를 해보거라! 이놈아, 우선 이 자리부터 벗어난 후에 다시 앞날을 도모해 보자!』

선우운철은 잠시 생각했다.

'하기사 천왕문의 권력 구조가 바뀐 후라면 희매도 순리에 응할 것이다.'

역시 아버지 말처럼 팔찌를 보유하는 게 급선무다.

선우운철은 품에 손을 넣어 천천히 팔찌를 꺼냈다.

그러자 일찍이 팔찌를 본 적이 있는 독고강은 시큰둥한 표정을 짓고 있었지만 천씨 부자의 입에서는 탄성이 터져 나왔다.

"바로 저겁니다, 아버지!"

"오!"

흥분한 천명기가 팔찌를 받으려고 선우운철한테 가까이 갔다.

이때였다.

"으합!"

선우이인이 천명기에게 번개같이 덤벼들었다.

그리고 비명이 터졌다.

"크악!"

한데 그 비명은 천명기가 아니라 선우이인의 것이었다.

선우이인의 목이 독고마왕한테 잡혀 있었다.

천명기는 급습을 받아 깜짝 놀랐다.

그는 검을 빼 들고 선우운철을 향해 달려들었다.

"감히 선우 부자 따위가!"

그 다음의 일은 팔찌가 선우운철의 손목에 채워짐과 동시에 일어났다. 선우운철이 천명기의 배를 장풍으로 내지른 것이다.

퍼엉!

"꾸엑~"

인피지서의 무공에 격타당한 천명기가 피를 토하며 뒤로 날아갔다.

천왕문주는 득달같이 아들한테 뛰어갔다.

"얘야, 괜찮으냐?"

"오빠!"

천명희도 경악성을 질렀다.

그녀는 이 무서운 상황에 충격을 받아 넋이 빠졌다.
입에서 멍한 중얼거림이 흘러나온다.
"어떻게 이런 일이……. 선우 가가… 오빠……."
이 모든 것은 찰나지간에 벌어진 일이었다.

第五章

아들아! 너만큼은 반드시 문주가 되어라!

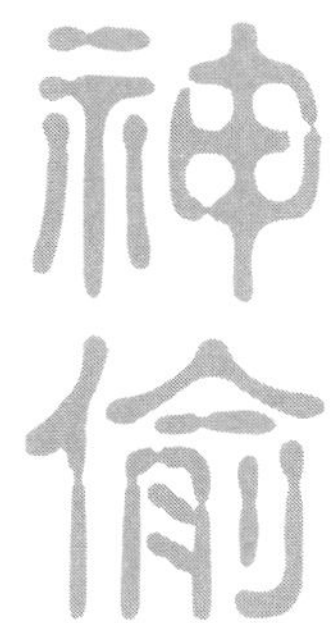

천왕문주는 재빨리 아들의 상처를 살펴보았다.

갈비뼈가 모두 으스러지고 오장육부가 뒤틀리다 못해 가닥가닥 끊겼다. 회생하기 어려운 지극히 심한 중상이다.

이것은 선우운철이 절박한 마음에 무공을 제대로 조절치 못한 결과다.

"끄으으……."

천명기는 눈을 허옇게 까뒤집고 입으로 꾸역꾸역 핏물을 게워냈다.

숨이 꺼져 가고 있었다.

문주는 급히 손바닥을 아들의 몸에 밀착하고 진기를 주입했다.

그는 큰 소리로 외쳤다.

"애야! 애야! 정신 차려라! 밖에 누구 없느냐? 사백(師伯)님!"

문주는 절박하게 독고마왕을 불렀다.

그러나 냉정히 대꾸하는 독고강.

"난 의원이 아니야."

그는 문주에게로 눈도 돌리지 않고 선우운철만을 노려보았다.

마치 매가 병아리를 노리고 있는 것만 같다.

독고강은 선우이인의 목을 움켜잡은 채 여유만만했다.

그는 재미있다는 듯이 히죽댔다.

"흐흐흐, 내 손엔 인질이 있다. 이제 어쩔 테냐?"

선우운철은 공포심으로 두 다리가 후들거려 왔다.

독고마왕의 무공이 엄청나게 강하다는 소리는 익히 들어왔지만 아버지가 단 한 수도 못 버티고 저렇게 허무하게 붙잡힐 줄은 꿈에도 몰랐다.

이때 문이 벌컥 열리며 천왕문도들이 들이닥쳤다.

"문주님, 부르셨습니까?"

뭐가 어떻게 돌아가는지 모르는 그들은 이 희한한 광경에 눈을 휘둥그렇게 떴다.

천왕문주가 얼른 명한다.

"선우운철을 잡아라!"

"예!"

이유야 몰랐지만 문주의 명령에 문도들이 몸을 날린다.

선우운철은 뭔가 행동을 취해야 했다.

그러나 지금 그의 머리 속에는 오직 '인질'이란 단어만 맴돈다.

'인질이 된 아버지를 두고 나 혼자 도망갈 수는 없으니……. 인질!
인질!'

선우운철은 절망했다.

팔찌를 훔친 데다가 문주의 아들인 천명기까지 다치게 했으니 이제 와서 무릎을 꿇고 빌어본들 늦었다.

그에게 남은 길은 이제 하나였다.

'인질!'

상황에 몰린 그는 눈물을 머금고 천명희를 낚아챘다.

선우운철은 문도들에게 거칠게 소리쳤다.

"멈춰라! 가까이 오면 명희 소저를 죽이겠다!"

문도들이 당황해서 멈추어 선다.

"선우 가가……."

놀라서 뾰족한 음성을 내던 천명희의 목소리가 잦아들었다. 혈을 짚인 까닭이다.

독고강의 눈에 이채가 서렸다.

"호오? 인질을 잡겠다는 거냐?"

그는 선우이인을 일부러 높이 들어 올리며 느긋하게 말했다.

"어떠냐? 너도 인질이 있고 나도 인질을 잡았으니 우리 서로 인질 교환을 하는 게? 클클클!"

"……."

선우운철의 눈에 희망의 빛이 떠올랐으나 그것은 곧 사라졌다.

독고강이 말처럼 순순히 아버지를 놔준다는 보장이 없기 때문이다. 그리고 설혹 그렇다 치더라도 저 무서운 독고강을 피해서 천왕문을 무사히 빠져나간다는 건 불가능하다.

선우운철은 몹시 당황하고 있었다.

나이가 아직 어린 그는 이 난국을 대체 어떻게 헤쳐 나가야 할지 도무지 알 수가 없었다.

그에게 한 가지 계책이 떠오른 것은 바로 이때였다.

'그렇다! 팔찌! 내가 왜 진작 이 생각을 못했지?'

선우운철은 팔찌를 차고 있는 손목을 치켜들고 외쳤다.

"아버지를 풀어주지 않으면 이 팔찌를 부숴 버리겠소!"

"……!"

천왕문주의 안색이 얼어붙었다.

반면에 독고강은 이죽거렸다.

"어차피 그 팔찌는 내 차지가 아닐 터, 그까짓 팔찌, 부수든지 가루로 빻아 마시든지 내 알 바 아니다. 한데 문주는 어떻게 생각하시는가?"

독고강이 천왕문주에게로 슬쩍 눈길을 보낸다.

순간적으로 의미심장한 눈짓이 오간다.

그리고 천왕문주가 이를 갈며 고함쳤다.

"흥! 내 아들이 부상을 입은 판에 너희 부자를 그냥 놔줄 수는 없다! 그러니 팔찌를 부숴라!"

사실 천왕문주는 팔찌가 온전하길 바랐다.

하나 그는 이미 독고강과 머리를 맞춘 후다. '이 상황에서 선우운철이 팔찌를 진짜로 부술 리는 없다. 그러면 가지고 있는 두 개의 패 중에 한 개를 없애 버리는 꼴이니까. 다만 저놈이 팔찌로 더 이상 협박을 못하게 우리는 팔찌에 연연하지 않는 모습을 보여야 한다'라고.

천왕문주는 추상같이 호령했다.

"이놈! 아비를 살리고 싶거든 당장 무릎을 꿇어라!"

독고강도 선우운철을 겁주는 문주의 행동을 거든다.

그는 손을 세워 선우이인의 심장 위에 갖다 대며 호통을 쳤다.

"아비가 죽는 걸 보고 싶으냐? 어서 무릎을 꿇어라!"

“으으으······.”

선우운철은 어찌할 바를 몰라서 아버지를 바라보았다.

이 광경에 선우이인은 미칠 것만 같았다.

그가 아는 문주는 욕심이 목구멍까지 찬 위인이라 절대로 팔찌를 포기할 사람이 아니다. 고로 문주와 독고마왕은 서로 짜고서 선우운철을 닦달하는 것이다.

그러나 자신은 목이 잡힌지라 이 같은 사실을 아들한테 전달할 길이 없다.

선우이인의 눈에 비장한 빛이 어리며 그는 아들을 직시했다.

“······!”

순간 선우운철은 섬뜩한 느낌이 들었다.

곧이어 그의 눈에 아버지가 팔다리를 축 늘어뜨리는 모습이 들어왔다.

“아버지!”

“엉? 이놈이 자결을?”

깜짝 놀란 독고강이 한 손으로 선우이인의 맥을 잡아본다.

그는 인상을 찡그리며 짧게 내뱉었다.

“···죽었군.”

털썩!

천왕문의 제이인자였던 권력가의 몸이 차가운 바닥에 엎어졌다.

선우이인의 초점을 잃은 동공에서 한줄기 눈물이 주르르 흘렀다.

그것은 아들에게 방해가 안 되게끔 자살을 택한 그의 심정을 그대로 대변해 주는 듯했다.

‘아들아, 너만큼은 반드시 문주가 되어라!’

“…….”

문도들을 포함한 모두가 멍청히 그 광경을 주시했다.

선우운철은 너무나 큰 충격에 눈물조차 나오지 않았다.

아버지의 주검을 망연히 바라보는 그의 입술을 비집고 넋 잃은 중얼거림이 새어 나왔다.

“아버지…….”

이제 상황은 급변했다.

인질을 잡고 있는 건 한쪽뿐이다.

아들에게 진기를 불어넣던 천왕문주가 천왕각이 쩌렁쩌렁 울리는 노성을 토해냈다.

“네 이놈! 네놈이 정녕 사람이더냐?! 당장 명희를 놔주지 못할까!”

독고강은 자기 일이 아닌지라 팔짱을 끼고 지켜보고만 있다.

그는 문주를 향해서 말했다.

“설마 저놈이 자기 정혼녀를 해치기라도 하겠는가? 뭐, 하긴 이런 판국이면 정혼녀고 나발이고 없겠지만서도.”

독고강은 도대체 누구 편을 드는지 알 수 없는 소리를 했다.

이어 그는 선우운철을 향해 소리를 버럭 질렀다.

“이놈아! 천명희를 어쩔 거냐?”

“……!”

그 소리에 퍼뜩 정신을 차린 선우운철은 후들거리는 두 다리에 힘을 주었다.

심장이 두 방망이질을 하고 있으나 그의 뇌리엔 지금 단 한 가지 생각밖에 없었다.

‘아버지의 죽음을 개죽음으로 만들 수는 없다! 살아야 한다! 어떻게 든 이 자리를 벗어나서 살아야 한다!’

선우운철은 발작적으로 악을 썼다.

“쫓아오지 마시오! 만약 나를 쫓아온다면 희, 희매의 목숨은 없소이 다!”

그는 천명희를 옆구리에 끼고 바람처럼 몸을 날렸다.

거의 그림자가 안 보일 정도로 엄청나게 빠른 경공이다.

혈이 제압된 천명희는 아무 소리도 못하고 끌려갔다.

문도들은 선우운철의 굉장한 경공에 따라갈 엄두를 못 내고 우왕좌 왕하고 서 있을 뿐이다.

그리고 아들에게서 손을 뗄 수가 없는 천왕문주는 그저 소리만 질러 댔다.

“아니, 저, 저런 발칙한 놈이? 사백님!”

자신을 찾는 소리에 독고강은 천왕문주를 쳐다보았다.

천왕문주는 숨이 꼴딱거리는 아들을 붙잡고 진기를 넣어주느라 난 리도 아니다.

한데 문도들에게 추격을 하라며 펄펄 뛰지 않는 꼴로 보아 의당 독 고강이 선우운철을 잡아오리라 철석같이 믿고 있나 보다.

독고강의 잘생긴 낯이 일그러졌다.

‘이런, 젠장! 내가 쫓아가야 하는 건가?’

이기적인 독고강은 천왕문의 일을 몸 바쳐서 돕고 싶은 마음이 추호 도 없었지만 그래도 천왕문에서 매달 봉급을 타 먹고 있기에 밥값은 해야 했다.

독고강은 은근히 짜증이 났다.

'사내놈한테 빠져서 조사동을 터는 저런 멍청한 계집은 죽든 살든 그냥 냅뒀으면 싶구먼. 끄으응!'

행여 문도들이 들을세라 속으로 투덜대던 독고강은 별수없이 선우운철의 뒤를 따라 몸을 날렸다.

＊　　　　＊　　　　＊

선우운철은 국경이 있는 서쪽으로 기를 쓰고 달렸다.

숲 속의 울창한 나무들 사이를 번개같이 가르는 그는 전신의 내공을 다 끌어올린 상태로 경공을 펼쳤다.

흔히들 말하길 '평소에는 삼 푼의 내력을 감추라' 고 하지만 지금은 그럴 때가 아니었다.

선우운철은 사타구니에서 방울 소리가 날 만큼 젖 먹던 힘까지 다 짜내서 뛰었다.

그러나 아무리 전력 질주를 해도 뒤에서 쫓아오는 자는 엄청난 고수라 좀처럼 거리가 벌어지질 않는다.

쫓기는 입장인 선우운철은 환장할 것만 같았다.

'큰일이다. 저 노괴물(老怪物)의 손바닥을 벗어날 수가 없다.'

초조해하는 선우운철의 뒤통수를 보며 독고강은 천천히 추격했다.

그는 앞으로 모은 소매 속에 두 손을 집어넣은 채 느긋하게 두 다리를 놀렸다.

"허허허, 그간 너무 방 안에만 있었나? 오랜만에 뜀박질을 하니 기분이 상큼하구먼."

너털웃음까지 흘리는 그는 시종일관 여유만만했다.

독고강은 추격자가 아니라 산책을 나온 자의 티도였다.

반면에 도망자는 온몸에서 비지땀을 흘리고 있다.

"헉헉!"

숨이 턱에 찬 선우운철은 눈앞이 노래졌다.

혼자였어도 독고강한테 붙잡힐 판에 사람 하나를 옆에 끼고 달리려니 버거운 정도가 아니라 금방이라도 폐가 터져 버릴 것만 같다.

선우운철은 살아날 방도를 궁리했다.

'독고마왕은 지금 토끼 몰이를 하듯 추격을 즐기고 있다. 그의 손아귀에서 벗어나는 건 불가능하다.'

판단을 내린 선우운철은 숨을 헐떡이며 멈추어 섰다.

"헉헉! 사백조님! 드릴 말씀이 있습니다!"

"뭐냐? 놔달라는 말이라면 꺼내지도 말아라!"

정곡을 찌르는 독고강의 말에 선우운철의 안색에는 절망의 빛이 가득 찼다.

그러나 그는 포기하지 않고 사정했다.

"사백조님, 우리를 그냥 보내주십시오! 저는 희매를 진심으로 사랑합니다! 우리는 천왕문의 세력이 미치지 않는 곳에 가서 살겠습니다!"

"흐음, 그러면 팔찌의 무공을 익힌 후 문주의 직위를 찬탈하러 오지 않겠다는 거냐?"

"그건……."

선우운철은 말끝을 흐렸다.

독고강이 고개를 저으며 말했다.

"너도 알다시피 난 사제한테 문주의 직위를 양브한 사람이다. 고로 난 어느 놈이 문주가 되든지 상관 안 한다. 그러나 네가 천명희와 가려

면 팔찌와 인피지서는 내놓고 가야 한다. 여기까지 왔는데 날더러 빈
손으로 돌아가란 말이냐?"

"……."

선우운철은 할 말을 잃었다.

'독고마왕은 팔찌를 원한다. 그러나 팔찌는 아버지의 목숨과 바꾼
건데 어찌 그것을 주고 간단 말인가?'

선우운철이 머뭇거리자 독고강이 다시 물어왔다.

"근데 천명희도 너와 같은 생각이냐?"

"예! 희매는 저랑 같이 갈 겁니다!"

선우운철은 아직도 옆구리에 끼고 있는 천명희를 내려다보며 자신
있게 대답했다.

그러나 독고강은 다시금 머리를 저었다.

"흐으음, 그건 네 생각이고… 천명희가 생각이 있는 애라면 아비가
문주로 있는 천왕문이 찾던 귀물(貴物)인 팔찌를 훔친 것도 모자라 자
기 오라비까지 죽인 너를 과연 따라갈까?"

"예? 사형이 죽다니요?"

깜짝 놀란 선우운철이 되물었다.

이에 독고강이 한심하다는 눈초리로 선우운철을 아래위로 훑어보며
말했다.

"넌 네 무공 실력을 모르느냐? 천명기 녀석은 지금쯤 황천을 헤매고
있을 게다. 그놈의 상처는 전설의 의원이라는 화타, 편작이 와도 절대
로 살려내지 못해. 그놈이 지금까지 숨을 쉬고 있다면 내 손에 장을 지
지마."

"……!"

선우운철은 심장이 덜컥 내려앉았다.

약혼녀의 오라비이자 사형인 천명기를 죽일 생각은 결코 없었다.

그런데 오라비가 죽었다는 소리에 천명희의 몸이 파르르 경련을 일으킨다.

망연히 서 있는 선우운철에게 독고강이 말했다.

"애야, 천명희의 아혈을 풀어줘라. 어디, 그 아이의 의견을 들어보자. 아니 뭐, 걔가 너를 따라가겠다고 해서 내가 너희를 놓아줄 건 아니다만 어쨌거나 난 저 애가 뭐라고 하는지 듣고 싶구나."

사형의 죽음에 충격을 받은 선우운철은 떨리는 손길로 약혼녀의 아혈을 풀어주었다.

그는 슬픈 마음이 되어 사과했다.

"희매, 정말 미안하오. 나를 용서해 주시오. 난 사형을 죽일 마음은 추호도 없었소. 다 무공을 조절 못한 내 탓이오. 희매, 우리 둘이 멀리 도망가서 삽시다. 내 반드시 그대만은 행복하게 해주겠소."

선우운철의 말투에는 사랑하는 이의 마음을 아프게 했다는 죄책감이 진득하니 묻어 나오고 있었다.

그러나 천명희는 냉정하게 말했다.

"나를 내려줘요. 나는 천왕문으로 돌아가겠어요."

감정을 억누른 나직한 목소리였다.

그녀는 팔찌를 숨기고 있던 약혼자에게 극심한 배신감을 느끼고 있었다.

"희매, 지금 우리가 헤어진다면 우리는… 우리는……."

선우운철은 차마 뒷말이 나오지를 않았다.

그에게 천명희가 잘라 말한다.

"당신과 나는 이제 남남이에요. 나는 당신이 팔찌를 숨기고 있는 줄도 몰랐고, 게다가 오빠까지 죽은 이 마당에 우리는 절대로 결합될 수 없어요. 아버지가 허락도 안 하실거니와 나 스스로도 당신을 용납할 수 없어요. 당신과 함께 간다면 난 평생을 죄책감 속에서 살아야 해요. 난 그렇게는 살 수 없어요. 그러니 어서 내 마혈을 풀어줘요."

듣고 있던 독고강은 속으로 콧방귀를 뀌었다.

'대가리에 똥만 들어찬 년은 아니구나. 홍! 그래도 이 일이 다 저년 때문에 벌어진 거니 다 지 탓이지. 아무튼 멍청한 딸년이 집안을 망치는구나. 정말 팔자 조지는 일도 가지가지군.'

이 모든 일이 문주의 아들 천명기에 의해서 꾸며진 일임을 모르는 독고강은 천명희만을 탓했다.

선우운철의 건장한 체구가 부들부들 떨렸다.

그는 정녕 못 믿겠다는 듯 고개를 가로저었다.

"희매, 나를… 나를 버리겠다는 것이오?"

"당장 날 내려줘요! 우리는 끝났어요!"

"……!"

선우운철은 하늘이 무너지는 것만 같았다.

자신은 그저 아버지가 문주가 될 수 있도록 돕고 싶었을 뿐이다.

그런데 아버지도 죽고 사랑하는 약혼녀는 품에서 떠나가려 한다.

'이럴 수가! 시간을 되돌려 어제로 돌아가고 싶다. 아니, 오늘 천왕각의 문을 열기 전까지만으로라도 돌아가고 싶다! 이게, 이게 꿈이었으면!'

선우운철은 이 상황이 제발 꿈이기를 바랐다.

그러나 귓가로 들리는 말은 이게 악몽이 아니고 현실이라는 것을 일

깨워 준다.

"나를 내려줘요!"

부드럽고 희생적인 천명희지만 의외로 강단이 있어서 한 번 결정한 일은 번복하지 않는다는 사실을 선우운철은 잘 알고 있다.

가슴이 미어지며 눈물이 핑 돌았다.

"희매……"

선우운철은 천명희가 말을 못하게 다시금 그녀의 아혈을 점했다.

의지를 억제당한 천명희의 몸이 파들파들 떨리는 게 느껴진다.

이때 담담히 지켜보던 독고강이 끼어들었다.

"애야, 내 특별히 너를 놔주마. 하니 천명희와 팔찌, 그리고 인피지서를 내놔라."

사실 독고강은 이렇게까지 남을 배려하는 자가 아니다.

그러나 지금 그는 선우운철을 제압해 옆구리에 끼고 돌아가기가 귀찮기도 했고 그보다는 아비와 아들을 같은 날에 죽음으로 몰고 가기가 꺼림칙했다.

자기 딴에는 크게 인심을 썼다고 생각하는 독고강.

그는 자신의 기대를 깨는 소리에 멈칫했다.

"가까이 오면 천 소저의 팔뼈를 부러뜨리겠습니다!"

"……!"

만약 천명희를 죽이겠다고 말했다면 독고강은 선우운철이 허풍을 치는 줄을 알고 코웃음을 쳤을 것이다.

하나 목숨과는 상관이 없는 팔을 꺾겠다는 것은 진심으로 하는 위협일 수 있었다.

선우운철의 본심을 확인할 길이 없는 독고강은 한숨이 나왔다.

‘후우~ 그참, 구석에 몰린 쥐가 마지막 발악을 하는 것처럼 정말 여러 가지 하는 놈이군.’

잘생긴 외모 덕분에 수많은 여인들과 놀아본 독고강은 여인들이 얼마나 외모를 소중히 여기는지 잘 알고 있었다.

그런 그는 천명희가 팔 병신이 되는 것을 원치 않는 마음과 반면에 ‘내가 데리고 살 거 아니니 내 알 바 아니다’ 라는 마음 사이에서 갈등했다.

어쨌거나 이제 그는 여름날의 황혼녘을 즐기며 선우운철을 따라 숲 속을 산책하던 게 슬슬 진력이 났다. 마음 같아선 팔찌고 뭐고 다 때려 치우고 돌아가서 잠이나 잤으면 싶었다.

하지만 천왕문도들이 보는 앞에서 쫓아 나왔는데 빈손으로 돌아가기엔 낯이 안 선다. 고로 선우운철과는 할 수 없이 끝장을 봐야만 한다.

그러나 선우운철의 예전 실력이라면 독고강이 쉽사리 천명희를 빼올 수가 있겠지만 지금의 선우운철은 인피지서의 무공을 익힌 상태다. 물론 아직까지 그는 독고강의 상대가 안 되었으나 그래도 호락호락하게 인질을 뺏길 정도는 절대 아니다.

독고강은 몹시 난감했다.

인질이 있으니 섣불리 공격을 할 수가 없기 때문이다.

만에 하나 선우운철이 천명희와 동반 자살이라도 하겠다면 큰 문제다.

“따라오지 마십시오!”

선우운철은 천명희를 옆구리에 낀 채 다시 몸을 날려 사라졌다.

그 뒤를 독고강은 거리를 두고 천천히 따라갔다.

이렇게 또다시 추격이 시작되었다.

그러나 처음의 추격과 다른 점이 있다면 지금은 독고강의 눈꼬리가 바짝 치켜 올라갔다는 점이다.

그는 선우운철을 죽여서라도 인질을 구해올 작정이었다.

'저놈도 사람이니 잠은 자겠지.'

*   *   *

산에는 어슴푸레 어둠이 깔리고 있었다.

선우운철은 헐떡이며 달리는 와중에도 쉬지 않고 머리를 굴렸다.

'설령 이곳을 벗어난다고 해도 천왕문의 추격을 따돌리려면 쉬운 길이 아닌 사람이 가기 어려운 길로 가야 한다. 그렇다면 어디로 가야 하는가? 아, 맞아! 설산(雪山)! 그래, 설산을 넘자. 그 길이 제일 낫겠어. 그러나 일단은 독고마왕이 문제다.'

선우운철은 독고강을 따돌릴 방도를 강구했다.

'난 살아야 해. 천왕문에 끌려갈 수는 없다. 분명히 뭔가 방법이 있을 거야.'

이때 번득 스쳐 가는 생각이 있었다.

너무나도 좋은 발상.

그러나 선우운철은 머리를 저었다.

써먹기에는 너무도 인도적이지 못한 방법이었기 때문이다.

선우운철은 애가 탔다.

'지금 현재 방도라고는 그거 한 가지인데 그대로 행하기엔 너무하다. 하지만 방도는 정말 그거 하나인데……'

독고강의 손아귀를 벗어날 방법이 있음에도 선뜻 그것을 시행하기에는 양심에 가책이 되는 선우운철.

한동안 고민하던 그의 얼굴이 마침내 굳어졌다.

'이렇게 된 이상 할 수 없다. 그 방도를 쓰는 수밖에.'

결단을 내린 선우운철이 갑자기 방향을 틀어 북쪽으로 향했다.

이에 독고강의 눈에 의아한 빛이 떠올랐다.

"엥? 저놈이 어딜 가는 게야?"

잠시 머리를 굴리던 독고강은 고개를 끄덕였다.

"흐음, 저 방향은 줄다리 절벽 쪽인데? 녀석이 다리를 끊을 생각인 모양이구먼."

천왕문의 북쪽에 위치한 계곡은 가파르고 험하기로 유명한 곳이다.

그곳에는 밧줄을 튼튼히 꼬아 만든 긴 다리가 절벽의 양쪽을 잇고 있다.

그리고 그 밑으로는 험한 급류가 새하얀 포말을 일으키며 힘차게 흐르고 있다.

독고강은 선우운철의 계획이 눈에 들어왔지만 별걱정을 하지 않았다. 외다리를 끊어도 그는 허공답보(虛空踏步)로 절벽을 건널 수가 있기 때문이다.

신선이 구름 속을 노닐 듯 허공을 밟는다 하여 붙은 이름인 허공답보. 그것은 내공이 최소 이 갑자는 되어야 시전할 수가 있는 무공이고 그나마도 바람이 잔잔하여야 시공이 용이하지 만약 태풍이라도 분다면 허공답보는 불가능하다.

무공에 자신이 있는 독고강은 입가에 미소를 떠올렸다.

"절벽 밑에야 급류가 흘러 공기의 흐름이 급박하지만 위쪽에는 그래도 바람이 별로 세지 않으니 뭐 괜찮겠지."

조금 가자 아니나 다를까, 세찬 물소리가 들리기 시작한다.

콰콰콰콰!

저 멀리 위태위태해 보이는 다리 위를 선우운철이 서둘러 건너가는 모습이 보인다.

독고강은 자신의 예상이 들어맞았음에 만족했다.

'흐흐흐, 역시 내 추측대로 저 어린 놈이 줄다리를 끊으려나 보군. 하지만 어림도 없지. 그까짓 줄다리 없다고 내가 절벽을 못 건널 성싶으냐?'

이때 선우운철이 다리의 중간 부분에 우뚝 멈추어 서서는 독고강이 아직도 따라오나 힐끗 뒤를 돌아본다.

그 행동이 조금 이상했지만 독고강은 깊이 생각하고 싶지 않았다. 아까부터 독고강은 슬금슬금 울화가 치밀어 오르기 시작했던 것이다.

그는 배가 고파오기도 했지만 왜 자기가 저런 애송이랑 놀아나야 하는지에 대해서 화가 났다.

이제 독고강은 자신의 원래 성격으로 돌아가 더 이상 천명희의 팔이 꺾이든 선우운철이 동반 자살을 하든 상관치 않기로 했다.

'내 딸도 아닌데 저년이 어떻게 되든지 내가 알 게 뭐냐? 어쨌거나 줄다리가 없어지면 저년을 안고 절벽을 건너와야 하는데 그건 아무래도 좀 힘이 들겠지? 놈이 다리를 끊기 전에 붙잡자.'

결정을 한 독고강.

그는 선우운철을 공격하기 위해서 막 신형을 날리려고 했다.

그 순간이었다.

독고강의 입에서 경악성이 터져 나왔다.

"아닛? 저, 저런?"

전혀 예측치 못한 광경에 독고강의 입이 따악 벌어졌다.

선우운철이 천명희를 다리 밑으로 집어 던진 것이다.

혈이 제압된 천명희는 비명도 못 지르고 허수아비처럼 추락했다.

"저런 독한 놈이 있나?"

독고강은 쏜살같이 절벽가로 달려갔다.

다리를 다 건너간 선우운철이 서둘러 줄을 끊는 것이 보인다.

아울러 까마득히 아래쪽에 천명희가 하얀 포말이 이는 급류 속으로 처박히는 게 보였다.

콰콰콰콰콰!

천명희는 그대로 넘실대는 물속에 잠겼다.

잠시 후 그녀의 모습이 물 위로 떠올랐다.

"에익!"

독고강이 두 팔을 뻗어 그녀를 향해 능공섭물을 시전했다.

하루가 멀다 하고 호수 속의 잉어들을 잡아 올린지라 타의 추종을 불허하는 능공섭물의 대가인 독고강.

"흐얍!"

다시 한 번 기합성이 토해지자 천명희의 몸이 천천히 공중으로 떠오른다.

이윽고 그녀의 몸이 절벽 위에 이르렀다.

털썩!

천명희의 몸을 내동댕이치다시피 한 독고강은 그녀의 혈을 풀어주었다.

그러나 천명희는 눈을 뜨지 못했다.

독고강은 신경질적으로 팔을 뻗어 그녀의 맥을 짚었다.

"흐음……?"

독고강의 고개가 갸웃거린다.

"자는 것도 아니고… 그렇다고 깨어 있는 것도 아니고……. 정혼자가 제놈 혼자 살겠다고 물에 집어 던지는 바람에 머리에 충격을 받았나?"

정신을 잃고 널브러져 있는 천명희 때문에 독고강은 왈칵 짜증이 났다.

"에잉~ 정말 성가시게 하는 계집이로고! 쯧쯧!"

혀를 차던 독고강은 절벽 건너편으로 시선을 주었다.

독고강이 천명희를 구해내는 틈을 이용하려던 선우운철의 계획은 성공해서 선우운철의 모습은 안 보인 지 오래다.

독고강은 추격을 포기했다.

"기절한 계집까지 데리고 저놈을 추격하기는 귀찮으니 녀석을 잡는 일은 물 건너갔구먼."

하지만 결과적으로 팔찌와 인피지서를 회수 못한 독고강은 이래저래 후회가 막급했다.

"애초부터 천왕각에서 나 몰라라 하고 추격을 안 하는 건데 그랬어. 우라질 문주 놈! 감히 나한테 이런 일을 시키다니!"

문주가 턱짓으로 자신을 부렸다 생각하니 내심 이빨이 부드득 갈린다. 거기에 보태어 물에 젖은 천명희를 천왕문까지 옆구리에 끼고 가려니 다시금 화가 치민다. 그렇다고 해서 친절하게 삼매진화로 천명희의 옷을 말려줄 독고강도 아니다.

"내가 완전히 뒷방 할배가 되었군. 이럴 줄 알았으면 사제한테 문주 자리를 양보하는 게 아니라 귀찮아도 그냥 문주를 할 걸 그랬어. 내가 천왕문 아니면 어디 가서 밥 얻어먹을 데가 없는 것도 아니고 이 나이에 이딴 일까지 해야 한다니 정말 더러워서 못해먹겠군. 괘씸한 문주 놈. 한 번만 더 나한테 이따위 일을 시켜만 봐라."

주먹을 불끈 쥐며 다시는 문주의 명에 따르지 않겠다고 다짐하는 독고강.

한참 동안 씩씩대던 그는 선우운철이 사라진 곳으로 다시금 눈길을 던졌다.

감탄 섞인 중얼거림이 새어 나온다.

"허! 그놈 참 똑똑하면서도 독한 놈이란 말야? 나라면 그런 상황에서 약혼녀를 다리 밑으로 던질 수 있었을까?'

곰곰이 생각할 것도 없이 결론은 '나도 할 수 있다' 다.

독고강은 웃음이 나왔다.

"클클클, 나도 꽤나 독한 놈이란 소리군. 그나저나 저놈은 인피지서의 무공을 익혀서 다시 나타나겠구먼. 인피지서라……."

독고강은 사제한테 문주 직위를 양보했다는 사실을 빌미로 과거에 당당히 조사동엘 들락거린지라 그때 인피지서를 본 적이 있었다.

그 비급은 상상을 초월하는 무공이었건만 팔찌를 찾기가 귀찮았던 독고강은 자신과 인연이 안 닿는다 여기고 인피지서에 신경을 끊은 지 오래다.

하나 조만간 인피지서의 완벽한 무공을 보게 될 것이라 생각하니 약간 흥분이 된다.

"정말 그 책대로 그런 무공을 인간이 익힐 수 있을까? 그 무공을 익히면 사상 최고, 그야말로 천하무적의 고수가 되는 거니 문주 놈이 눈이 뒤집혀서 찾을 만도 하지. 호호호, 오늘부터 문주 녀석은 다리 뻗고 못 자겠군. 언제 선우 꼬맹이가 문주 직위에 도전해 올지 모르니까 말야."

독고강은 턱수염을 쓰다듬으면서 피식피식 웃었다.

팔찌와 인피지서가 선우운철과 함께 날아갔건만 그는 아무 걱정도 하지 않았다.

그는 문주가 뭐라고 질책하면 흠씬 두들겨 패줄 심산이었다.

"크흠, 내가 요즘 너무 방구석에만 틀어박혀 있었음이야. 가끔은 내 무공을 선보여야 까부는 놈이 없지. 문주 놈, 어디 내게 한마디만 해봐라."

마음을 다잡은 독고강은 천명희를 옆구리에 끼고 천왕문으로 신형을 날렸다.

*　　　*　　　*

울창한 숲.

짙은 어둠을 가르며 새벽이 찾아든다.

구달비와 친구가 된 흑아는 잠결에 몸이 흔들리는 느낌이 들었다.

깜짝 놀라 눈을 떠보니 구달비가 자신을 안아 올려 품에 넣고 있다.

흑아는 몸을 움츠리며 겁먹은 목소리로 물었다.

"왜 그래? 당문 놈들이야?"

"쉿! 조용히 해. 우리 아침밥이 나타났어."

'밥'이라는 말에 정신이 번쩍 든 흑아가 귀를 기울여 보니 지축이 울리는 소리가 들린다.

두두두두두!

땅이 진동하는 것으로 보아 몸집이 무거운 동물이 떼거지로 이동을 하나 보다.

구달비는 흑아와 함께 나무들을 헤치며 앞으로 나갔다.

갑자기 눈앞이 훤히 트이며 작은 샛길이 나왔다.

"흑아야, 여긴 멧돼지가 다니는 길이야."

"멧돼지?"

산에서 오래 살아온 구달비의 설명에 흑아는 눈을 빛냈다.

입 안에 침이 고인다.

그와 더불어 땅울림이 가까워진다.

투투두두두두!

이윽고 주인공인 산저(山猪) 떼가 등장했다.

이십여 마리에 달하는 멧돼지들은 길을 막고 있는 인간을 보곤 깜짝 놀란 것 같다.

푸꾸룩!

놈들이 우왕좌왕하는 것도 잠시.

멧돼지들은 곧 강한 적의를 드러냈다.

무리를 이끄는 대장 멧돼지가 한 발 앞으로 나선다.

그놈의 몸 길이로 치면 사람이 누운 것만했으며 높이만도 어른 가슴 패기까지 오는, 실로 엄청나게 거대한 놈이다.

집채만한 그놈은 시커먼 털이 온몸 가득 뻣뻣하게 나 있다.

뿐이랴. 앞으로 길게 튀어나온 주둥이에는 길이가 자그마치 한 뼘이 넘는 흉측한 송곳니가 하늘을 찌를 듯이 번들댄다.

대장 멧돼지는 구달비를 노려보며 큼직한 앞발로 땅을 긁었다.

한 번의 발길질에 흙이 삽으로 푼 것마냥 푹푹 패인다.

꾸에! 꾸에엑!

대장 멧돼지는 검붉은 입을 쩍 벌리며 커다란 대가리를 위아래로 흔들었다.

다분히 위협적인 동작이다.

씩씩대는 놈의 콧구멍으로 허연 김이 쏟아져 나온다.

뒤에 선 멧돼지들도 노란 눈알을 번들거리며 구달비를 잡아먹을 듯이 노려본다.

푸꾸루룩!

멧돼지들은 금방이라도 떼거지로 달려들어 발굽으로 짓뭉갤 양 험악한 공포 분위기를 조성했다.

그러나 흑아는 이에 아랑곳 않고 콧방귀를 뀌었다.

"흥! 뭐야, 저 못생긴 놈은? 설마 우리한테 덤비겠다는 건 아니겠……?"

말이 채 끝나기도 전에 대장 멧돼지는 흑아의 말을 비웃기라도 하듯 덮쳐 왔다.

커다란 몸집에 비해서 엄청나게 빠른 속도였다.

구달비는 얼른 검은 단도를 꺼내 들었으나 흑아가 한발 빨랐다.

쉬익—

흑아의 목이 길게 늘어나더니만 대장 멧돼지의 목덜미를 물었다.

꽤엑!

목을 물린 멧돼지는 찢어지는 비명을 내질렀다.

곧이어 놀라운 일이 벌어졌다.

대장 멧돼지가 순식간에 한 줌의 검은 물로 변한 것이다.

이내 그 물은 땅속으로 스며들어 갔다.

실로 눈 한 번 깜박할 사이에 벌어진 일.

그 누구도 여기에 집채만한 멧돼지가 있었다고는 상상조차 할 수 없으리라.

지켜보던 구달비는 눈이 튀어나올 것만 같았다.

그는 자기도 모르게 침음성을 토해냈다.

"헉!"

구달비는 모골(毛骨)이 송연해지며 전신에 오싹 소름이 끼쳤다.

'세상에 저렇게 무시무시한 독이 있을 수가? 몇 발자국 걷기도 전에 죽는다는 독은 들어봤어도 물리자마자 몸 전체가 독수(毒水)로 녹아버리는 독은 듣느니 처음이다. 흑아가 독물고에 갇혀 있었던 게 당연하구나.'

겁이 덜컥 난 그는 흑아를 보며 신신당부했다.

"야! 너, 장난으로라도 날 물면 안 된다? 알았지? 알았어, 몰랐어?"

"아, 글쎄, 알았다니까 그래!"

고양이 녀석은 어깨를 으쓱대며 건방진 표정을 지었다.

둘이 이렇게 얘기를 하는 사이 멧돼지들은 졸지에 증발한 대장을 찾아 헤맸다.

푸루루루루꾹! 꾸룩! 꾸룩?

어리둥절해진 놈들이 사방을 두리번대며 대장을 찾는 꼴에 흑아는 배를 잡고 웃었다.

"우헤헤헤헤! 저런 멍청한 놈들!"

멧돼지들은 대장을 찾는 한편 다시금 구달비를 노려보았다.

와글와글 모여 서서 코로 킁킁 김을 뿜는 꼴들이 이대로 물러설 순 없다고 작전 회의라도 하는 것만 같다.

마침내 두 번째로 큰 멧돼지가 앞으로 썩 나서더니만 구달비를 향해서 돌진했다.

투투투투투!

어린아이 머리통만한 발굽이 땅을 박찬다.

마구 흙이 튄다.

"흑아야, 이번엔 내가 처리할게!"

구달비는 흑아를 말리며 번개같이 멧돼지를 타고 넘었다.

그때를 기해서 검은 단도를 쥔 손이 멧돼지의 목을 긋고 지나갔다.

꽤에에에엑!

그야말로 돼지 멱 따는 소리가 울려 퍼지며 멧돼지는 땅바닥을 뒹굴었다.

털퍼덕!

반쯤 잘려진 목에서 검붉은 피가 펑펑 솟아난다.

그래도 멧돼지는 아직 죽지 않고 네 다리를 버둥거렸다.

피를 줄줄 흘리며 퍼들퍼들 경련을 일으키는 끔찍한 몰골이다.

그것을 본 다른 멧돼지들은 후닥닥 몸을 돌려 도망가기 시작했다.

나타날 때보다 최소한 다섯 배는 빠른 속도다.

투다다다다다다!

뒤로 흙먼지를 자욱히 일으키며 멧돼지들은 서로 앞 다투어 사라졌다.

먼지가 가라앉자 구달비는 검은 물이 스며든 땅을 보며 낮게 휘파람을 불었다.

"휘유~ 야, 흑아야! 너의 독을 혹시 화골액(化骨液)으로 팔 수 있지 않을까?"

"그게 뭐야?"

"화골액이란 살인 현장에 남은 시체 위에 뿌려서 증거를 인멸할 때 쓰는 무림인들의 도구야. 아주 독한 액체지. 음, 근데 네 독은 그거보다 더 지독한 거 같으니 한참 더 나쁜 일에 쓰여질 거야. 그러니 양심상 팔 수가 없구나. 에이, 밥이나 먹자."

구달비는 입맛을 다시며 검은 단도로 멧돼지의 배를 갈랐다.

써걱써걱!

그는 아직도 따뜻한 간을 흑아한테 건넸다.

흑아가 선뜻 받아 들지 않고 의아해한다.

"달비야, 이거 구워 먹으면 맛있는데 왜 날로 먹어?"

"불을 피우면 나를 찾는 현상금 사냥꾼들에게 내 위치를 노출시킬까 봐서 그래. 그러니 이걸로 참아줘."

"그럼 소금이라도 줘."

"그런 거 없어. 나도 소금 먹어본 지가 오래야."

"……."

흑아는 무척 실망한 눈치다.

그래도 썩은 도마뱀보다는 낫다고 생각하는지 흑아는 더 군말 않고 먹기 시작했다.

"냠냠냠."

한데 흑아는 열심히 먹는 한편 두려운 눈빛으로 검은 단도를 흘끔거린다.

독물고에서도 그런 흑아의 모습을 본 적이 있는 구달비가 물었다.

"흑아야, 왜 그래?"

"난 그 단도가 싫어. 안 보이게 저리 좀 치워."

"이 단도가 뭐 어때서? 이건 우리 가문에서 대대로 내려오는 거야. 그러니 네가 싫다고 해서 어디다 갖다 버릴 순 없는 물건이야."

단도에 묻은 피를 닦는 구달비에게 흑아는 콧등을 찡그려 보였다.

"달비야, 왠지 그 단도에서는 기분 나쁜 아주 무서운 기운이 풍겨 나와."

"음, 그러면 네가 보는 데선 되도록 안 쓸게."

대수롭지 않게 선선히 응하는 구달비에게 흑아가 묻는다.

"이제 우린 어디로 가?"

"그게……."

구달비는 잠시 망설였다.

'에휴, 금경은 낭자가 만년빙심을 기다리고 있을 텐데.'

그 불쌍한 여인은 구달비가 돌아오기만을 목이 빠져라 기다리고 있을 게 분명하다.

하나 빈손으로 가려니 그녀를 볼 면목이 없다.

구달비는 심각하게 고민하기 시작했다.

'미치겠네. 금 낭자가 나를 기다리고 있을 텐데 이걸 어쩐다?'

구달비는 턱에 수염이 난 후 처음으로 마음이 쏠린 여인에 대한 연심과 그녀의 불행한 처지에 대한 동정심을 떨치기가 어려웠다.

그러나 그렇다고 해서 저 무서운 황궁보고를 털 생각은 눈곱만큼도 없다.

대답이 없자 흑아가 채근한다.

"어디로 가냐니까?"

"……."

묵묵히 고기를 씹는 구달비.

한동안 시간이 흐른 후 그는 단호한 어조로 말했다.

"흑아야, 우리 설산(雪山)으로 가자!"

"설산? 눈산 말야? 거긴 왜?"

흑아가 고개를 갸우뚱한다.

구달비는 자랑스러운 표정으로 설명했다.

"잘 들어봐. 난 말야, 애인이 있어. 엄청나게 예뻐. 세상에서 제일 예쁜 여자지. 크흠!"

흑아에게 '처음 본 여자한테 혹했다' 고 말하기가 창피해진 구달비.

그는 금경은이 애인이라고 뻥을 쳤다.

흑아가 눈을 동그랗게 뜬다.

"호오~ 애인? 근데 그거랑 설산이랑 무슨 상관이야? 그 여자가 설산에 살아?"

"아니야. 내 애인이 굉장히 아파. 그녀의 병을 고치려면 만년빙심인가 하는 아주 차가운 머시깽이가 있어야 하는데 그게 설산에 있을 거 같아. 난 사실 그것을 찾으려고 당문에 간 이유도 있었어. 근데 당문에 없으니 설산이라도 뒤져 봐야지 뭐. 사실 춥기로는 북해(北海)가 더 추운데 거긴 너무 멀어. 그러니 여기서 가까운 설산이 최고야."

만년빙심이 설산에 있으란 법도 없고 설령 있다손 치더라도 자신이 찾을 수 있다는 보장도 없건만 그는 지푸라기라도 잡아보고 싶었다.
금경은을 위해서 자신이 할 수 있는 일은 어느 정도 다 해볼 요량이다.

그리고 지금의 그로선 사실 딱히 갈 곳도 없다.

'설산에 처박혀 있는 동안 현상금 사냥꾼 숫자가 좀 줄어들었으면 좋겠다.'

이런 저런 이유로 구달비는 설산행을 결정했다.

"흑아야, 그러니까 우리는 설산에 가서 만년빙심을 찾는 거야."

"그거 꼭 갖다줘야 하는 거야? 만약 그게 설산에 없으면 어떻게 되는 건데?"

"으음, 설산에 없으면 황궁보고에 있을 텐데… 거기는 당문보다 백 배는 더 무서운 곳이야. 그러니 설산에 있기만을 바라야지."

"……!"

당문보다 무섭다는 말에 흑아는 공포에 질린 얼굴이 되었다.

녀석이 몸서리를 치며 말한다.

"달비야, 설산에서 그걸 반드시 찾기 바라. 근데 말야……."

말하다 말고 쭈뼛거리는 흑아에게 구달비가 묻는다.

"근데 뭐?"

"저기… 난 추운 데 있으면 잠을 자."

처음 듣는 소리에 구달비는 어리둥절한 기색이 되었다.

"뭐? 잠을 자? 그게 무슨 말이야?"

"추우면 나도 모르게 잠을 자. 깨어나지 못하고 그냥 계속 자. 난 옛날에 엄마를 찾아서 어느 눈산엘 간 적이 있었어. 그때 눈산에서 잠이 들었어."

"그래서 어떻게 됐어?"

“잠든 나를 잡아먹으려고 설표(雪豹:눈표범)가 물어다가 따뜻한 곳으로 옮기는 바람에 다행히 잠에서 깼지.”

“……”

구달비는 설표에 대해서 묻지 않았다. 보나마나 그 배고픈 설표는 한 줌의 검은색 물이 되었을 게다.

어쨌거나 구달비는 눈앞의 이 기묘한 동물이 마냥 신기했다.

“흐음, 추우면 잠을 잔다니, 네가 곰이나 개구리처럼 동면을 한단 말이군. 근데 당문도 네가 그런 걸 알아?”

“당연히 모르지. 알았으면 골백번도 더 잡혔게?”

“……”

둘이 함께 만년빙심을 찾으면 좀 더 쉬우리라고 기대했던 구달비는 적잖이 실망했다.

그래도 당문이 모르는 흑아의 약점을 자신만이 비밀스럽게 알고 있다고 생각하니 한편으로는 뿌듯하다.

구달비는 당문 얘기가 나오자 갑자기 궁금해져서 물었다.

“근데 넌 당문에 어떻게 잡혔어? 너를 잡는다는 게 쉬운 일은 아니었을 텐데?”

흑아는 땅이 꺼져라 한숨을 쉬면서 대꾸했다.

“휴우~ 난 술을 아주 좋아해. 근데 어느 날 원주민들이 내게 이상한 술을 바쳤어. 아주 맛난 냄새가 솔솔 나는 처음 보는 술이었지. 그걸 마시고 정신을 잃었는데 깨어보니 촘촘히 짠 천잠사 그물에 갇혀 있었어. 나중에 들으니 당문 놈들이 그 술을 천일취(千日醉)라고 부르더군.”

구달비는 이해가 갔다.

언뜻 보면 약한 듯싶으나 실제로 마시면 천 일 동안 정신을 못 차릴 정도로 독하다 하여 그런 이름이 붙은 천일취.

그러나 사실은 천 일 내내 취하는 것은 아니고 고작 며칠 동안 몽롱하게 지내는 게 다였지만 그래도 천일취는 술 중에서 제일 독한 술이었다.

구달비는 배를 잡고 굴렀다.

"푸하하하! 결국 주당(酒黨)인 너는 술에 취해서 잡혔단 말이군? 우리 아버지가 그러셨어. 남자가 술에 취하면 무슨 실수를 할지 모르니 자제를 못 할 것 같으면 처음부터 아예 술을 마시지 말라고. 고로 난 술은 안 마시지. 크흠흠!"

"그래! 나 술주정뱅이야! 흥!"

토라진 흑아는 등을 돌리고 앉아 고기를 질겅질겅 씹었다.

구달비는 킬킬대며 흑아를 달랬다.

"야, 야, 화내지 마. 내가 잘못했어. 푸흐흐흐~"

그러나 흑아는 삐친 게 풀어지지 않는지 시종일관 등만 보이고 있다.

구달비는 화제를 바꿨다.

"아무튼 밥도 먹었겠다, 이젠 설산으로 가자. 자아~ 출발!"

구달비는 흑아를 번쩍 들어서 품에 넣고 설산을 향해 힘차게 뛰었다.

그런데 그 시각,

선우운철도 설산으로 향하고 있었다.

第六章

황금장의 암운(暗雲)

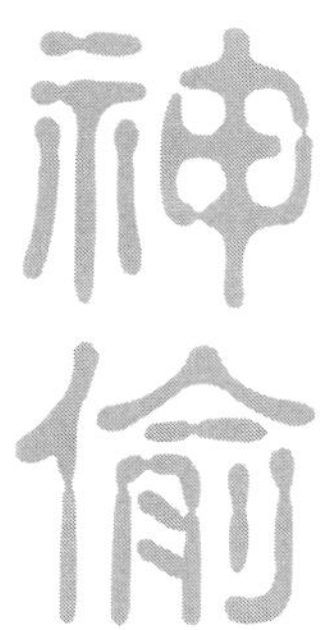

이곳은 하남에 있는 하오문 본문.

대전(大殿) 내(內) 높이 위치한 태사의에는 문주인 암흑대제 강상배가 앉아 있고, 그 밑으로는 험상궂은 덩치들이 드글드글 늘어서 있다.

오늘은 월말이라 월례회의가 한창 진행 중이다.

자기 자리에서 한 걸음 앞으로 나온 사기꾼 갈명수는 정리한 문서를 읽어 내려갔다.

"…고로 도합 황금 오십 냥입니다."

사기꾼 갈명수의 보고를 듣고 있는 하오문주 암흑대제는 내내 찌푸린 얼굴이다. 좋은 소식이라고는 들리지를 않았기 때문이다.

갈명수는 조심스럽게 문주의 눈치를 살피며 고했다.

"이제까지 들어온 돈이 왜 황금 오십 냥밖에 안 되냐 하면 중원 전역에 깔린 우리 하오문 지부 중에서 상납금을 제대로 내고 있는 곳이 하나도 없기 때문입니다."

하오문주 암흑대제의 양미간에 깊은 주름이 잡혔다.

'이 때려죽일 놈들이 흉년이라는 등 노점의 자릿세 뜯어내는 일을 관가에서 금지시켰다는 등 이런 저런 핑계를 대며 상납금을 안 내니 정말 사람 돌아버리겠군.'

암흑대제는 울화가 터졌다.

십 년에 걸쳐 힘으로 중원 각지의 하오문을 제압은 했지만 워낙에 거친 놈들이 많은 하오문인지라 완벽하게 통솔하기가 어려웠다.

그렇다고 손을 봐주자니 근방에 있으면 모르되 중원은 워낙 땅덩이가 큰지라 말 안 듣는 지부를 오고 가는 데만 한 달이 걸린다.

암흑대제는 지부의 문도들을 하나로 모을 방도가 절실히 필요했다.

그러나 아무리 머리를 짜봐도 뾰족한 수가 나오질 않는다.

이 대책없는 현실에 암흑대제는 분노가 치민다기보다는 그저 미래가 암울했다.

자기가 뭐 하러 그 고생을 하며 작은 하오문들을 통합했는지 회의가 든다.

'그 옛날 하오문을 하나로 만들 때 복종 안 하는 놈은 무조건 패버리며 전진할 때가 좋았어. 그때는 회오리바람처럼 마구 쓸고 다녔지. 그 당시만 해도 하루에 삼천 리 길을 갔건만 지금은 중원이 왜 이리 넓어 보일까?'

갑자기 팍삭 늙어버린 느낌에 암흑대제는 몹시 우울했다.

'…사실 내 무공은 뱀 대가리가 되기엔 너무 아깝다.'

일류고수인 암흑대제는 자신이 이런 우물 안에서 살 수만은 없다고 항상 느껴왔다.

그는 좀 더 크고 강력한 문파를 원했다.

그러자면 하오문을 더 키워야 하는데 문제는 무공을 가르치려 해도 수하들이 기본도 안 되어 있을뿐더러 당최 배우려고 들지를 않았다. 누가 건달 아니랄까 봐 놈들은 그저 빈들빈들 늘며 세월 보내는 것만을 원했던 것이다.

'휴우~ 애초에 깡패인 놈들을 데리고 소림사처럼 질서가 확립된 문파를 꿈꾼 것부터가 잘못이다.'

뱀 대가리로 만족하려니 암흑대제는 한숨만 나왔다.

그는 대전을 둘러보았다.

'이게 내 문파, 내 수하들이다. 하지만……'

그간 암흑대제는 하오문의 모든 서류 업무를 혼자 처리하느라 무척 힘이 들었었다. 나중엔 장부를 들춰보는 것조차 싫어졌다. 거기에 보태서 상납금이 제대로 안 들어오는 통에 하오문의 살림이 쪼들리자 암흑대제는 장부 기록을 아예 때려치웠다.

한데 오랫동안 내버려 뒀던 장부를 이제 갈명수가 깡그리 정리해서 보고를 올리니 내내 모른 척해왔던 문제들이 새삼 비수가 되어 가슴을 찌른다.

두통이 나자 암흑대제는 손으로 이마를 짚었다.

그런데 대전 안에서 소란이 일었다.

암흑대제와 함께 갈명수의 보고를 들은 문도들이다.

그들은 지부들이 매달 정기적으로 바쳐야 하는 상납금을 안 낸다는 소리에 펄펄 뛰었다.

갑자기 충성심을 발휘하며 앞 다투어 나서는 수하들.

"어헉! 아니, 저런 염병할 놈들이 있나? 문주님. 제가 당장 그 개 같은 놈들의 다리몽둥이를 부러뜨리고 오겠습니다!"

"제가 가겠습니다! 제가 가서 이 도끼로 그 썩을 놈들의 대갈빡을 바쉬 버리겠습니다!"

"문주님, 저를 보내주시면 지부의 기둥뿌리를 뽑아오는 건 물론이거니와 불까지 싸지르고 오겠습니다요!"

분개해서 주먹을 휘두르며 이들은 서로 가겠다고 난리다.

그러나 암흑대제는 광분하는 수하들의 충정을 귓등으로 흘려들었다.

그도 그럴 것이, 건달 수하들은 이 기회를 잡아 공짜 여행도 하고 지부에 가서는 대접을 받으며 놀자판을 벌이려는 심산인 게 눈에 훤히 보였기 때문이다.

"시끄럽다!"

문주가 가볍게 손을 내젓자 장내는 언제 떠들었느냐 싶게 금방 조용해진다.

암흑대제는 한숨이 푹푹 나왔다.

'휴우~ 도대체가 쓸 만한 놈이라고는 단 한 놈도 없으니 원. 내가 이런 놈들을 데리고 뭘 하랴.'

아닌 게 아니라 암흑대제가 상심할 만도 한 것이, 문도 중에는 무공을 배운 놈도 없거니와 제대로 머리를 굴릴 줄 아는 놈조차 없었다.

그나마 부릴 수 있는 문도라고는 새로 수하가 된 사기꾼 갈명수가 유일하다.

하지만 직업이 사기꾼인 갈명수는 믿음이 안 가는 인물이다.

그래도 암흑대제는 혼자 알아서 착착 일을 잘하는 갈명수를 점점 더 의지하게 되었다.

암흑대제는 멍청한 수하들을 앞에 놓고 곰곰이 궁리를 했다.

'보물 팔찌에 대한 소문이 중원 전역에 퍼졌다.'

그 일은 이미 예상하고 있던 바였으므로 암흑대제는 전혀 충격을 받지 않았다.

그러나 문제는 황금장이 내건 현상금의 몇 배가 될 엄청난 팔찌의 보물에 대해서 구파일방의 제자들이 침을 흘리며 슬금슬금 행동을 하고 있었기에 골머리가 쑤셨다.

'그들을 제지하고 팔찌를 획득할 만한 무공을 가진 자가 하오문엔 오직 나밖에 없다. 한데 할 일은 많고 몸은 하나니 팔찌를 어떻게 손에 넣겠나? 휴우~ 우리 하오문엔 고수들이 필요해.'

하지만 돈이 있어야 고수를 영입할 수가 있다.

고로 하오문을 더 키우려면 보물 팔찌를 얻든 도둑을 잡아 현상금을 타든 어떻게 해서든지 이 기회에 한몫 잡아야 할 텐데 도무지 싹수가 보이지를 않는다.

'돈이 있어야 고수를 얻을 수가 있고, 팔찌를 얻어야 돈이 들어온다. 그런데 고수가 있어야 팔찌를 얻는다.'

물리고 물리는 관계에 나오느니 한숨뿐이라 암흑대제는 가슴이 점점 더 답답해져 왔다.

이때 수하 한 명이 조그만 종이 쪽지를 들고 왔다.

"급보를 알리는 전서구가 날아들었습니다."

"이리 줘보시오."

문주 외에 유일하게 글을 아는 갈명수가 재빨리 나선다.

그는 낚아챈 종이를 당당히 들여다봤다.

종이 쪼가리에는 지렁이가 기어가는 글씨로 몇 자가 힘겹게 쓰여 있다.

하오문에 대해서 모르는 사람이 보면 영락없는 암호문이다.

그러나 하오문은 본문에 버금가게 지부의 문도들 역시 글자를 아는 자가 거의 전무했기 때문에 설혹 천자문까지는 못 떼었더라도 그중 절반만이라도 알면 전서를 담당하는 임무를 맡았다.

한데 그들은 아는 글자는 쓰고 모르는 글자는 그냥 건너뛰었다.

그나마 아는 글자도 획이 하나 빠지거나 부들부들 떨며 삐뚤어지게 쓰는 바람에 전서는 그야말로 기괴한 꼴이었다.

게다가 건달들이 사용하는 뒷골목 은어까지 포함된지라 하오문의 전서는 암호가 따로 필요없이 바로 이게 암호였다.

이런 하오문의 전서는 그들의 머리 수준을 감안하면서 읽으면 제법 해석이 된다.

한참을 들여다보던 갈명수가 암흑대제에게 아뢴다.

"이 전서는 사천지부에서 온 건데 당문에 도둑이 들었다고 합니다. 영약고가 털렸다는군요. 당문에서 허드렛일을 하는 자가 우리한테 은밀히 정보를 팔았다고 적혀 있습니다."

"……!"

엄청난 소식에 대전 안이 술렁였다.

대체 어떤 자가 감히 당문을 건드렸단 말인가?

"흐음……."

암흑대제는 태사의에 가만히 몸을 기대고 생각에 잠겼다.

'황금장에 도둑이 들어서 이 난리인데 이번에는 당문이라?'

암흑대제는 두 사건에 공통점이 있나를 살펴보았다.

도둑놈이 동일인이라는 보장은 없지만 그래도 그런 무서운 데를 털다니 두 놈 다 '미친놈'이라는 공통점이 보인다.

'간덩이가 붓지 않고서야 어디 그런 곳을 털까? 정말 희한한 일이구먼. 어쨌거나 돈을 벌어야 하는데 무슨 좋은 방도가 없을까?'

고심하는 암흑대제에게 갈명수가 소견을 올렸다.

"문주님, 이번 일을 계기로 앞으로는 정보를 팔아서 이익을 챙기는 걸 우리의 주업으로 하면 좋을 듯싶습니다."

그렇잖아도 황금장에 정보를 파는 데 쏠쏠한 재미를 붙인 암흑대제다. 자연히 귀가 솔깃해진다.

갈명수의 설명이 이어졌다.

"문주님, 분파들이 상납금을 안 내니 우리는 자구책이 필요합니다. 우리가 돈을 벌 수 있는 길은 자릿세나 기타 여러 가지지만 그래도 손쉽게 큰돈을 벌 수 있는 길은 정보를 파는 일입니다. 우리는 중원 각지에 분파가 있으니까 다른 문파보다 정보를 끌어 모으는 데 큰 이점이 있지요."

"그렇지."

문주가 관심을 기울이는 기색이 완연하자 갈명수는 자신감에 차서 목소리를 높였다.

"한데 아무리 좋은 정보라도 남보다 늦으면 무용지물입니다. 우리가 최대한 빨리 정보를 얻자면 아무래도 천리비응이 필요합니다. 전서구가 보름 동안 가는 길을 천리비응은 단 하루 만에 가니까요. 그리고 약해빠진 전서구와는 달리 천리비응은 전서가 도중에 분실될 리도 없지요. 천리비응의 또 한 가지 좋은 점은 앞으로 분파에 상납금을 재촉하는 전서를 보내도 전서구가 중간에 독수리한테 잡아먹혀서 서신을 못 받았다는 식의 오리발은 내밀지 못할 거란 겁니다."

“그렇겠구먼.”

문주가 고개를 끄덕이자 갈명수는 얼른 말을 덧붙였다.

“그리고 굉장한 정보를 제공한 지부에는 큰 상을 주는 겁니다. 그런 식으로 정보를 제공하게 독려하면 자연히 본문으로 구심점이 모이고 그러면 지부들의 충성심도 생길 수가 있습니다.”

암흑대제가 무릎을 치며 탄성을 토했다.

“옳거니! 네 말이 맞다! 그 아둔한 놈들은 정보가 생겨도 써먹을 줄을 모르니 두뇌가 있는 이 본문에서 수집한 정보를 총괄하며 돈을 버는 거다! 좋아! 당장 각 지부마다 천리비응을 최하 두 마리씩 구입하라고 명해라!”

문주의 명에 갈명수는 곤혹스러운 표정을 지었다.

“그렇지만 천리비응을 구입할 돈이……?”

“그건 지부에 있는 놈들이 알아서 할 일이지! 정 돈이 없으면 산에 가서 잡아오든 다른 문파에 가서 훔쳐 오든 아무튼 천리비응을 구비하라고 일러라! 앞으로 천리비응이 아닌 비둘기로 전서를 보내는 지부는 내가 그날로 당장 쫓아가겠다고 공문을 발송해라!”

“예…….”

대전엔 침묵만이 흘렀다.

야생 천리비응은 사람의 손에 절대로 길들여지지 않고 알도 쉽게 부화되지 않는다는 점을 잘 알고 있었기 때문이다.

그렇다면 다른 문파로 천리비응을 납치하러 가면 어떠냐?

그건 말도 안 된다.

저 비싼 천리비응을 가지고 있을 정도라면 최소한 일류고수가 한두 명은 있는 제법 큰 문파다. 그런 문파로 도둑질을 하러 가는 건 한마디로 자살 행위다.

결국 분파에서 천리비웅 한 마리를 얻으려면 아무리 못해도 최하 일이 년은 허리띠를 졸라매고 돈을 모아야 한다는 결론이다.

이 자리에 있는 하오문도들은 모두가 말이 없었지만 다들 속으로는 지부에 있는 문도들이 불쌍하게 느껴졌다.

이제 하오문주 암흑대제는 천리비웅에 지대한 관심을 보였다.

그는 본문에도 서너 마리의 천리비웅을 갖춰놓아야겠다고 결정했다.

"맞아! 만리비웅까지는 안 바라도 최소한 천리비웅은 구비해 놓아야 한다!"

그러나 역시 돈이 문제다.

한데 돈이 썩을 만큼 쌓여 있는 곳이 있다.

암흑대제는 눈을 빛냈다.

'당문의 도둑 소식을 전하면서 황금장주에게 천리비웅을 열 마리만 지원해 달라고 부탁해 봐야겠다.'

암흑대제의 낯이 훤해지면서 그는 사기꾼 갈명수를 칭찬했다.

"크하하하! 역시나 먹물 먹은 놈이 있으니 우리 하오문에 진보가 있구먼!"

갈명수가 허리를 깊이 숙이며 공손하게 대꾸한다.

"문주님, 별말씀을 다 하십니다. 문주님께서 저를 예쁘게 보아주시니 그저 송구할 따름입니다."

문주와 갈명수는 짝짜꿍이 되어 희희낙락했다.

늘어선 수하들도 돈이 들어올 거라는 기대에 크게 기뻐한다.

하나 오직 한 사람만이 딱딱히 굳은 채다.

사팔뜨기 마봉팔이 시무룩하니 문주를 부른다.

"두목."

암흑대제 강상배는 고개를 들어 어리둥절한 낯빛으로 마봉팔을 보았다.

"응? 뭐냐?"

그의 태도에 마봉팔의 안색이 흐려졌다.

'두목'이라 불러도 이젠 더 이상 물건이 날아오질 않는다.

마봉팔은 서글펐다.

두목한테 필요한 인물이라는 사실을 알기에 갈명수를 죽이지 않고 살려두고 있는데 두목은 날이 갈수록 멀어져만 간다.

사팔뜨기 두 눈에 눈물이 그렁그렁 고이는 듯싶더니 녀석은 밖으로 뛰쳐나갔다.

"우와앙~"

어린아이같이 큰 소리로 울음을 터뜨리며 달려가는 그 꼴에 암흑대제는 일순 어이가 없다가 왈칵 짜증이 치밀었다.

"아니, 근데 저놈이? 끄으응!"

할 말을 잃고야 마는 암흑대제.

한편, 애같이 투정을 부리는 마봉팔의 행동에 갈명수의 입가에는 비웃음이 스쳐 갔다.

갈명수는 몹시 만족스러웠다.

문주의 신임을 얻은 후부터는 다른 문도들한테 두들겨 맞거나 무시당하는 일이 없어졌다.

'난 하오문에 강제로 입문한 후로 하루에 두 시진만 잠을 자고 진짜

코에서 단내가 나도록 일했다. 그러니 난 이만한 대가를 받을 자격이 있어.'

문주의 눈에 들려고 열심히 일을 한 까닭은 하루라도 빨리 동료들의 발길질에서 벗어나려는 의도였다.

그 생각은 적중했다.

갈명수는 이제 명실 공히 하오문주의 왼팔이다.

그러나 문주의 신뢰를 받을수록 마봉팔의 강한 적의가 느껴져서 갈명수는 밤에 혼자 잠을 이루기가 불안했다. 마봉팔이 금방이라도 칼침을 들고 뛰어들어 올 것만 같았기 때문이다.

먼저 당하기 전에 할 수만 있다면 쥐도 새도 모르게 마봉팔을 제거하고 싶다. 하지만 그건 마음뿐이지 원래가 문약한 갈명수는 실천에 옮길 용기가 없었다.

그렇다고 누군가한테 부탁을 하기도 뭣한 것이 문사 출신의 갈명수는 은연중에 건달들로부터 배척을 당하고 있었다.

그래도 그들은 문주가 싸고도는 갈명수를 더 이상 건드리지는 못했다.

예외가 있다면 마봉팔뿐이다.

그는 아직도 갈명수를 볼 때마다 툭툭 치며 괴롭힌다.

'어떻게 해야 내가 저 사팔뜨기 놈으로부터 벗어날 수 있을까?'

갈명수는 심각했다.

암흑대제는 마봉팔과 갈명수의 알력을 익히 짐작하고 있음에도 그냥 모른 척하고만 있다.

*　　　　*　　　　*

하오문주 암흑대제는 황금장주가 된 황일보를 만나러 황금장에 도착했다.

그에겐 이 만남이 처음이 아니었으나 만나고 싶다고 해서 개나 소나 다 만날 수 있는 황금장주가 아니다.

그러나 이미 약속이 되어 있는 암흑대제 강상배는 당당하게 황금장으로 들어섰다.

총관이 반갑게 맞이한다.

"하오문주님, 어서 오십시오."

황금장은 대대로 관가와 연계했으므로 하오문 따위가 전혀 두렵지 않았다.

하지만 총관은 처남인 갈명수가 하오문에 있기에 하오문주의 편의를 최대한 봐주었다.

아닌 게 아니라, 총관 덕택에 암흑대제는 그간 황금장주를 여러 차례 만날 수가 있었다.

총관은 오늘도 잊지 않고 갈명수의 안부를 물었다.

"제 처남은 잘 지내고 있습니까?"

이 말은 '내 처남이 아니었으면 너 따윈 여기 들어올 수 없었어! 그러니 내 처남인 갈명수한테 잘해!' 라는 뜻이다. 영리한 총관은 처남의 안부를 묻는 식으로 하오문주에게 갈명수의 위치를 되새겨 주는 것이다.

암흑대제는 이러한 총관의 마음을 잘 아는지라 고개를 끄덕여 보였다.

"총관, 이제 그는 우리 하오문에 없어선 안 될 사람이 됐다네. 하니 아무 염려 말게나.”

“제 처남이 아직 어려서 실수가 많을 테니 하오문주님이 잘 이끌어
주십시오.”

총관이 공손히 머리를 숙인다.

그 모습에 암흑대제는 속으로 빙그레 웃었다.

‘내가 그 갈명수 놈을 하오문에 붙들어두길 잘했지. 암!’

암흑대제는 총관과 함께 황금장주가 집무를 보는 황금각(黃金閣)으
로 향했다.

그들은 약속된 시각에 정확히 황금각에 도착했다.

그런데 문 앞을 지키고 섰던 시종이 그들을 가로막았다.

시종은 난처한 표정으로 총관에게 고했다.

“저어… 죄송하지만 장주님을 뵐 수 없습니다. 안에는 지금 둘째 서
방님과 셋째 도련님이 들어 계십니다.”

“……!”

똑똑한 총관은 사태를 금방 파악했다.

‘허! 성격 급한 셋째 도련님이 큰형이신 장주님한테 따지러 들이닥
쳤구나. 하지만 혼자서는 벅차니 응원군으로 둘째 서방님을 꼬드겼고,
이에 둘째 서방님은 못 이기는 척 따라나선 걸 테고 말야.’

총관이 본 바는 정확했다.

아울러 그는 하오문주가 지금 장주를 만날 수 없음을 알았다.

이제 총관은 예약이 어긋나게 된 이유를 하오문주에게 설명하고 양
해를 구해야 한다.

그러나 이것을 ‘셋째 도련님의 잘못’이라고 솔직하게 얘기할 수는

없다.

총관은 하오문주에게 낭패한 기색으로 절절맸다.

"이런, 이런! 제가 시간을 잘못 기억했군요. 조금 기다리셔야 할 듯 싶은데 이 일을 어쩌지요? 허어~ 이런 실수가 있나? 하오문주님, 정말 죄송합니다."

황금장 식구를 감싸 안아야 하는 책임을 가진 총관은 모든 것을 자기 탓으로 돌렸다.

이에 하루빨리 천리비웅을 얻고 싶은 암흑대제가 냉큼 대꾸한다.

"총관, 괜찮으이. 자네가 뭐 일부러 그랬겠는가? 난 시간이 널널한 사람이니 염려 말게. 그냥 여기서 좀 기다리면 되지 뭐."

"예? 여기서요? 여기 말고 접객실로 가셔서 차라도 드시지요."

"아니, 내 걱정은 말게나. 난 여기에 있겠네."

"하지만 이렇게 서 계시니 제가 송구스러워서 못 견디겠군요. 그러지 마시고 접객실로 가시지요."

"괜찮아, 괜찮아. 난 여기가 좋아."

크든 작든 일파의 문주인 사람을 문밖에 대기시키는 게 예의에 어긋난다는 것을 잘 아는 총관은 계속 만류를 했다.

그러나 암흑대제는 이 자리에서 기다리겠다고 끝까지 고집을 부렸다. 왜냐하면 그는 지금 황금각 안에서 들려오는 고함 소리에 잔뜩 흥미가 당겼기 때문이다.

무공이 없는 총관은 알아차리지 못했지만 암흑대제는 전 공력을 끌어올려서 안에서 들리는 말소리에 귀를 기울였다.

안에서는 조용하고 우아한 대화가 아닌 악 쓰는 소리가 연이어 터져 나왔기에 암흑대제는 충분히 엿들을 수가 있었다.

익히 들어본 황금장주의 목소리다.

"이노옴! 네놈이 지금 제정신이냐?!"

"아니, 큰형님은 내 몫의 재산을 분배해 달라는데 왜 그리 언성을 높이시오?"

황금장주 황일보는 부모님을 죽인 범인을 찾느라 바빴으므로 그간 재산을 정리할 시간이나 마음의 여유 따위는 전혀 없었다.

지금 그는 부모의 살인범한테는 전혀 관심이 없고 오직 재산에만 연연하는 막냇동생이 지극히 못마땅했다.

그런데 똥 싼 놈이 화낸다고 막냇동생인 황삼브는 오히려 큰소리다.

"큰형님은 내가 큰형님을 뭐, 장주님이라고 불러주기라도 바라시는 거요? 이보쇼, 큰형님! 장주의 권위는 형제가 아닌 아랫것들한테나 부리시오!"

"이, 이, 이놈이?"

황금장의 맏아들 황일보는 치솟는 분노에 비대한 몸을 부들부들 떨었다.

황삼보가 다시금 소리를 지른다.

"큰형님! 내 몫을 주시오!"

"이, 이……!"

부모의 눈에 흙이 들어간 게 언제라고 벌써부터 재산 싸움인지 황일보는 정신이 아득해졌다.

이 많은 재산을 혼자서 독차지하려는 게 아니다.

그러나 일에는 순서가 있다.

황일보는 철없는 동생 때문에 미칠 것만 같았다.

막내 황삼보가 둘째인 황이보에게 지원을 요청한다.

"둘째형님, 그렇게 가만있지만 말고 뭐라고 말 좀 해보시오! 재산 분배를 해달라는 내 말이 어디 한 치라도 틀렸소이까?"

그러나 황삼보의 뜻과는 달리 둘째인 황이보는 물에 물 탄 듯 술에 술 탄 듯 굿이나 보고 떡이나 먹자는 심산이다.

사실 아닌 게 아니라 그도 재산을 분배받고 싶었다. 하지만 큰형의 심기를 건드려서 좋을 건 하나도 없다.

황이보는 뚜렷한 주장 없이 헛기침만 해댔다.

"헛험, 어험험."

불같은 성질인 황삼보는 박쥐처럼 요리 붙었다 조리 붙었다 하는 둘째형에 대해 울화가 치밀었다.

그는 둘째형에게 비웃음을 던졌다.

"흥! 이제 보니 둘째형님은 큰형님한테 딱 붙었구려? 혹시 두 분이 나를 빼돌리고 재산을 양분하기로 모의라도 하신 거요?"

이에 황금장주 황일보가 더는 못 참고 벌떡 몸을 일으켰다.

그는 앞에 놓인 벼루를 집어 들고 셋째에게 눈을 부라렸다.

"야, 이놈아! 할 말이 있고 못할 말이 있다! 뭐? 재산을 양분하기로 모의해? 네놈은 그걸 말 따위라고 지껄이느냐? 이런 천하에 몹쓸 놈!"

벼루가 날아갔다.

휙—

그러나 소림사에서 무공을 배운 황삼보는 고개를 살짝 트는 것만으로 가볍게 벼루를 피했다.

큰형 황일보가 주먹으로 탁자를 내려치며 고함쳤다.

"이놈, 삼보야! 부모님의 원흉을 잡아와라! 그러면 언제라도 재산을 떼어주마!"

곧이어 황일보는 둘째 황이보를 손가락으로 지목하며 역정을 냈다.

"너, 이보! 너는 자금성의 네 관직이 높아질 때마다 그 뒷돈을 대느라 그간 얼마나 많은 은자가 들어갔는지 알기나 하느냐? 너도 마찬가지다! 관병을 동원해서라도 살인범을 잡아와라! 내 말 똑똑히 들어라, 이놈들아! 나는 부모님의 살인범이 잡히기 전까지는 절대로 땡전 한 푼 나눠 줄 수 없다! 하니 다시는 내 앞에서 재산의 '재' 자도 꺼내지 마라!"

밖에서 듣고 있던 암흑대제는 내심 놀랐다.

그는 이렇게 흥분하는 황금장주의 목소리는 처음 들어봤다.

그 목소리는 또다시 악을 썼다.

"알아들었으면 꼴도 보기 싫으니 당장 내 눈앞에서 사라지거라! 어서 물러가!"

의자가 끌리는 소리가 들리고 누군가 밖으로 나오는 기척이 난다.

암흑대제 강상배는 얼굴에 떠오르는 비웃음을 꾹 참았다.

'흥! 벌써부터 재산 싸움이라니, 있는 놈들이 더하군.'

이때 문이 벌컥 열리더니만 두 사내가 모습을 드러냈다.

얌전하게 보이는 황이보와 이를 악물고 있는 황삼보다.

암흑대제는 이들을 재빨리 훑어보았다.

황이보는 소매 속에 손을 넣고 조용히 걷고 있다.

그에 비해서 황삼보는 기분이 나쁘다는 걸 나타내고 싶은지 일부러 씩씩대며 발을 옮긴다.

그 모양새를 본 암흑대제는 한심한 생각이 들었다.

'아무리 나이가 어려도 그렇지 무공은 높을지언정 저렇게 자신의 감정을 못 다스리니 고수와의 싸움에서는 백전백패(百戰百敗)겠군. 이래서 돈으로 처발라 키운 놈들은 쓸모가 없다는 거야. 쯧쯧, 난 황금장이 장사에서 항상 이익을 보는 줄로만 알았는데 자식농사만큼은 헛투자를 했군.'

어쨌거나 황금장주를 만날 차례가 되자 암흑대제는 총관에게 슬며시 물었다.

"이보게, 총관. 안에서 뭔가 언쟁이 있었던 거 같은데… 장주님이 흥분을 가라앉힐 때까지 좀 더 기다렸다가 들어가는 게 좋지 않겠나? 이런 상황이라면 성사될 일도 행여 틀어지게 될까 우려가 되이."

"……!"

총관은 하오문주가 엿들었다는 사실을 알아채고는 움찔했다.

하나 이미 엎질러진 물인데 어쩌랴.

재빨리 침착성을 되찾은 총관은 빙그레 미소를 띠며 고개를 저었다.

"전대 장주님처럼 우리 새 장주님께서는 아무리 격해지셔도 금방 이성을 되찾으시는 분입니다. 장사를 하는 사람이 감정에 휘말리면 안 되지요."

"그도 그렇군."

안심이 된 암흑대제는 총관의 안내를 받아 안으로 들어갔다.

아닌 게 아니라 황금장주는 어느 틈에 냉정을 회복했는지 평상시와 같은 얼굴을 하고 있다.

하오문주는 황일보에게 정중히 포권을 했다.

그의 입장에서 보면 상대는 중원에서 날고 긴다는 갑부요, 자신은 건달의 무리를 끌고 있는 약소문파의 수장이다. 절대로 대등할 수 없는 관계인 데다가 지금 자신은 천리비응 열 마리라는 도움을 바라고 온 처지였기 때문이다.

"황금장주님, 오래간만입니다."

황일보는 온갖 추잡한 짓으로 돈을 버는 하오문주가 마음에 들지 않았다.

그런데도 불구하고 하오문주를 만나주는 이유는 총관이 눈치를 보며 약속 시간을 잡아놓기 때문이요, 그 외에도 하오문의 정보가 필요한 까닭이기도 했다.

하지만 오늘은 동생들 때문에 언짢아져 있는 판국에 이런 더러운 작자까지 상대하려니 기분이 몹시 안 좋다.

그래도 장사꾼인 황일보는 자신의 내심을 겉으로 드러내지 않았다.

황금장주는 부드러운 낯으로 물었다.

"하오문주, 어쩐 일이시오? 무슨 좋은 소식이라도 있소이까?"

암흑대제는 큰 비밀이라도 된다는 듯이 목소리를 낮추어 은밀히 속닥였다.

"당문에 도둑이 들었습니다. 영약고가 털렸다는군요."

"……!"

뜻밖의 소식에 황금장주는 깜짝 놀랐다.

그는 잠시 머리를 굴려본 후 물었다.

"…당문의 그 도둑이 우리 황금장의 도둑과 같은 놈이라고 합디까?"

"그건 아직 확실치 않지만 만약 동일 인물이라면 아주 큰 정보지요. 사천에 있는 우리 하오문도들을 시켜서 그 도둑놈에 대해서 좀 더 알아내 보겠습니다. 그러면 조만간 동일인인지 아닌지가 판가름날 겁니다."

암흑대제는 급히 뒷말을 덧붙였다.

"그런데 명을 내리려고 해도 당문이 있는 사천까지 전서구가 왕복하는 시간이 너무 오래 걸리니… 만약 우리 하오문에 천리비응이 있다면 소식을 접하기가 아주 빠르고 용이할 겁니다. 그래서 제가 오늘 황금 장주님을 찾아뵌 이유는 혹시 천리비응을 좀 지원받을 수 있지 않을까 해서……. 열 마리면 되겠는데요."

"……."

천리비응이고 나발이고 간에 결국은 '돈 달라' 는 소리에 황일보는 기분이 나빠졌다.

막대한 현상금을 걸어놓으니 먹이를 본 승냥이 떼처럼 별의별 쓰레기 같은 놈들이 다 들락거린다. 특히 구파일방에 속한 제자들 중에는 아주 뻔뻔스러운 인간들도 있어서 요즘엔 착수금을 달라며 당당히 찾아오는 놈들까지도 등장했다.

그뿐만이 아니다.

이젠 팔찌가 '황금장 보물 더미의 장보도' 란 소리까지 들린다.

인간의 탐욕이 만들어낸 그 소문에 황일보는 치가 떨렸다.

비록 자신도 장사를 하는 처지지만 이렇게까지 재물에 눈이 뒤집혀 날뛰는 무리를 보니 인간이란 존재가 혐오스러웠다.

그리고 지금 눈앞의 이 작자도 돈을 뜯어내려고 턱살을 치받치고 있다.

황일보는 팔짱을 끼고 냉정히 계산했다.

'천리비응 열 마리가 뉘 집 애 이름인가? 성과가 있다면 모르지만 정보를 빌미로 이렇게 마냥 돈만 뜯어가려고 한다면 문제다.'

장사꾼인 황일보가 아무리 생각을 해봐도 이 일은 투자에 비해서 소득이 너무 적었다.

하오문주는 지원을 해달라고 하지만 당문의 도둑과 황금장의 도둑이 동일 인물이라는 증거는 아직 없고 평생 없을 수도 있다.

고로 당문의 도둑놈에 대해서 캐봐서 동일인이라면 좋은 거지만 만약 다른 놈이라면 괜히 돈 들여서 당문의 일만 돕는 꼴이 된다.

그리고 구태여 황금장이 신경을 안 써도 당문을 건드렸으니 그 도둑놈은 이미 죽은 목숨이다. 원한을 지면 세상 끝까지라도 쫓아가서 반드시 보복을 하고야 만다는 당문이 도둑놈을 그냥 둘 리가 절대로 없으니 말이다.

이럴 때 보통 사람이라면 부모 살해범의 처단을 당문에 뺏기지 않고 자신이 직접 하길 원하는 게 정상이지만 장사꾼인 황일보는 누가 죽이든 그 도둑놈이 죽기만 하면 만족했다.

결국 도둑이 동일인이든 아니든 황일보는 '이런 경우엔 그저 가만히 구경이나 하면서 결과를 보는 게 돈 굳는 일'이라고 판단을 내렸다.

그는 속으로 코웃음을 쳤다.

'흥! 자기 집 도둑도 못 잡고 있는 판에 남의 집 도둑 따위를 알게 뭔가?'

황일보는 잘라 말했다.

"안됐지만 확실한 정보도 없이 그만한 거금을 투자할 수는 없소이다."

"그렇다면 열 마리가 아니라 단 세 마리라도 어떻게 좀……. 허허허~"

암흑대제는 겸연쩍게 웃음을 흘렸다.

그러나 황금장주는 그것조차 받아들이지 않았다.

"하오문주, 도움이 못 돼드려서 미안하오이다."

“정 그러시다면 한 마리 정도는 괜찮겠지요?”

하오문주가 붙잡고 늘어질 기미가 보이자 황일보는 매섭게 잘랐다.

“하오문주, 나는 할 일이 많아서 이만 상담을 마칠까 하오. 이보게, 총관! 손님을 배웅해 드리게!”

“……!”

하오문주의 얼굴이 딱딱히 굳어졌다.

그런 그를 황일보는 매몰차게 외면했다.

평상시라면 황일보가 이렇게까지 야박하게 손님을 내치지는 않았을 텐데 오늘은 동생들과 말다툼을 벌인지라 그답지 않은 행동을 하고야 말았다. 아무리 큰 장사꾼이 되는 후계자 수업을 철저히 받았다고는 하나 그도 감정이 있는 사람이었던 것이다.

그리고 이 일은 암흑대제로 하여금 크나큰 앙심을 품게 만들었다.

천리비응 열 마리는커녕 단 한 마리조차도 거절당하는 수모를 몸소 체험하고 온 암흑대제는 그날 밤 잠을 이루지 못했다.

그는 아무리 황금장주라지만 자기보다 어린 놈한테서 그런 무시를 당했다는 게 생각할수록 분했다.

무전유죄(無錢有罪)라고, 돈이 없다는 처지가 이처럼 서러울 줄은 몰랐다.

사실 그의 울분에는 하오문이라는 건달 패거리의 우두머리라는 ‘자격지심’이 더 크게 작용을 하고 있었건만 그는 모든 것을 황금장주의 탓으로 돌렸다.

“괘씸한 황금장주 놈! 내 이 수모는 기필코 네놈의 뼈가 저릴 만큼 갚아주고야 말겠다! 으드득!”

암흑대제 강상배는 이빨을 뿌득뿌득 갈아붙이며 굳게 맹세했다.

"중원에서 내로라하는 부자인 황금장! 그리고 강호에서 밑바닥인 우리 하오문! 두고 보자! 언젠가는 음지가 양지가 되고 양지가 음지가 될 날이 반드시 있을 게야!"

천지가 뒤집혀지지 않는 한 그런 날은 오지 않을 테지만 암흑대제는 복수에 복수를 다짐하며 날밤을 샜다.

그런데 암흑대제가 이토록 갈망하는 천지가 뒤바뀌는 날은 일 년 후에 찾아왔다.

第七章

귀신같이 눈깔 뽑다!

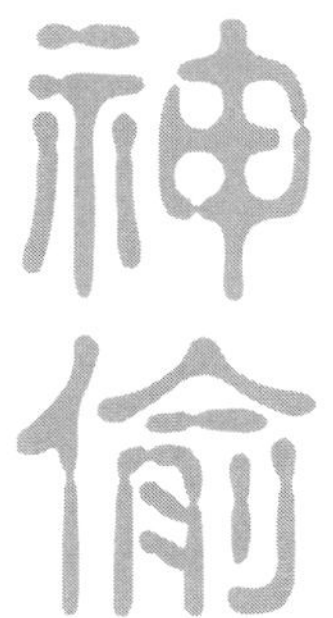

거대한 산자락이 지평선에 몸을 누이고 있다.

우뚝 솟은 봉우리마다 백설로 덮여 있는 웅장한 산맥.

사람들은 만년설(萬年雪)이 쌓인 이 산을 설산(雪山)이라 부른다.

산까지 이르는 초원.

키 작은 나무와 덤불이 듬성듬성 나 있는 가운데 무언가 움직이는 것이 보인다.

그것은 집채만한 나무 더미였다.

바로 땔감으로 쓸 나무를 잔뜩 짊어진 구달비다.

구달비는 흑아를 데리고 나뭇가지를 줍는 중이다.

조그만 흑아를 부려먹는 것에 대해 양심에 가책이 든 구달비가 설명한다.

"흑아야, 눈밖에 없는 설산에서 생활하려면 이까짓 나무 더미는 금방 동이 날 거야. 그러니까 지금 많이 모아야 해."

"치잇, 어차피 난 잘 거니까 나무가 많든 적든 상관없어."

흑아는 투덜대면서도 꾀를 부리지 않고 열심히 일한다.

이때 구달비는 두통이 일었다.

설산을 보자 엄마가 그리워진 흑아가 예의 그 끔찍한 괴성을 질렀기 때문이다.

끼이이이이이이이이!

구달비는 두 귀를 부여잡고 고함을 질렀다.

"으아악! 제발 좀 그만 해! 나 미쳐 죽는 꼴 보고 싶니?"

"엄마가 꼭 내 목소리를 듣고 찾아올 것만 같아. 하지만… 이젠 안 그럴게……."

눈물이 그렁그렁해진 흑아가 고개를 떨군다.

미안해진 구달비는 흑아를 위로했다.

"흑아야, 너무 걱정하지 말어. 언젠가는 반드시 네 엄마가 너를 찾아올 거야. 우리 엄마는 돌아가셨지만 네 엄마는 살아 있잖아?"

"맞아. 내 엄마는 살아 있어. 에헷헷헷헷~"

흑아는 엄마가 없는 구달비의 기분도 모르고 자기 엄마의 생존 여부에만 관심을 쏟으며 기뻐했다.

"달비네 엄마는 죽었지만 우리 엄마는 살아 있다! 만세~"

고양이는 두 앞발을 하늘로 번쩍 쳐들고 환호성을 내질렀다.

그 모습에 구달비의 얼굴이 일그러졌다.

그는 속으로 구시렁댔다.

'젠장! 달비네 엄마가 죽었다고 그렇게 큰 소리로 외칠 것까진 없잖아? 친구에 대한 배려라고는 눈곱만큼도 안 해주는 흑아 녀석. 어휴~

저런 걸 친구라고 달고 다니는 나도 참 한심한 놈이지. 하지만 저게 저 놈 성격이니 내가 참자, 참아.'

마음을 비운 구달비는 흑아에게 물었다.

"근데 네 엄마는 너 근처에 계셨던 거 같은데 왜 널 안 찾아오셨을 까?"

"모르겠어. 난 가끔씩 나를 부르는 엄마의 목소리를 어렴풋이 들었 어. 근데 그 소리를 듣고 엄마를 찾아봤지만 엄마는 안 보였어. 그래서 꿈인가 생각했는데… 꿈은 분명히 아니었어."

구달비는 왜 흑아의 엄마가 목소리만 들리고 모습이 안 보였는지 도 무지 이해가 안 갔다.

그는 흑아에게 다시 물었다.

"엄마 목소리가 어디서 들려왔는데? 숲 속? 혹시 땅속?"

"음… 공중에서 소리가 났어."

"그러면 네 엄마는 새인 거 같아. 너는 알 속에 있었는데 엄마가 실 수로 하늘에서 알을 낳은 거야. 너는 어디 높은 곳에서 떨어진 기억이 있다며? 그러니 그때가 바로 공중에서 알이 떨어질 때인 거지."

"…그럴까?"

고양이가 뒤통수를 긁적인다.

구달비는 자세히 설명했다.

"흑아야, 내 말이 맞아. 넌 따뜻하고 캄캄한 데서 항상 엄마의 자장 가를 들었잖아? 그건 네가 엄마 뱃속에서 알로 있었을 적의 기억이야. 그리고 네가 들은 공중에서의 엄마 목소리는 너를 찾으려고 엄마가 하 늘을 헤맬 때야. 넌 작아서 숲에 가리면 안 보이니까 말야."

한데 구달비는 말을 하면서도 '이건 아닌데?' 하는 생각이 들었다.

흑아의 엄마가 공중에 있었다면 흑아의 저 괴음을 듣고 놓칠 리가 없기 때문이다.

구달비는 고개를 갸우뚱했다.

여러 가지 정황이 앞뒤가 한참 안 맞는다.

하지만 더 유추하려니 골이 아프다.

단순한 흑아는 그런 것까지는 못 따지고 구달비의 의견을 곧이곧대로 믿었다.

녀석이 고개를 끄덕인다.

"아, 그랬구나. 우리 엄마는 새였구나. 근데 나는 알을 낳은 것도 모르고 가버린 엄마가 미워. 우리 엄마는 바보야."

흑아가 울상을 하자 구달비는 얼른 화제를 바꿨다.

"흑아야, 이제 설산에서 먹을 식량이나 잡자."

초원 전체에는 작은 구멍이 수도 없이 뚫려 있다.

한데 그 구멍 속에서 머리를 내미는 동물이 있었다.

이 초원에만 수천 마리가 살고 있는 그 동물은 크기가 손바닥보다 약간 컸고 꼬리가 짧았다.

구달비와 흑아는 그놈들의 생김새가 마치 갈색 다람쥐만 같아서 놈들을 '땅다람쥐' 라 부르기로 했다.

땅다람쥐가 구멍 속에서 빼꼼히 고개를 내민 채 코를 실룩이며 쳐다본다.

그러다가 사람이 다가갈라 치면 얼른 땅속으로 숨는다.

하나 구멍 옆에서 기다리고 있노라면 궁금해서인지 다시금 머리를 내민다.

바로 그때가 놈들을 잡을 수 있는 기회다.

흑아는 머리를 내미는 땅다람쥐를 잽싸게 낚아챘다.

녀석은 가끔씩 앞발을 길게 늘여 구멍 속을 뒤지는 짓도 했으나 그것보다는 대기하고 있다가 잡는 걸 더 재미있어했다.

잡은 땅다람쥐를 흑아는 야멸치게 목을 비틀어 죽였다.

이 구멍 저 구멍으로 깡총깡총 뛰며 땅다람쥐들을 잡는 데 정신이 팔린 흑아는 엄마에 대해서 잊어버린 지 오래다.

검정 고양이가 꼬리를 길게 늘여 굴비 엮듯이 땅다람쥐를 주렁주렁 매달아서 끌고 다닌다.

"이야~ 우리 흑아가 나보다 사냥 솜씨가 낫구나!"

구달비가 칭찬을 해주자 신이 난 흑아는 입이 벌어져서 좋아한다.

"나 잘하지? 몇 마리나 잡아야 하는지 말만 해! 에헷헷헷헷~"

흑아는 칭찬이 더 듣고 싶은지 기를 쓰고 땅다람쥐를 잡는다.

이렇게 둘은 차근차근 설산에서 살아갈 준비를 했다.

*　　　　*　　　　*

어둠이 내려앉은 설산에는 금방이라도 폭설을 쏟을 것만 같은 먹구름이 시커멓게 걸려 있다.

저 멀리 보이는 푸른 초지는 아련한 꿈의 환영인 양 볼을 스치는 얼어붙은 공기는 지금이 여름이라는 사실을 무색케 한다.

인간의 발길이 닿지 않은 처녀설(處女雪).

무릎까지 쌓인 눈을 피곤에 지친 몸으로 헤치는 이가 있다.

헝클어진 머리와 텁수룩한 수염의 초췌한 몰골.

설산에 도착한 선우운철은 발을 질질 끌면서 힘겹게 걸었다.

눈 위로 그가 지나가는 흔적이 뚜렷이 새겨졌지만 그는 더 이상 신경 쓰지 않았다.

"천왕문, 추격하려면 추격하라지."

선우운철의 눈빛은 공허했다.

지금 그는 온몸이 피투성이였다.

갈가리 찢겨진 옷 사이로 입을 쩍 벌린 상처들.

몰아치는 삭풍에 상처는 퍼렇게 얼은 채 살이 죽어가고 있건만 선우운철은 상관하지 않았다.

그는 생각이 없는 강시마냥 묵묵히 기계적으로 발걸음을 떼어놓았다.

터벅터벅…….

한 걸음 내디딜 때마다 발이 푹푹 빠진다.

비틀!

눈 속의 얼음을 밟은 그의 신형이 휘청인다.

"으윽!"

자기도 모르게 신음을 토해내는 선우운철.

문득 갈라진 입술 사이로 자조 섞인 웃음소리가 새어 나왔다.

"큭큭큭……."

선우운철은 눈 속에 털썩 주저앉았다.

그 반동으로 굳었던 상처가 벌어지며 아려온다.

"아프다……. 나는 아직도 살아 있군. 큭큭큭."

선우운철은 눈을 한 줌 뭉쳐서 입 안에 쑤셔 넣었다.

그는 눈이 녹기도 전에 꿀꺽 삼켰다.

차가운 눈덩이가 목구멍을 타고 내려가며 녹는다.

뱃속이 시려왔다.

조금 정신이 든다.

선우운철은 가슴패기에 난 상처를 내려다보았다.

"……."

이곳까지 오는 동안 그는 중원 전역에 소문이 파다하게 퍼진 보물 팔찌 덕택으로 여러 번 위기를 넘겨야 했다. 구달비를 잡으려는 현상금 사냥꾼들과 마주치게 된 것이 그 이유였다.

선우운철이 산속에서 우연히 조우한 어느 중년인과 그 여식.

그 부녀(父女)는 팔찌를 차고 있는 선우운철을 보자마자 무조건 칼질부터 해왔다.

그 중년인은 숨어서 무공을 닦던 기인이었는데 엄청난 현상금에 눈이 뒤집히는 바람에 딸과 함께 강호로 나온 것이다.

그자를 죽이는 데 장장 반나절이라는 시간이 소요됐다.

한데 그자의 딸이 문제였다.

죽이자니 그녀와 같은 또래인 천명희가 아른거렸다.

그래서 놓아주었더니 그녀는 다른 패거리를 불러와 암습을 시도했다.

밤이고 낮이고 시도 때도 없이 행해지는 공격 속에서 결국 그녀를 포함, 그 일행을 다 죽이는 것으로 막이 내렸지만 선우운철이 입은 피해는 컸다. 움직일 수 있을 만큼 몸을 회복시키는 데 여러 날이 소요됐던 것이다.

한데 그런 일이 한두 번이 아니었다.

이제 설산에 도착한 선우운철은 눈 속에 웅크리고 앉아 얼굴을 무릎에 파묻었다.

"그 여자를 살려주지 말고 아예 처음부터 죽였더라면 그런 불상사가 없었을 것을. 다 내가 독하지 못했기 때문이야. 하지만……."

선우운철은 자신이 살고자 하는 이유였지만 그래도 여자까지 죽였다는 사실이 마음에 걸렸다.

황금장에서 호위무사들을 죽일 때까지만 해도 그는 자신이 이런 살귀(殺鬼)가 될 줄은 상상도 못했다.

하나 운명은 그에게 더욱 독해지라고 강요한다.

선우운철은 피를 봐야만 하는 상황에 몸서리가 쳐졌다.

"내가 살기 위해선 벨 수밖에 없다. 휴우, 난 언제까지 이렇게 사람을 죽여야만 하나."

죽어가면서 악독하게 치뜬 그 여인의 눈동자가 아른거린다.

그리고 그 눈동자는 다른 여인의 얼굴과 겹쳐졌다.

절벽의 외나무다리에서 약혼녀인 천명희를 집어 던지기 직전 선우운철은 그녀와 눈이 마주쳤다.

천명희의 눈길은 '못 믿겠다' 는 표정을 하고 있었다.

천 길 아래로 떨어져 내리며 그 눈동자는 목 놓아 외쳤다.

'당신이 진정 내가 사랑하는 분이 맞나요?'

'나한테 어떻게 이러실 수가 있어요?'

'당신을… 당신을 증오해요!'

선우운철은 그 원망스러운 눈초리를 떨쳐 버리려고 고개를 세차게 저었다.

그는 두 팔로 머리를 감쌌다.

"아무리 독고마왕의 추격을 따돌리려 했다 쳐도 희매를 급류에 던지는 그런 짓까지 했으니……. 나는 희매로부터 절대 용서받을 수 없다."

후회가 된다.

자신은 인간으로서 차마 하면 안 될 추악한 행동을 했다.

양심에 가책이 되는 것은 물론이요, 가슴이 텅 빈 느낌이다.

천명희가 보고 싶다.

그 가녀린 허리를 으스러지게 부둥켜안고 싶다.

그녀의 체취를 한 번만, 딱 한 번만이라도 더 맡아보고 싶다.

"크흑!"

볼을 타고 뜨거운 눈물이 흘러내렸다.

잃어버린 사랑에 선우운철은 가슴이 미어지는 것만 같았다.

"으흐흐흑……."

소리 죽인 흐느낌이 새어 나온다.

선우운철은 자신의 행보에 대한 회의가 들었다.

과연 자신이 선택한 길이 올바른 길이었는지 확신이 안 선다.

그의 인생은 인피지서를 얻고 난 후부터 바뀌어지기 시작했다.

인피지서로 인해 욕심이 생겼고, 아버지와 정혼녀를 잃었다.

그리고 지금은 매 순간마다 사람을 죽여야 한다.

"무엇이 옳은 건가? 지위와 명예? 아니면 사랑하는 여인과 아들, 딸 낳고 단란하게 사는 것? 인간은 무엇을 위해서 살아야 하는 건가?"

어떤 인생이 나은 건지 정확한 판단이 안 선다.

다만 지금 한 가지 알 수 있는 것이라곤 극심하게 외롭다는 사실뿐이다.

"그때 희매 대신 팔찌를 급류에 던지고 희매를 강제로 데려왔으면 지금쯤 우리는 어떻게 됐을까?"

이런 저런 생각을 해보는 선우운철.

하지만 이미 돌아올 수 없는 다리를 건너 버렸으니 이제는 후회해도 소용이 없다.

선우운철은 몸도 마음도 지쳐 버렸다.

그는 뒤로 벌렁 누웠다.

푹신한 백설이 그를 감싼다.

눈을 감자 한없이 깊은 나락으로 꺼지는 느낌이다.

'이대로 잠들어 영영 깨어나고 싶지 않다……'

이 모든 일이 현실이 아니라 한 편의 긴 악몽을 꾸고 있는 것만 같다.

그러나 이것이 실제의 상황이라니 선우운철은 두렵고도 서글펐다.

혼자서 감당하려니 어깨가 천근만근 무겁다.

차라리… 차라리 죽고만 싶다.

그렇지만 지금 죽어버리면 저승에서 아버지를 만났을 때 뭐라고 해야 하나?

선우운철은 눈앞에서 자살한 아버지를 결코 잊을 수가 없었다.

"아버지……."

뜨거운 눈물이 또 한줄기 흐른다.

아버지를 배신할 수 없다는 생각에 선우운철은 비척거리며 억지로 몸을 일으켜 세웠다.

"휴우~ 모든 것은 이미 지나간 과거다. 이젠 앞만 보고 전진할 수밖에 없다."

눈 속에 파묻혀 영원히 잠들고 싶다는 욕망을 억제하며 그는 무거운 발걸음을 떼어놓았다.

*   *   *

쌓인 눈을 헤치며 선우운철이 얼마를 걸었을까?

갑자기 그의 동공이 커다랗게 확대됐다.

"……!"

어디선가 고기 굽는 냄새가 풍겨왔다.

쫓기느라 굶주린 뱃속이 즉각 요동친다. 더불어 다리에서 힘이 빠지며 전신이 후들거린다.

"대체 이 설산에 웬 고기 냄새일까?"

정녕 이상한 일이었다.

그러나 고기 굽는 냄새가 분명하다.

선우운철은 참을 수 없을 만큼 시장기를 느꼈다.

잠시 머뭇거리던 그는 냄새가 풍기는 곳으로 향했다.

이윽고 그는 고기 굽는 냄새가 풀풀 나는 동굴 입구에 당도했다.

선우운철은 입 안에 고인 침을 삼키며 동굴과 그 주변을 예리하게 살폈다.

눈을 파서 만든 동굴은 눈 더미로 입구를 교묘히 막아놓았다.

'흠, 고기 냄새만 아니었다면 그 누구도 발견 못하고 그냥 지나칠 정도로 감쪽같이 잘 위장이 되어 있군.'

선우운철은 동굴 옆에 바싹 붙어 서서 귀를 기울였다.

타닥타닥!

지글지글! 치이익!

모닥불이 타오르는 소리와 함께 고기의 기름이 불에 떨어지는 소리가 들린다.

선우운철은 바짝 긴장한 채로 온 신경을 집중했다.

'…두 명!'

안에서는 두 사람의 숨소리가 들려온다.

'짐승도 안 사는 이런 설산에 누굴까? 혹시 현상금 사냥꾼일지도 모른다.'

머리 속에 자신을 추격해 오던 독고마왕 독고강이 떠오른다.

아버지는 독고마왕이 상상을 초월하는 행동을 하는 인물이니 항상 그를 조심해야 한다고 누누이 일러왔다.

선우운철은 독고마왕이 두려웠다.

그러나 독고마왕은 둘째 치고 산에서 무공을 닦던 기인기사들까지 팔찌 때문에 죄다 몰려나왔다.

실제로 접해보니 그네들의 무공은 엄청난 것이었다.

선우운철은 고기가 탐이 났지만 만약 동굴 속의 사람이 기인이라면 괜히 긁어 부스럼을 만드는 꼴이다.

'근데 기인이라면 왜 입구를 위장해 놓았을까? 설마 나를 잡으려고 일부러 파놓은 함정? 하지만 내가 설산으로 왔다는 사실은 아무도 모를 텐데?'

선우운철은 이곳까지 직선으로 온 게 아니고 멀리 돌아서 왔다.

그는 골똘히 생각했다.

'함정 같지는 않다. 하지만 상황이 상황이니만큼 매사에 조심해야 한다.'

선우운철은 망설였다.

그러나 솔솔 풍겨오는 고기 굽는 냄새는 그를 환장하게 만들었다.

참을 수 없을 만큼 배가 고팠다.

마침내 선우운철은 전신의 공력을 모조리 끌어올린 상태로 동굴 속으로 진입했다.

그는 언제든지 뒤로 도망칠 수 있게끔 만약의 사태에 대비하면서 한 발 한 발 조심스럽게 안으로 들어갔다.

"……!"

선우운철은 동굴 속의 광경을 목도한 순간 일순 어이가 없었다.

그는 크게 웃음을 터뜨릴 뻔했다.

동굴 안에는 한 청년과 검은 고양이가 한 마리 있었다.

불가에 쭈그리고 앉아 고기를 굽고 있던 청년은 갑자기 나타난 선우운철을 보자 몹시 놀란 기색이다.

청년은 얼마나 놀랐는지 아무 말도 못하고 그저 선우운철만을 멍하니 쳐다본다.

그리고 청년의 애완동물인 고양이는 동물의 가죽이 잔뜩 쌓인 곳에서 잠을 자고 있는 중이다.

'큭! 두 개의 숨소리 중 하나는 사람이 아니라 고양이였군.'

선우운철은 '두 사람'이라고 생각했던 자신이 우스워졌다.

그는 자신과 비슷한 연배인 청년을 세밀히 관찰했다.

청년은 못생겼다기보다는 너무도 희한하게 생긴 자였다.

찍 찢어진 가는 눈과 축 처진 팔 자 눈썹. 초승달마냥 휘어진 큰 입.

세상에 이보다 더 웃기게 생긴 사람은 없을 거라고 선우운철은 자신 있게 말할 수 있었다.

그는 냉철하게 청년을 훑어보았다.

여인의 섬섬옥수처럼 고운 손이 시선을 잡아끈다.

굳은살이라고는 전혀 안 배긴 그 손으로 보아 막일을 하는 자는 아니고 무림인은 더 더욱 아니다.

'멀대같이 큰 키에 비쩍 마른 몸이 바람만 불어도 날아갈 것 같군.'

선우운철은 '이자는 절대로 무림인이 아니다' 라고 단정했다.

청년은 지닌 무기도 없었거니와 어느 한구석을 봐도 무공을 익힌 흔적이라곤 전무했던 것이다.

선우운철은 이 청년이 어디서 뭘 하다 온 자인지 알고 싶었다.

그는 옷 차림새로 상대방의 신분을 예측하려고 했다.

한데 이자의 몰골이 실로 괴상망측하다.

청년의 꾀죄죄한 옷은 누구나 흔히 입을 수 있는 옷이었다.

그런데 그 옷은 팔목이 다 나올 정도로 기장이 짧았다.

아무리 봐도 남의 옷을 빌려 입은 꼬락서니다.

자연히 나쁜 쪽으로 상상이 간다.

'몸에 안 맞는 저 작은 옷은 부녀자를 겁탈하다가 발각돼서 아무거나 걸치고 도망친 건가? 하긴 저 얼굴이면 여자가 안 붙을 테니 강제로 범할 수밖에 없었겠지. 그래서 저자는 추격을 피해서 사람이 안 오는 이 설산에 숨어 있는 것일 테고 말야. 그런데 저 검정 고양이는 뭔가? 강간하려던 부녀자가 키우던 걸 홧김에 납치해 온 건가? 흠, 알 수가 없군.'

선우운철은 이 청년의 정체가 도무지 추측이 안 됐다.

어쨌거나 그가 확인할 수 있는 점은 이 청년은 현상금 사냥꾼이 절대 아니라는 사실이다.

적이 안심이 된다.

이제 선우운철은 여유를 가지고 동굴 속을 둘러보았다.

'어떤 연장으로 팠는지 제법 크군.'

겉은 눈이지만 조금 파들어 가면 속은 얼음인 이 동굴을 파느라고 애 깨나 썼을 성싶다.

선우운철은 앉을 곳을 찾아 두리번거렸다.

청년은 입구를 마주 보고 앉아 있는데 그 옆으로는 침상으로 쓰는 가죽 더미가 있다. 가죽 위에는 예의 검은 고양이가 정신없이 자고 있다.

그리고 청년의 다른 한쪽에는 땔감과 동물의 뼈가 잔뜩 쌓여 있다.

그는 여러 날을 이 동굴에서 머문 듯 가죽을 마름질까지 해서 널어 놓은 게 보인다.

구석구석 살펴보던 선우운철의 눈이 마지막으로 가서 박힌 곳은 모 닥불 위에서 구워지고 있는 두 마리의 조그만 고깃덩이였다.

선우운철을 이곳으로 이끈 냄새를 방출한 고깃덩이이다.

꿀꺽!

선우운철은 절로 군침이 돌았다.

그런데 고기는 너무 작아서 두 마리를 혼자 다 먹어도 간에 기별이 나 갈까 의심스러울 정도다. 게다가 고기는 익어갈수록 점점 더 작아 지고 있다.

선우운철은 구울 고기가 또 있는지를 찾았다.

그러나 겨우 한 마리만 더 보일 뿐 그 이상은 없다.

실망한 선우운철은 청년을 쳐다보았다.

청년도 선우운철을 관찰하는 꼴이다.

녀석은 가느다란 눈 속의 잘 보이지도 않는 눈알을 이리저리 굴리며 선우운철을 흘끔거린다.

그는 칼자국이 마구 난 선우운철의 피투성이 모습에 큰 두려움을 느끼는 듯했다.

선우운철은 자신의 손목에 차고 있는 팔찌를 청년이 바라보는 것을 느꼈다.

그러나 그것은 순간이었을 뿐 청년은 곧 시선을 돌렸다.

선우운철은 내심 안도했다.

'이자는 내 팔찌에 대한 소문을 못 들은 것 같군. 뭐, 하기야 무공도 모르는 놈이 팔찌 소문을 안다고 해봐야 어쩌겠나?

긴장이 많이 풀어진 선우운철은 깔개로 쓸 가죽 조각을 집어 들고 청년의 옆으로 다가가 털썩 주저앉았다.

둘은 기역(ㄱ) 자로 앉은 꼴이다.

동굴의 옆 벽을 등진 선우운철은 청년과 입구를 동시에 감시하느라 이 자리를 택했다.

동굴 안은 모닥불 주변만 따뜻하고 전체적으로는 썰렁했다.

동굴 안에는 침묵만이 흘렀다.

처음 보는 사람들끼리 으레 나누는 통성명 같은 것도 일체 없었다.

선우운철은 일부러 인사말을 건네지 않았다. 살인멸구를 위해서 어차피 죽여야 할 인간. 괜히 쓸데없이 말을 나누어서 친근감이 들면 곤란했기 때문이다.

청년 역시 낯선 자의 침입이 몹시 불쾌하다는 양 아무 말도 하지 않고 있다.

둘 다 말이 없으니 분위기가 어색하다.

“……”

“……”

이때 피투성이 불청객의 존재가 무서운 까닭인지 청년이 슬그머니 손을 뻗어 자고 있는 고양이를 흔들어 깨운다.

그러나 고양이는 세상 모르고 곯아떨어져 있다.

깨우기를 포기한 청년이 고양이를 번쩍 들어서 품 안에 넣는다.

고양이라도 껴안고 있으면 덜 무섭다는 듯한 그 모습에 선우운철은 측은한 마음이 들었다.

‘나를 보았으니 죽일 수밖에 없지만 하필이면 내 눈에 띄게 되다니 이자는 참 재수도 없군. 불쌍한 놈. 쯧쯧.’

선우운철은 살인은 하기 싫었으나 이렇게 비천한 자는 돈에 팔려 ‘팔찌를 차고 있는 사람을 보았다’고 주둥이를 나불댈 게다.

하니 죽여야 한다는 건 기정사실이다.

그러나 대체 언제 죽이느냐가 관건이다.

선우운철은 한구석에 쌓여 있는 뼈다귀가 자신이 죽인 시체들을 연상케 해서 기분이 나빠지는 판에 또다시 주검을 보고 싶지는 않았다. 거기에 보태어 그는 살인 후 태연하게 음식을 먹을 수 있을 만큼 비위가 좋은 인간도 아니었다.

선우운철은 익어가는 고기를 노려보았다.

지난번에 중년인의 딸을 살려두었을 때처럼 살인을 또다시 망설이는 자신이 독하지 못하다는 자각이 든다.

그래도 살인이 싫은 선우운철은 스스로에게 변명하듯 변명 아닌 변명을 했다.

‘일단 배부터 채우고 저자를 없애자. 그래, 이 한 개의 고깃덩이를

네가 이승에서 먹는 마지막 음식으로 내가 적선하마.'

선우운철은 청년의 혈을 제압한 후 두 덩이의 고기를 독차지할 수도 있건만 온정을 베풀 작정이었다.

비록 이 고기는 청년의 소유물이었으나 선우운철은 자신에게 선택권이 있다고 생각했다.

불청객이 이처럼 무서운 생각을 하는 줄도 모르고 청년은 고기가 익자 한 덩이 집어 든다.

그는 선우운철에게 권하지도 않고 혼자 먹는다.

우적우적!

선우운철이 질세라 나머지 한 마리를 차지한다.

"쩝쩝쩝!"

고기는 소금 간이 안 되어 있었지만 시장이 반찬이라고 둘이 먹다 하나가 죽어도 모를 정도로 맛있었다.

그러나 갈비뼈까지 씹어 삼켰는데도 불구하고 몇 입 먹으니 벌써 다 먹고 없다.

괜히 입맛만 버린 기분이다.

더 먹고 싶다.

이런 선우운철의 마음을 읽기라도 하듯 청년이 한 마리 남아 있던 동물의 가죽을 벗긴다.

품에서 꺼낸 검은색의 단도가 번득이며 가죽을 분리해 나간다.

아주 익숙한 솜씨다.

그 재빠른 손놀림에 선우운철은 깜짝 놀랐다.

하나 그는 청년의 신기(神技)가 검술을 익힌 무림인의 것과는 다르다는 사실을 파악하며 다시금 안도했다.

동시에 '대체 이놈은 뭘 하던 놈인가?' 하는 의구심이 또다시 고개를 쳐든다.

그 와중에도 청년은 동물을 꼬챙이에 꿰어서 모닥불 위에 올려놓았다.

고기가 뜨거운 김을 피워 올리며 익기 시작한다.

갑자기 청년이 뒤로 돌아앉더니 단도로 벽의 얼음을 파내서 먹는다. 갈증이 난 모양이다.

오도독오도독!

소리를 내며 경박하게 얼음을 씹는 청년.

그가 힐끔 뒤를 돌아본다.

선우운철이 자신을 주시하고 있는가 확인하는 꼴이다.

아닌 게 아니라 그의 행동을 눈여겨보고 있던 선우운철이다.

선우운철은 얼른 눈길을 돌려 버렸다.

저런 천박한 자의 짓거리를 훔쳐보다가 들켰다는 게 그의 자존심을 상하게 한다.

선우운철이 외면하자 청년은 슬며시 옆으로 손을 뻗어 가죽 쪼가리를 낚아채더니 무엇인가를 주물럭거린다. 심심해서 소일거리라도 하는가 보다.

잠시 후 청년은 다시 돌아앉더니 모닥불가의 숯을 집어서 가죽을 종이 삼아 글자를 끄적인다.

선우운철은 그가 뭐라고 적나 호기심이 일었지만 참았다.

'사람이 없는 곳이라 적적하니 매일 일기라도 쓰는 걸까? 허! 꼴에 어디서 문자는 익혔나 보군.'

글을 다 쓴 청년이 가죽을 접어서 옆 자리에 놓고는 고기가 익기를 기다린다.

그러나 선우운철은 이 마지막 고기를 양보할 마음이 전혀 없었다.

'안됐지만 이 고기는 내가 먹어야겠다. 너는 아까 먹은 것으로 만족해라. 대신에 너를 고통없이 죽여주마.'

조금 전에 먹은 고기로 기운이 난 선우운철.

그는 식사 후에 이 청년을 처리하고 나서 곧바로 설산을 넘을 작정이다.

고기가 노릇노릇 다 익었다.

청년이 엉거주춤 일어나며 고기를 집으려고 팔을 뻗는다.

그러나 두 사람의 손이 스칠 듯이 지나치며 선우운철이 번개같이 고기를 낚아챘다.

고기를 잡은 선우운철의 얼굴에 멋쩍은 표정이 맴돌았다.

주객이 전도된 예의없는 행동에 솔직히 그는 민망스러웠다. 자신은 원래 이런 놈이 아니었다.

이에 화가 난 청년이 퍽퍽 투박한 발소리를 내며 밖으로 향한다.

얼음을 잔뜩 먹었으니 아마 소피라도 보려는 모양이다.

선우운철은 지금 이자를 쫓아가서 죽여야 할지 잠시 망설였다.

그러나 코앞에 잘 익은 고기가 있다.

선우운철은 일단 한입 베어 물었다.

'이까짓 것 다섯 입이면 다 먹으니 이거부터 먼저 먹자. 제깟 놈이 가봐야 부처님 손바닥 안이지.'

이때 선우운철의 귀로 익숙한 소리가 들려왔다.

피융—

공기를 가르는 파공성이다.

경공을 펼칠 때 나는 소리다.

“……!”

입구 쪽으로 선우운철의 고개가 즉각 돌아갔다.

청년이 사라지고 없었다.

‘무림인이다! 어? 혹시?’

순간 머리를 번득 스치는 생각에 팔찌를 내려다본 선우운철.

그의 입에서 경악성이 터져 나왔다.

“헉!”

손목에 차고 있던 팔찌가 다른 팔찌로 바뀌었다.

그것은 크기와 무게 등 원래의 용 문양 백옥 팔찌와 구분이 안 갈 만큼 흡사하게 만들어진 얼음 팔찌였다.

아주 정교하게 조각된 그 팔찌는 용의 눈알 부분에 쥐똥을 박아 넣었고, 얼음 팔찌로 교체되는 순간 차가울까 봐 안쪽은 가죽으로 덧대기까지 했다.

“……!”

선우운철의 신형이 번개같이 동굴 밖으로 퉁겨 나갔다.

그는 눈에 불을 켜고 청년을 찾았다.

겨우 눈 두 번 깜빡할 사이였는데도 불구하고 벌써 육십 장(약 200미터) 거리 밖으로 달아나는 놈이 보인다.

놈은 엄청나게 빠른 속도로 멀어지는 중이다.

한데 그 경공은 강호에서도 보기 드문 일류고수의 수준이다.

‘무공을 숨기고 있었다니! 교활한 놈!’

선우운철은 더 생각할 겨를 없이 몸을 날렸다.

쉬익—

동굴 앞에는 부서진 얼음 팔찌만이 남았다.

선우운철은 전신 내공을 모조리 다 끌어올렸다.

목숨 같은 팔찌를 도둑맞은 그는 그야말로 죽기 살기로 달렸다.

그러나 거리는 좀처럼 좁혀지질 않는다.

선우운철은 이 상황이 믿어지질 않았다.

일 갑자에 달하는 자신의 내공을 다 쏟아 부은 경공을 그 뉘라서 쉽게 따돌릴 수 있을까? 한데 나이도 비슷해 보이고 무공도 안 익힌 것처럼 보인 가난뱅이 청년의 경공이 자신과 버금가다니 이럴 수는 없었다.

선우운철의 추격을 눈치챈 청년이 뒤를 돌아본다.

그러더니 놈은 더 빨라졌다.

그 모습에 선우운철은 눈이 튀어나올 것만 같았다.

'헉! 저놈의 경공이 나보다 빨라? 이건 말도 안 돼!'

선우운철을 비웃기라도 하듯 두 사람 사이의 거리는 점점 벌어지고 있다.

이젠 도둑을 잡기는커녕 코앞에서 놓쳐 버릴 판이다.

선우운철은 사색이 되었다.

저 팔찌가 어떤 팔찌인가?

저것으로 인해 아버지가 죽었고 약혼녀까지도 포기하면서 간신히 얻은 물건이다.

'설사 쫓다가 피를 토하고 죽는 한이 있더라도 절대로 팔찌만큼은 잃을 수 없다.'

이 모든 게 다 자신이 독하지 못해서 발생한 일이다.

만약 독고마왕이었다면 일단 청년부터 죽이고 나서 느긋하게 식사를 만끽했을 터.

이 순간 선우운철은 굳게 맹세했다.

'내가 너무 유약했음이야.' 장부는 독해야 한다고 했다. 독해지자. 나는 지금부터 그 누구보다도 독해지겠다.'

쉬이익—

달도 없는 그믐밤에 대추격전이 벌어졌다.

땅다람쥐가 파놓은 구멍이 숭숭 뚫린 초원을 두 사람 다 발이 땅에 닿지 않을 정도로 달리고 있다.

선우운철은 안간힘을 다 쓰는 바람에 코에서는 단내가 나고 현기증까지 났다.

그는 더 이상 끌어올릴 내공도 신법도 없었다.

시야에서 멀어져만 가는 도둑놈 때문에 미칠 것만 같은 선우운철.

'뭔가 저놈을 잡을 방도를 생각해 내야 한다.'

이럴 땐 놈의 뒤통수에 암기를 던지는 게 최고인데 선우운철은 암기로 대용할 물건을 전혀 지니고 있지 않았다.

하다못해 그 흔한 동전 한 닢조차 없다.

'흐늘거리는 옷을 찢은 후 내공을 주입해서 딱딱한 암기로 사용하는 건 이 갑자 고수나 할 수 있는 일. 이럴 줄 알았으면 얼음 팔찌를 버리지 말고 암기로 쓰는 건데.'

왜 성질 급하게 얼음 팔찌를 부숴 버렸나 후회가 막급하다.

그래도 다행히 초원에는 암기로 대용할 빳빳한 풀이 많았다.

하지만 선우운철은 풀 대신 발로 돌을 찼다.

투악!

그는 앞으로 쏘아져 나가는 돌에다 대고 연이어 장풍을 날렸다.

퍼엉!

힘을 받은 돌이 쏜살같이 도둑놈의 등판으로 날아간다.

그 소리를 들었음일까? 도둑놈의 발이 묘하게 꼬이더니 놈은 휘청거리는 경공을 펼친다.

이쪽저쪽으로 마치 갈팡질팡하듯이 놈이 달린다.

당연히 돌 암기는 놈을 못 맞히고 비껴 나갔다.

그런데 희한한 일은 놈이 저렇게 술 취한 사람처럼 헤매면서 달리는데도 속도가 별로 안 떨어진다는 점이다.

그 모양을 본 선우운철의 얼굴이 굳어졌다.

'내 평생 저런 신법은 들어본 적도 없다.'

가만 보니 저 도둑놈은 내공보다는 신법에 더 뛰어난 것 같다.

선우운철은 조바심을 가라앉히며 냉철히 생각했다.

'만약 저놈의 내공이 나와 같은 일 갑자였다면 난 놈의 그림자도 보지 못했을 거다.'

이제 도둑놈에 대한 여러 가지 판단이 들었다.

분명 놈의 어깨와 팔, 손은 검술이나 권법 등의 무공을 전혀 익히지 않은 신체였다.

하나 지금 보니 놈은 경신술만큼은 익혔나 보다.

고로 놈은 무림인이 확실하다.

그리고 저놈은 애초부터 팔찌를 훔칠 작정 하에 일부러 방심시키려고 무공을 모르는 척 행동을 한 것이리라.

이제 보니 재수가 없는 쪽은 저놈이 아니라 우연히 놈을 만난 자신이었다.

‘나쁜 자식! 도둑놈!’

자기도 황금장주의 팔찌를 훔친 건 생각 않고 다른 사람만 가지고 도둑놈이라 비난하는 선우운철.

그는 미친 듯이 내달렸다.

전신 공력에 젖 먹던 힘까지 다 끌어올린 통에 호흡이 턱에 찼지만 그는 멈출 수 없었다.

문득 선우운철의 얼굴에 희색이 돌았다.

저 멀리 거대하게 솟은 절벽이 가까워져 오는 게 보였기 때문이다.

절벽은 도둑놈의 앞길을 가로막고 있었다.

‘옳다! 이젠 놈을 잡을 수 있겠다!’

설마 놈이 평지처럼 절벽에서도 신법을 발휘할 수는 없을 터.

선우운철은 놈이 절벽을 기어오를 때 암기를 던지든 장풍으로 놈을 치든 공격을 가할 생각이었다.

아니나 다를까, 역시 놈이 무방비 상태로 절벽을 기어오른다.

절벽 밑에 도착한 선우운철이 두 손에 기를 운집시켰다. 장풍을 쳐 내려는 것이다.

선우운철의 입에서 기합성이 토해졌다.

“흐야아아… 엇?”

막 장풍을 뿜어내려던 선우운철의 표정이 기이하게 변했다.

그는 손에 뭉쳤던 기를 허겁지겁 풀었다.

도둑놈이 등 뒤로 손을 돌려 뭔가를 내 보인 까닭이다.

팔찌였다.

놈을 장풍으로 치게 되면 팔찌도 작살난다.

“저런 여우 같은 놈!”

팔찌를 파손할 수가 없는 선우운철은 발만 동동 구를 수밖에 없었다.

도둑놈이 바로 코앞에 있었지만 놈을 공격할 방도가 없다.

암기를 던진다 해도 잘못해서 팔찌에 맞기라도 하면 큰일이다.

선우운철이 후닥닥 절벽에 붙어서 기어오르기 시작한다.

도둑놈은 팔찌를 쥔 한 손을 뒷짐 진 채로 세 팔다리만을 놀려서 절벽을 기어올라 간다.

자연 그놈보다는 네 수족을 사용하는 선우운철이 더 빠를 수밖에 없다.

'잡을 수 있겠다!'

선우운철의 가슴이 희망으로 고동 쳤다.

그는 팔다리를 마구 놀리며 절벽을 타고 올랐다.

점차 거리가 좁혀진다.

그리고 마침내 도둑놈이 절벽의 정상에 올라선 순간 선우운철 역시 거의 꼭대기에 도달했다.

하나,

휘리리릭~

무엇인가 작은 물체가 회전을 하며 선우운철의 머리를 넘어 뒤로 떨어진다.

동그란 모양의 그것은 분명히 팔찌였다.

잡힐 순간에 이르자 도둑놈이 집어 던진 것이다.

'이번에도 얼음 팔찌일지 모른다.'

선우운철은 안력을 있는 대로 돋우어 팔찌를 보았으나 진짜인지 가짜인지 구별이 안 갔다.

그는 미칠 것만 같았다.

지금 안 잡으면 팔찌는 땅에 닿으면서 산산조각이 날 것이다.

하니 만약 저것이 진짜 백옥 팔찌라면 그냥 보고만 있어서는 안 되었다.

별수없이 선우운철은 머리를 밑으로 한 채 절벽을 박차고 빠르게 곤두박질쳤다.

"으얍!"

솔개가 병아리 채듯 선우운철이 경쾌한 기합성과 함께 팔찌를 손으로 움켜잡았다.

그리고 발이 땅에 닿자마자 그는 팔찌부터 살폈다.

"아니?"

자신이 소유했던 팔찌가 맞는가를 확인하던 선우운철은 그대로 뻣뻣이 굳어졌다.

그는 자신의 눈을 의심했다.

팔찌는 확실히 백옥 팔찌가 맞았다.

그런데 용의 두 눈알이 빠져 달아나고 없었다.

아니, 정확하게 말하면 도둑놈이 칼로 눈알들을 후벼 파낸 것이다.

그러나 팔찌가 훼손되었다는 건 어처구니없는 일이었지만 반면에 좋은 일도 있었다.

항상 투명하기만 했던 팔찌 속에 도르르 말린 얇은 종이가 들어 있었던 것이다!

"두 눈알만 없을 뿐이지 어쨌거나 고대하던 팔찌의 수수께끼가 풀렸다."

선우운철은 급히 팔찌를 손목에 차고는 절벽을 올려다보았다.

자신의 경공으로는 그놈을 따라갈 수가 없고, 이미 놈은 멀리 도망쳤을 테지만 그래도 확인을 해야 했다.

선우운철은 다시 절벽을 타고 올라갔다.

정상에 오르니 절벽을 경계로 울창한 숲이 끝도 없이 광활하게 펼쳐져 있다.

낮이어도 찾기 어려울 판에 지금은 달도 없는 한밤중이다.

도저히 추격할 수 없다.

도둑놈을 잡는 것을 포기한 선우운철은 팔찌를 내려다보았다.

그는 기쁨에 넘친 얼굴로 고개를 끄덕였다.

"백옥 속의 그 용안(龍眼)은 이 팔찌를 파손해야만 비밀이 풀린다는 뜻이었구나."

도둑놈은 용의 눈알을 뽑은 후 급히 팔찌를 던지고 도망가느라 백옥 속에서 종이가 나타나는 것을 못 본 듯했다.

하지만 선우운철은 도둑이 왜 눈알만을 빼갔는지 이해가 안 갔다.

"그냥 돌려주려니 분해서 눈알이라도 뺀 건가? 미친놈!"

용의 눈알은 황금이 틀림없다.

"그까짓 금은 있어도 그만 없어도 그만이다. 후후후~ 전화위복이라고, 도둑놈 덕택에 무공을 얻게 되었으니 놈에게 상을 줘야 할지 벌을 줘야 할지 판단이 안 서는구나."

빙그레 웃던 선우운철은 저 도둑 청년이 아주 대단한 놈이라는 생각이 들었다.

"동굴에서 그토록 담담하게 침착성을 유지하고, 게다가 그 외중에 얼음 팔찌까지 만들다니 정녕 무서운 놈이군."

문득 선우운철은 도둑놈이 동굴에서 가죽에 뭐라고 쓰던 것이 기억났다. 놈의 계획된 행동으로 보아 아마 자신한테 남기는 서찰 같은 생각이 들었다.

궁금해진 그는 서둘러 동굴로 돌아왔다.

선우운철은 청년이 글을 써놓은 가죽을 집어 들었다.

그의 예측대로 가죽은 도둑놈이 일부러 남기고 간 것으로써 거기엔 다음과 같은 글이 적혀 있었다.

나는 네놈이 저지른 황금장 살인죄를 다 뒤집어쓰고 너 대신 쫓겨다니는 사람이다. 황금장에서 네놈이 팔찌를 훔친 것으로 봐서 네놈도 나와 같은 양상군자. 한데도 같은 직업에 종사하는 사람끼리 도와주지는 못할망정 경비를 죽여서 동료를 위험에 빠뜨려?

내 오늘은 바빠서 그냥 간다만 다음에 만나면 반드시 네놈의 싸가지를 고쳐 주겠다.

인생 똑바로 살어, 이 씨발놈아!

가죽을 쥔 손이 부들부들 경련을 일으켰다.

"이… 이런… 이런 쳐 죽일 놈!"

서찰의 내용으로 보아 놈은 그때 황금장 창밖에 있던 놈이 분명했다.

그러니 놈은 선우운철의 팔찌를 보복하는 차원에서 훔쳐 갔고, 악의를 가지고 용 눈알을 빼내 팔찌를 훼손함으로써 품고 있던 원한을 갚은 것이다.

결국 동굴에서 자신의 팔목에 차여진 팔찌를 본 순간부터 모든 게 놈의 치밀한 계획이었다.

실로 대범한 놈이었다. 게다가 경공의 고수다.

선우운철은 황금장이 그 많은 현상금을 걸고도 아직까지 놈을 잡지 못했다는 사실이 충분히 이해가 가고도 남았다.

지금 선우운철은 온몸의 피가 거꾸로 도는 것만 같았다.

놈은 싸울 실력도 안 되는 주제에 '오늘은 바빠서 그냥 간다' 며 있는 대로 호기를 부리곤 도망갔다. 또 '씨발놈' 이라고 욕까지 했다.

그러나 정작 선우운철이 화가 나는 부분은 다른 데 있었다.

그가 열이 받은 이유는 도둑놈이 '인생 똑바로 살라' 며 훈계를 했다는 점이다.

도둑놈의 이 친절한 충고는 그렇잖아도 자신이 선택한 길에 대해서 내내 후회와 번민을 거듭하는 선우운철에게 있어 불난 집에 기름을 끼얹는 효과를 발휘했다.

악문 이빨을 꿰뚫고 신음에 가까운 소리가 새어 나왔다.

"날더러 인생을 똑바로 살라고?"

분노가 도를 넘어서니 오히려 웃음이 나온다.

"인생을⋯ 똑바로 살란 말이지? 큭큭큭."

부릅떠진 눈에서 불꽃이 활활 타오른다.

선우운철은 미친 듯이 외쳤다.

"그래! 난 인생 더럽게 산 놈이다! 그래! 난 아버지를 자살하게 만든 후레자식에 약혼녀도 팽개친 놈이다!"

그간 본인 스스로에 대해서 쌓여왔던 자괴감, 노여움이 한꺼번에 터지며 그 원인 제공을 한 도둑놈한테로 증오심이 되어 쏠린다.

선우운철은 두 주먹을 움켜쥐었다.

"세상이 두 쪽 나는 한이 있어도 내 이놈만큼은 반드시 잡아 죽이고야 말 테다!"

第八章

두 개의 황금 콩알

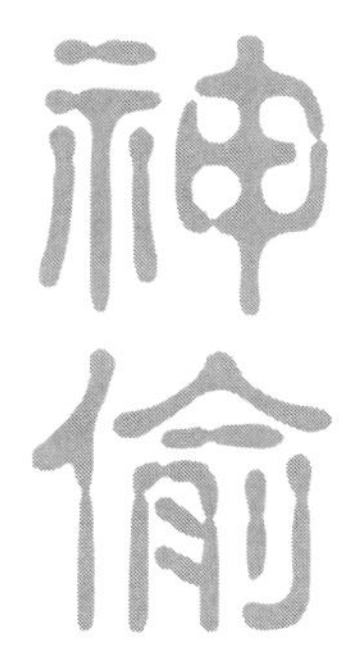

“룰루룰루루~”

구달비는 콧노래를 흥얼대며 걸었다.

그는 지금 기분이 너무 좋아서 날아갈 것만 같았다.

흑아가 품에서 머리를 내밀고 연신 감탄을 한다.

“달비야, 넌 정말 굉장해! 어떻게 이걸 훔쳐 냈어?”

이렇게 말하는 흑아의 앞발에는 팔찌에서 빼낸 두 개의 황금 콩알이 쥐어져 있다.

구달비는 흑아한테 자신의 무용담을 떠벌렸다.

“흑아 네가 자느라 못 봐서 그러는데 그놈이 아주 잘난 체하는 낯짝을 하고 있더라구. ‘너 따위는 아무것도 아니다’ 하는 그런 표정 말야. 그래서 밟아주고 싶었어.”

“무섭지 않았어?”

"무섭기는? 그놈은 솔잎 하나로 열두 명을 해치우는 아주 무시무시
한 놈이지만 난 화가 나서 그런 게 머리 속에 안 들어오더라고."

사실 그때 구달비는 무척 겁이 났었다.

얼마나 무서웠던지 오죽했으면 도움을 받아보려고 잠자는 흑아까지
깨워본 구달비였지만 지금은 목에 힘을 줬다.

흑아는 몸을 떨며 말했다.

"어휘! 나 같았으면 그런 무서운 놈한테는 복수고 뭐고 다 때려치우
고 무조건 도망부터 쳤을 거야."

"그래도 그놈 때문에 억울하게 쫓기게 된 신세인데 거기서 그냥 꼬
리를 말고 내빼기엔 너무 분했어. 안 그래? 그런 기회는 흔하게 오는
게 아니라구. 죽기 아니면 까무러치기라고 한 번 시도는 해봐야 하는
거야."

"근데 어떻게 그놈인 줄 알았어?"

"야! 이 세상에 백옥 속에 용 눈알이 그렇게 희한하게 박힌 팔찌가
또 어디 있겠냐? 그리고 난 그놈의 눈매를 기억하고 있었어. 황금장에
서 그놈을 한 번 본 적이 있다고 그랬잖아. 아무튼 설산에서 그놈을 본
순간 난 내 눈을 의심했어. 어떻게 만나도 그런 데서 다시 만나냐? 옛
말에 원수는 외나무다리에서 만난다고 하더니 정말 딱 맞아떨어지네."

구달비는 자신도 못 믿겠는지 고개를 설레설레 저었다.

그는 곧 분개한 표정으로 말을 이었다.

"난 말야, 같은 놈이 분명하다는 걸 깨닫자마자 놈을 두들겨 패고 싶
은 걸 참느라 무진장 힘들었어. 만약 황금장 무사들이 그놈 손에 단체
로 죽었단 사실을 몰랐다면 분명히 내가 먼저 덤벼들었을 거야. 근데
흑아, 너도 알다시피 내가 할 줄 아는 거라곤 경공뿐이잖냐? 그래서 별

수없이 허벅지를 송곳으로 찌르며 참아야만 했지."

흑아가 조그만 머리를 갸우뚱거리며 묻는다.

"달비야, 대체 어떻게 용 눈알을 뽑을 생각을 다 했어?"

"히히히~ 그건 말야, 내가 팔찌를 한 번 훑어보는 것만으로도 놈이 살기등등하게 변하더라구. 그러니 놈은 그 팔찌를 무진장 끔찍하게 여기는 게 틀림없어. 그래서 속으로 결심했지. '어디 요놈, 맛 좀 봐라' 하고. 큭큭큭."

사실 백옥 팔찌로 말하자면 놈이 황금장에서 오직 그것만을 훔친 걸로 봐서 팔찌에 뭔가 대단한 사연이 있겠건만 구달비는 이런 저런 걸 다 떠나서 그저 팔찌를 망가뜨림으로써 보복을 하고 싶었다. 구달비는 그간 산으로만 도망 다니느라 보물 팔찌에 대한 소문을 전혀 못 들었던 것이다.

"흑아야, 너 일석이조(一石二鳥)라고 아냐? 우리는 그간 소금 살 돈이 없어서 밍밍한 고기만 먹었잖아? 팔찌에서 눈깔을 뺐으니 놈은 거품을 물고 고꾸라졌을 테고 또 우리는 소금을 살 황금이 생겨서 좋고. 이런 게 바로 일석이조야. 어험!"

으쓱대는 구달비.

그에게 흑아가 걱정스러운 얼굴로 묻는다.

"하지만 그놈한테 네 진짜 얼굴을 들켰잖아? 그래도 괜찮은 거야?"

"상관없어. 어차피 황금장에 안 붙잡히려면 평생 다른 얼굴로 살아야 하니까 말야. 그리고 언젠가는 아버지처럼 나도 온몸을 다 변화시킬 수 있을 때가 올 거야."

미래에 희망을 갖고 주먹을 불끈 쥐는 구달비다.

그는 몹시 만족스러웠다.

“내가 귀신같이 눈깔을 빼왔으니 이제 그 팔찌는 못 쓰게 된 거라구! 아하하하하! 깨빡쳐진 팔찌를 들고 있는 그놈 표정을 내가 봤어야 하는 건데! 우하하하하하하!”

구달비는 박장대소했다.

하지만 그는 단도로 용 눈알을 도려낸 후 서둘러 팔찌를 던지는 데 급급했던지라 백옥 속에서 종이가 나타나는 장면을 미처 발견하지 못했다.

만일 그가 종이에 대해서 알았다면 이렇게 흡족해할 게 아니라 땅을 치고 통곡을 할 터이다.

흑아는 황금 콩알 두 개를 양 앞발에 나눠 쥐고 무척 좋아했다.

“헤헤헤~ 잘했어, 잘했어. 이제 우린 소금을 먹을 수 있구나.”

“어때? 이 친구가 자랑스럽지 않아?”

“달비 넌 참 대단해. 나 같으면 그런 생각조차 못했을 거야.”

“그치? 험험, 난 말야……”

잘난 척을 하던 구달비는 문득 말을 멈췄다.

킬킬대며 길을 가는 동안 둘은 어느새 커다란 성읍에 다다르고 있었던 것이다.

구달비는 인간의 말을 하는 고양이 때문에 주변에 오가는 사람들의 눈이 걱정됐다.

그는 야산에 몸을 숨기고 흑아에게 전음지성을 가르쳤다.

몇 번 해보더니 흑아는 쉽게 전음을 배웠다.

『달비야, 이렇게 하면 되는 거야?』

『우와아! 아주 빨리 배우는데? 어떻게 이렇게 빨리 배울 수 있지? 넌 내공도 없는데 참 신기할 정도로 잘하네? 정말 희한한 동물이야!』

『원체 내가 좀 특별해. 키히히히히~』

칭찬을 해주자 흑아는 어린애같이 좋아한다.

구달비는 솔직하게 감탄했다.

『흑아야, 난 정말로 놀랬어. 전음지성을 배우는 건 최하 몇 달은 걸리는 일이라구.』

『이건 다 내가 똑똑해서 그런 거야. 에헴!』

금방 거들먹대는 녀석에게 구달비는 정색을 하고 말했다.

『아무튼 네가 사람 말을 하는 걸 다른 이들이 보면 너를 당문으로 잡아갈 거야. 그러니 너는 다른 사람이 있을 때는 꼭 전음만을 사용해야 해. 알았지?』

『응, 그럴게.』

공포의 대명사인 '당문'이 거론되자 흑아가 몸을 움츠리며 얼른 고개를 끄덕인다.

전음 교습이 끝나자 둘은 성으로 들어섰다.

구달비는 일단 흑아에게 인간 세상을 구경시켜 주기 위해서 번화가부터 먼저 갔다.

아니나 다를까, 저잣거리에 처음 와보는 흑아는 눈이 휘둥그레져서 이리저리 사방을 둘러보느라 정신이 빠졌다.

이윽고 흑아가 보챈다.

『달비야, 나 배고파. 우리 이거 먹자. 저기 저것도 먹고. 응?』

흑아가 남들이 사 먹는 길거리 음식을 보며 군침을 흘린다.

구달비도 시장기를 느꼈다.

한데 노상 음식점으로 들어가려던 그는 잠시 주저했다.

'그간 흑아는 썩은 도마뱀 같은 거나 먹고 살았는데……'

구달비는 흑아에게 싸구려 국수나 만두 따위보다는 진짜 제대로 된 음식을 맛보여 주고 싶었다.

하지만 수중에 돈이라고는 황금 콩알 두 개가 전부다. 다 쓰고 오늘 죽을 거라면 모르지만 앞날을 생각하면 비싼 음식 등에 펑펑 써댈 만한 재물이 절대 아니다.

그러나 기분파인 구달비는 이내 흑아의 머리를 쓰다듬으며 함박웃음을 머금었다.

"좋아! 기분이다! 복수도 했겠다, 우리 축하연으로 저런 거 말고 아주 맛있는 음식을 먹어보자!"

구달비는 물어물어 고급 음식점을 찾아 발걸음을 옮겼다.

그러나,

그는 뒤에 꼬리가 붙었음을 전혀 눈치채지 못했다.

수많은 인파 속에서 한 중년인이 구달비를 뒤쫓고 있었던 것이다.

평범한 인상의 그 중년인은 예리한 안광으로 구달비와 흑아를 관찰했다.

'붉은 눈알! 저런 희한한 색의 눈을 가진 고양이는 내 평생 본 적이 없다. 그렇다면 저 검정 고양이가 당문에서 찾아달라는 악마라는 소린데……. 하면 저 청년이 그 도둑인가?'

당문의 사주를 받은 '청부단' 소속의 중년인.

정확히 말하면 청부단의 부단주인 이 중년인은 염두를 굴렸다.

'흐음, 커다란 눈에 작은 입이라? 초상화하고는 생판 다른 얼굴이구먼. 하나 키하고 저 마른 체격이 당문에서 말한 그대로이니 저 얼굴은 인피면구라고 봐야 하지만… 인피면구 같지는 않은데? 아직 확실치 않

으니 조금 더 지켜보자.'

청부단의 부단주는 구달비를 조심스럽게 따라갔다.

구달비는 미행당하는 줄도 모르고 흑아와 전음으로 킬킬대며 음식점으로 향했다.

구달비는 식사를 할 장소로 제일 비싸 보이는 음식점을 택했다.

그가 음식점 안으로 들어서자 살이 투실하게 오른 주인이 아래위로 재빨리 훑는다.

고양이를 안고 들어온 청년은 어디를 봐도 '돈이라고는 없다' 고 쓰여 있다.

그러나 이렇게 당당히 들어서는 태도로 보아 혹시나 돈이 있을는지도 모른다.

주인은 사람 좋은 미소를 띠며 공손히 말했다.

"손님, 미리 말씀드리는데 우리 가게는 선불입니다."

"아, 그래요?"

구달비는 자리에 앉기도 전에 이런 말을 듣자 기분이 언짢아졌다.

'내 행색이 초라해서 이러는가 보다. 쳇! 좋은 옷 못 입은 놈은 밥도 먹지 말라는 건가?'

약이 오른 구달비는 기세 좋게 황금 콩알 한 개를 턱 꺼냈다.

값비싼 음식 두어 접시를 족히 시킬 수 있는 금액이다.

주인은 재각 콩알을 받아 손 위에 올려놓았다.

그리고 눈을 지그시 감은 채 황금의 무게를 가늠하는 주인.

"……."

주인은 말이 없었다.

그는 이 장사만 사십 년을 넘게 하면서 금과 은의 무게에는 정통한 사람이다.

한데 이 콩알은 아무리 작은 금덩이라지만 그 무게가 주는 낌새가 심상치 않다. 저울로 달아도 구별이 안 갈 정도의 극히 미세한 무게의 차이가 오랜 경험으로 느껴진다.

주인의 입가에 엷은 미소가 매달렸다.

이럴 때를 대비해서 준비해 둔 이 음식점만의 여흥거리가 있다.

주인이 고개를 뒤로 돌려 누군가를 불렀다.

"이보게, 대부(大斧)!"

"……!"

구달비는 입을 딱 벌렸다.

주인의 호명에 뒷문에 쳐진 갈대 발이 들어 올려지며 키가 천장에 닿을 듯한 엄청난 몸집의 거인이 등장했던 것이다.

허벅지 하나가 장정 허리통만큼이나 굵은 거인은 체구에 걸맞게 만들어진 큼직한 도끼를 등에 짊어지고 있다.

시퍼렇게 날이 건 그 도끼는 보는 사람으로 하여금 오금이 저리게 했다.

거인이 천둥 같은 목소리를 내었다.

"부르셨습니까, 주인님?"

"……."

주인은 아무 말 없이 황금 콩알을 계산대 위에 올려놓았다.

구경거리가 생긴 손님들이 흥미진진하게 주시한다.

구달비는 무슨 영문인지를 몰라 그저 멀거니 서 있었다.

그 와중에 거인이 도끼를 두 손으로 잡고 기합성을 터뜨렸다.

"흐여업!"

부우웅—

공기를 가르며 커다란 도끼가 황금 콩알을 사정없이 찍었다.

단박에 두 쪽으로 갈라지는 콩알.

그런데 계산대에는 흠집 하나 없다.

곧이어 음식점 안에서는 환성이 터졌다.

"오오! 신기(神技)로세!"

"오늘 정말 좋은 구경 하는구먼."

"내가 이 맛에 이 집엘 오지! 어헛헛헛!"

손님들이 굉장히 좋아하며 난리법석을 떤다.

박수를 치는 사람까지 있다.

짝짝짝짝!

손님들은 거인에게 찬탄의 눈길을 보냈다.

"역시 대부의 도끼질은 언제 봐도 멋지구먼!"

"누가 아니라나? 솜씨가 대단하니 저걸로 밥을 먹고 살지."

수많은 칭송에도 거인은 무표정한 얼굴로 시종일관 담담했다.

그러나 그의 콧구멍은 평수가 넓어져 있었다. 그로 보아 거인은 내심 우쭐해 있음을 익히 짐작할 수가 있었다.

한데 지켜보던 구달비의 낯은 참혹하게 변했다.

잘라진 황금 콩알의 절단면이 누런 금빛이 아니라 검정색이었던 것이다.

절단된 황금 콩알의 까만색이 쥐똥을 연상시킨다.

구달비는 백옥 팔찌를 만든 사람이 얼음 팔찌를 간든 자기처럼 쥐똥을 박아 넣었다는 생각에 어떤 놈인지는 모르지만 아무튼 팔찌를 만든 놈을 잡아 죽이고 싶었다.

'대체 어떤 개자식이 쥐똥에 금칠을 해서 이따위 짓을 했어?! 이런 쌍놈의 새끼!'

열이 받으니 육두문자가 마구 쏟아져 나온다.

주인은 아무 말 없이 토막난 콩알을 구달비에게 내밀었다.

'내 이럴 줄 알았지' 하는 표정이다.

구달비는 얼굴로 피가 몰렸다.

쥐구멍이 있으면 들어가고 싶다.

창피해진 구달비가 선뜻 받지 못하고 어물대자 대신 고양이가 얼른 앞발로 받아 든다.

이제 주인은 팔짱을 끼고 구달비를 노려보았다.

그는 입을 열지 않았다.

대신 그의 눈이 얘기한다.

'가짜 황금으로 음식을 거저 먹으려던 이 치졸한 놈아! 냉큼 꺼지지 않으면 포졸을 부르겠다!'

구달비는 아무 소리 못하고 휙 몸을 돌린 후 터덜터덜 밖으로 나왔다.

손님들의 야유 섞인 주목을 받는 뒤통수가 몹시 따갑다.

구달비는 밖으로 나오자마자 옆 골목으로 들어갔다.

맥이 다 빠진 그는 벽에 기대어 섰다.

믿었던 황금 콩알이 가짜라는 충격에 구달비는 하도 기가 막혀서 머리 속이 텅 비었다.

이때 그는 이상한 소리를 듣고 가슴패기를 내려다보았다.

흑아가 앞발에 뭔가를 쥐고는 혀로 핥고 있었다.

“냠냠~”

“야! 너 혼자 뭘 먹는 거야?”

구달비가 소리를 지르니 무언가를 몰래 먹고 있던 흑아가 화들짝 놀란다.

이내 녀석은 겸연쩍어하며 쥐고 있던 것을 내밀었다.

“달비야, 이거 맛있어.”

“……?”

뭔가 해서 들여다보니 도끼질에 토막난 황금 알갱이다.

무안해진 흑아가 눈웃음을 치며 얼버무린다.

“친구는 콩 한 알도 나눠 먹는 거라며? 이 반쪽 너 먹어. 헤헤.”

구달비는 콩알 반쪽을 콧구멍에 대고 냄새를 맡았다.

“킁킁?”

쌉싸름하면서도 향긋한 냄새가 난다.

구달비의 눈이 커졌다.

“호오? 팔찌의 용 눈알이 금이 아니라 환약이었다? 흑아야, 이거 혹시 뭔가 굉장한 영약이 아닐까?”

“난 그런 거 몰라. 냠냠~”

“으음, 흑아야. 이거 아무래도 무슨 약 같은데 그냥 먹어도 될까?”

구달비는 복용하기를 거려했지만 흑아는 들은 척도 않고 혀를 날름댄다.

“냠냠냠~”

너무도 맛있게 핥짝이는 흑아를 보자 구달비도 군침이 돌았다.

“먹고 죽은 귀신 때깔만 좋다고, 에라이! 그래! 먹자, 먹어!”

구달비는 콩알을 입 안에 털어 넣고 씹었다.

청량한 내음이 입 안에 가득 찬다.

곧이어 뱃속까지 시원해지는 느낌이다.

'영약이 맞는 거 같다! 이게 웬 횡재야? 호호호~'

"흑아야, 내가 운기할 때 건드리지 말랬지?! 나 지금 운기할 테니 건드리지 마."

즉각 운기조식을 해보는 구달비.

그러나 아무런 징후가 없다.

콩알은 맛만 좋았지 영약과는 관계가 멀었다.

기연을 기대했던 구달비는 무척 실망스러웠다.

'혹시 반쪽만 먹어서 그런가? 흑아 것까지 뺏어 먹으면 어떨까?'

슬쩍 흑아를 보니 녀석은 이미 다 먹고 남은 텅 빈 금 깍지를 앞발 위에 올려놓고 굴리고 있는 중이다.

이미 늦었다는 한숨과 함께 구달비가 새로운 지식을 흑아에게 가르쳐 준다.

"휴우~ 흑아야, 이렇게 얇은 금은 먹어도 되는 거야. 돈이 아주 많은 부자들은 금이나 은을 음식이랑 같이 먹어."

"그래?"

흑아가 얼른 금 깍지를 우물우물 씹는다.

그러더니 녀석이 한 개 남은 황금 콩알을 내밀며 기대에 찬 눈빛을 보냈다.

"달비야, 이것도 잘라 먹자."

"그래. 그러자."

구달비는 흑아와 머리를 맞대고 쪼그리고 앉았다.

그는 검은 단도를 꺼내서 황금 콩알을 둘로 잘랐다.

단도를 무서워하는 흑아가 움찔거리며 조금 물러선다.

그런 흑아를 무시하고 콩을 잘라본 구달비.

그는 의아스럽다는 표정을 지었다.

"어? 이건 진짜 금이네?"

"금? 이번 건 금이라고? 그럼 음식을 사 먹을 수 있잖아?"

흑아가 붉은 눈알을 번득인다.

구달비가 벌떡 일어서서는 두 팔로 만세를 불렀다.

"흑아야, 이걸로 음식을 사 먹자! 만세! 우리는 부자다!"

"야, 신난다~ 밥을 먹을 수 있다아~"

흑아도 덩달아 좋아한다.

구달비는 손에 황금 콩알을 움켜쥐고 씩씩하게 말했다.

"가자! 아까 그 음식점에 도로 가서 이번엔 아주 본때를 보여주는 거야!"

그런데 걸음을 내딛던 구달비가 갑자기 휘청이며 땅바닥에 털썩 주저앉았다.

순간적으로 하늘과 땅이 캄캄해지면서 시야가 온통 암흑 세계로 변했던 것이다.

그것은 마치 끝도 없는 암흑의 공간에 혼자 둥둥 떠 있는 느낌이었다.

그러나 눈을 한 번 깜빡이자 모든 게 정상으로 돌아왔다.

"……?"

이해할 수 없는 현상에 구달비는 멍한 얼굴이 되었다.

깜짝 놀란 흑아가 묻는다.

“왜 그래?”

“…….”

“달비야? 야, 달비야! 정신 차려!”

“…으음.”

“대체 무슨 일이야? 왜 땅에 주저앉고 그래?”

“…나도 모르겠어. 갑자기 눈앞이 깜깜해졌어. 흑아 넌 아무렇지 않니?”

“난 괜찮은데? 네 눈앞이 캄캄해진 건 아마 배가 고파서 그런 걸 거야. 얼른 밥 먹으러 가자.”

“그럴까? 근데 내 생각엔 조금 전에 먹은 단약 때문에 그런 거 같은데…….”

구달비는 기를 운용해 보았다.

한데 몸에는 아무런 이상이 없다.

그렇다면 좀 전의 그 기이한 증세는 뭐란 말인가?

‘그냥 현기증?’

하지만 현기증이 아닌 실제 경험 같았다.

마치 그런 이상한 암흑의 공간을 진짜로 접해본 느낌이다.

구달비는 뭔가 정상이 아니란 생각이 들었지만 그렇다고 해서 뾰족하게 집어낼 만한 것은 없었다.

‘대체 뭐지? 당문의 영약고에서 탈태환골을 할 때도 기절을 했었는데 그거랑 비슷한 건가?’

아무래도 찜찜하다.

구달비는 연신 고개를 갸우뚱거리며 다시 음식점으로 갔다.

흑아가 품에서 눈을 빛낸다.

이번엔 진짜로 밥을 먹는 거다.

*   *   *

"……."

주인은 손에 올려놓은 황금 콩알의 무게를 가늠했다.

구달비는 담담한 표정을 짓고 있다.

이번 것은 황금이 분명하니 떨 이유가 전혀 없다.

주인이 슬쩍 청년과 고양이를 살핀다.

청년은 말이 없었지만 자신감이 넘쳐 보였다.

반면에 고양이는 청년의 품에서 반이 넘게 몸을 내밀고 입을 헤벌린 채 주인의 행동거지를 낱낱이 지켜보고 있다.

고양이는 사람의 말을 알아듣는지, 주인이 만약 황금이 아니라고 했다간 당장이라도 튀어나올 것만 같은 태세였다.

주인은 음흉스러운 눈초리로 손님들을 둘러보았다.

모두가 목을 길게 빼고 있음은 물론이요, 어떤 이는 자리에서 일어서서까지 관람하는 판국이다.

'흐음, 금의 무게가 맞는군. 하나 저 많은 손님들을 실망시킬 순 없지.'

주인은 느긋하게 거인을 불렀다.

"이보게, 대부!"

거인이 기다리기라도 했다는 양 후딱 나타나서는 솥뚜껑만한 손으로 도끼를 거머쥔다.

관객들의 주목을 받아 그의 코 평수는 이미 넓어져 있다.

“으엽!”

부우웅—

구달비가 이미 잘라서 두 쪽이었던 콩알.

그것들이 동서남북을 향해 네 개로 갈라지며 누런 황금빛 속살을 내보인다.

역시 계산대 위는 멀쩡할뿐더러 황금 조각은 다른 데로 튀지도 않았다.

확실히 뛰어난 솜씨다.

환호성과 함께 다시금 박수가 울려 퍼진다.

짝짝짝짝!

“최고다!”

“내일이라도 당장 도끼 문파를 하나 열어도 되겠구먼!”

“난 이 집에서 저 도끼질을 벌써 백번도 넘게 보았는데 볼 때마다 놀란다네. 허허허~”

흥분한 손님들이 참새 떼같이 지저귄다.

콩알의 내용물을 확인한 주인이 구달비에게 정중히 허리를 굽혔다.

“손님, 어서 오십시오.”

“크흠!”

구달비는 뒷짐을 지며 큰기침을 했다.

이제 자신은 당당한 한 명의 손님이다.

“손님, 이쪽으로 오십시오.”

곁에서 대기하던 점소이가 얼른 자리를 안내한다.

비어 있던 구석 자리다.

그러나 구달비는 사람들로부터 등을 돌리고 구석에 앉게 되자 오히려 편했다.

구달비는 금 네 조각을 전부 점소이에게 건넸다.

"이 액수에 맞춰서 알아서 갖다주게."

이어 구달비는 흑아를 꺼내서 의자에 앉혔다.

눈치 빠른 점소이가 얼른 방석을 가져와서는 흑아의 앉은키를 높여 준다.

주인은 황금 콩알 청년이 고양이와 함께 식사를 하려는데도 상관하지 않았다. 중원인들은 새를 무척 좋아하는지라 새장을 들고 오는 손님이 평소에도 많은 까닭이다.

새나 고양이나 어차피 똑같은 동물.

게다가 이 청년을 내쫓았다가는 지금의 이 즐거운 분위기를 얼어붙게 할 소지가 있다.

주인은 도끼질 여흥으로 인해 희희낙락해진 손님들을 훑어보며 흡족한 미소를 머금었다.

조금 기다리자 음식이 나왔다.

그런데 딱 한 접시뿐이다.

점소이는 좀 더 값싼 요리를 세네 접시 가져다줄 수도 있었지만 심술궂은 그는 이 가난한 청년의 기가 죽게 일부러 비싼 요리를 내온 것이다.

구달비는 이런 사실을 눈치채고는 한숨을 내쉬었다.

'휴우~ 점소이한테 알아서 갖다 달라고 한 내가 잘못이지. 아무튼 이왕 나온 음식이니 맛있게 먹자. 그나저나 공력이 사십 년으로 증가한 후로는 이제 더 이상 식사를 위해서 기문둔갑을 풀 필요가 없다는

점이 좋군.'

구달비는 음식의 반을 흑아의 개인 접시에 덜어주었다.

흑아가 환장을 하고 먹는다.

"찹찹찹~"

이 특이한 고양이는 여느 동물과는 다르게 뜨거운 음식도 잘 먹었다.

접시가 빠르게 비워진다.

'걸신들렸다' 라는 표현이 무색하리만큼 녀석은 허겁지겁 먹어댄다.

그 모양을 본 구달비는 처음부터 음식을 절반으로 가르기를 다행이라고 생각했다.

한데 그는 식사를 즐기려고 했지만 그게 쉽지가 않았다.

손님들 모두가 안 보는 척하며 이쪽을 주시하고 있는 터라 뒤통수가 따가웠기 때문이다.

어느새 흑아는 자기 몫을 다 먹고 구달비의 접시만 말똥말똥 쳐다본다.

구달비는 옆에서 군침을 삼키는 흑아를 모른 체하고 열심히 먹는 시늉을 했다. 잘못하면 흑아에게 뺏길 수도 있음이다.

역시나 흑아가 넌지시 전음을 보내온다.

『달비야, 이거 되게 맛있네? 나 벌써 다 먹었어.』

못 들은 척하는 구달비.

그는 일부러 소리 내서 음식을 먹었다.

냠냠, 우적우적!

흑아가 쑥스러운 웃음을 흘린다.

『…나, 더 먹을 수 있는데. 에헤헤.』

우적우적! 꿀꺽! 우적우적!

돌아오는 대꾸는 음식 씹는 소리뿐이다.

실망한 흑아의 어깨가 힘없이 처진다.

더 얻어먹기를 포기한 흑아는 음식점 안을 둘러보았다.

휘황찬란한 비단을 뚱뚱한 몸에 걸친 중년의 사내가 일어서는 게 보인다.

음식점의 꽉 찬 손님들 중에서 제일 요란하게 소리 지르며 박수를 치던 자다.

뚱보 중년인은 주문했던 여러 가지 요리를 거의 남긴 채 품에서 비단 전낭을 꺼내 식대를 계산했다.

주인의 허리가 깊이 굽혀졌다.

"아이구, 왕 대인! 언제나 감사합니다."

뚱보의 두툼한 전낭을 보는 흑아의 붉은 두 눈으로 부러운 빛이 가득 떠올랐다.

『달비야! 저것 좀 봐! 저 뚱땡이는 아주 부잔가 봐. 전낭에 돈이 가득해. 우린 언제 저렇게 돼보지?』

구달비는 음식을 삼키고 전음을 보냈다.

『나도 부자가 되는 게 희망 사항이야. 뭐, 열심히 살다 보면 언젠가는 쥐구멍에도 볕 들 날이 있겠지.』

흑아가 갑자기 눈을 번득이며 말했다.

『달비야, 저 뚱땡이는 가버렸잖아? 우리 저 남은 음식 먹자!』

구달비는 금방이라도 뛰어가려는 흑아의 꼬리를 잡아당겼다.

『흑아야, 우리는 거지가 아니야. 그런 거 먹다간 여기서 웃음거리가 돼. 내가 수일 내로 맛있는 걸 잔뜩 먹여줄게. 그때까지만 참아.』

『쳇! 누구는 남기고 누구는 없어서 못 먹고. 너무 불공평해. 난 저 뚱땡이가 미워!』

툴툴대던 흑아는 주저앉아서 차를 마셨다.

고양이는 앙증맞은 두 앞발로 찻잔을 잡고 차를 마셨다.

그 광경에 손님들은 밥이 입으로 들어가는지 코로 들어가는지 모를 정도로 열광한다.

고양이는 물로 배를 채우고야 말겠다고 작심한 양 열심히 차를 들이킨다.

한데 주전자에서 찻물이 더 이상 나오지 않는다.

그러자 녀석은 뚜껑을 열고 주전자 안에 앞발을 넣어 찻잎들을 꺼내 먹었다.

붉은 혀가 날름대며 앞발에 붙은 찻잎을 핥는다.

보다 못한 구달비가 핀잔을 줬다.

『주접 좀 그만 떨어! 차는 계속 공짜로 준단 말야!』

구달비는 주전자를 빼앗아서 뚜껑을 열어놓은 채 옆에 두었다.

뚜껑을 열어놓은 것은 찻물을 더 달라는 신호다.

그러나 고양이가 찻잎 꺼내 먹는 걸 재미있어하는 점소이는 차 주전자는 채워주지 않고 실실 웃기만 한다.

이때 다른 점소이가 김이 무럭무럭 나는 음식 한 접시를 들고 오더니만 구달비의 탁자에 내려놓았다.

구달비는 어리둥절했다.

"뭐요, 이건?"

점소이가 싱글벙글하며 의문을 풀어준다.

"저쪽에 앉으신 손님께서 사주시는 겁니다."

점소이가 한 탁자를 가리키자 거기에 앉아 있던 손님이 한 손을 번쩍 든다.

그 손님은 구달비를 향해 미소와 함께 눈인사를 했다.

이어 그는 자랑스러운 얼굴로 목에 힘을 주며 주변 사람들을 둘러보았다.

"오오오~"

음식점 안에서 조용히 탄성이 인다.

마음씨 좋은 손님을 칭찬하는 소리다.

그러나 구달비는 얼굴이 굳어졌다.

이 음식은 호의에서 사주는 게 아니었다.

구달비가 일전에 남의 등판 한 번 두들겼다가 백 냥을 홀라당 날렸던 음식점의 주인은 구달비가 안됐다는 진정한 다음에서 금 한 냥을 준 것이지만 이번 음식은 구경거리를 더 만들어서 좀 더 오래 즐겨보겠다는 심사인 것이다.

구달비는 포권을 하며 정중히 말했다.

"고맙지만 우리는 이미 식사를 마쳤으니 사양하겠습니다."

"우우우우우~"

이번엔 실망 어린 탄식이 토해진다.

개중엔 '가난뱅이 주제에 호의를 사양하다니, 저런 못된 놈' 하는 비난도 섞여 있다.

구달비는 공짜 음식에 눈이 멀어 버둥대는 흑아를 강제로 붙잡아 품에 넣었다.

흑아가 펄펄 뛴다.

『미쳤어? 저 공짜 음식이 왜 싫다는 거야? 야, 네가 그만큼 잘났냐?』

『사람은 자존심을 지켜야 할 때도 있는 거야.』

구달비는 흑아의 말을 간단히 잘랐다.

그는 손님들의 분노 어린 눈총을 뒤로하고 음식점을 나왔다.

*   *   *

음식점을 나온 구달비와 흑아는 저잣거리 쪽으로 걸어갔다.

그런데 음식점에서 음식을 남긴 비단 뚱보가 앞에 가고 있다.

뚱보는 꽤 유명 인사인 듯 많은 사람들이 그에게 인사를 한다.

"왕 대인, 장사가 그리도 잘되신다면서요?"

"왕 나으리, 점포를 또 늘리셨다니 축하드립니다."

뚱보가 너털웃음을 터뜨린다.

"허허허, 그게 다 내가 복이 많아서 그렇지 뭐."

구달비는 별 생각 없이 뚱보를 지나쳐서 걸어갔다.

그때였다.

검은 것이 순간 번득이더니 앞춤이 갑작스럽게 무거워졌다.

다급히 품에 손을 넣어본 구달비의 안색이 굳어졌다.

난데없이 전낭 한 개가 손에 잡혔기 때문이다.

무겁고 딱딱한 그것은 금덩이가 가득 들어 있음에 틀림없다.

뜻하지 않은 상황에 구달비는 열이 뻗쳐 올랐다.

그는 자기도 모르게 고함을 쳤다.

"야, 이놈의 도둑고양이야!"

마침 구달비가 멈춰 선 곳은 어물전 앞이었다.

생선 가게 주인이 눈을 부릅뜨고 도둑고양이를 찾는다.

그는 부젓가락을 손에 쥐고 좌판 밑을 들여다보며 난리법석을 피웠다.

"머시여? 도둑괭이? 어디여, 어디?"

그러나 아무리 찾아봐도 도둑고양이는 안 보인다.

생선 가게 주인이 잡아먹을 듯이 구달비를 노려본다.

더불어 길 가던 사람들도 대낮에 혼자 악을 써댄 젊은이를 흘끔거린다.

소란을 일으킨 구달비는 낯이 뜨거워졌다.

그는 걸음을 빨리해서 일단 그 자리를 벗어났다.

앞만 보며 성큼성큼 걷던 구달비가 성난 어조로 물었다.

『이 전낭, 누구 거야? 아까 그 뚱뚱이?』

흑아가 주눅이 든 어조로 힘겹게 대꾸한다.

『응…….』

『다시는 이런 짓 하지 마!』

흑아를 야단친 구달비는 몸을 돌려 뚱보를 찾았다.

구달비는 그의 곁을 스쳐 지나가며 전낭을 도로 넣어주었다.

그러나 몇 걸음 걸어가던 구달비의 얼굴이 다시금 굳어졌다.

"……!"

구달비는 급히 뒷골목으로 접어들었다.

그는 인적이 없음을 확인하고는 재빨리 겉옷을 벗어서 땅에 대고 털었다.

펄럭~

생각지 못한 돌발 사태에 흑아가 대책없이 땅에 나뒹군다.

"캑!"

그런데 검정 고양이의 옆에는 금덩이가 한 개 같이 떨어져서 누런 빛을 내뿜는다.

흑아는 금 덩어리를 두 앞발로 허겁지겁 부둥켜안는다.

구달비가 발을 구르며 악을 썼다.

"야! 너 정말 왜 이러니? 내가 너 때문에 돌아버리겠다!"

고양이는 금덩이를 껴안은 채 두 발로 일어서서 소리쳤다.

"이건 내가 주운 거야! 정말이야! 아까 저잣거리에서 땅에 떨어져 있는 걸 내가 발견한 거라구!"

"거짓말 마! 좀 전의 그 전낭에서 한 개 빼낸 거잖아!"

"거기서 뺀 게 아니야! 그냥 땅에 떨어져 있길래 주운 것뿐이라구! 정말이야! 정말이란 말야!"

"이게 또 거짓말을?"

구달비가 주먹을 들이대자 고양이는 움찔대며 두어 걸음 물러섰다.

그러나 곧 고양이는 금덩이를 품에 꼭 끌어안고 강력히 항의했다.

"이씨, 그 뚱땡이는 돈이 엄청나게 많던데 이까짓 거 하나 빼낸 게 그렇게도 큰 죄야?"

구달비는 도둑질을 하는 흑아 때문에 미쳐 버릴 것만 같았다.

그는 사정조로 말했다.

"나는 친구인 너까지 도둑으로 만들고 싶지 않아. 도둑은 나 하나로도 충분하다구. 그리고 난 더 이상 도둑질을 안 하고 이제부턴 장사로 돈을 벌 거야."

"달비 넌 장사를 해! 난 도둑이 될 테야!"

흑아는 포기하지 않고 금덩이를 더욱 힘있게 끌어안는다.

구달비는 마구 고개를 저으며 호통 쳤다.

“몇 번을 말해야 알아듣겠니? 남의 것을 훔치는 건 나쁜 짓이야! 도둑질하다 들키면 관아에 끌려가서 모가지를 잘린다구!”

“……”

“모가지 말야, 모가지! 하나밖에 없는 모가지! 너, 죽고 싶어?”

“……”

한동안 말이 없는 고양이.

녀석은 두 귀를 납작 내리고 최대한 불쌍한 표정을 지었다.

이어 녀석이 애원하는 조로 묻는다.

“달비야, 이왕 훔친 거니 이거 내가 가지면 안 될까?”

“이리 내! 도로 갖다주고 와야겠어! 넌 나쁜 고양이야!”

마침내 흑아는 울기 시작했다.

“흐아앙~ 엄마아~ 엄마~”

뒷다리로 쪼그리고 앉아서 한쪽 앞발로는 금덩이를 가슴에 껴안고 다른 한 발로는 눈물을 닦으며 울고 있는 고양이는 무척 귀여운 모습이었다.

그러나 화가 머리끝까지 난 구달비에게는 그 모습이 귀엽게 보이기는커녕 두들겨 패주고만 싶었다.

도둑은 도둑고양이에게 악을 썼다.

“시끄러워! 아무리 엄마를 불러도 이젠 하나도 안 불쌍해!”

구달비는 흑아가 가진 금덩이를 우악스럽게 빼앗았다.

그는 씨근덕대며 걸었다.

훌쩍대던 흑아가 얼른 눈물을 훔치고 그의 뒤를 쫄래쫄래 따른다.

한데 저잣거리에 나와 뚱보를 찾았으나 그는 이미 사라지고 없었다.

사람들의 얘기를 들으니 뚱보는 비단 장사 왕 대인이란다.

물어물어 뚱보의 거처를 알아낸 구달비는 흑아를 다시 품에 넣고 그 집으로 향했다.

*　　　　*　　　　*

뚱보가 사는 집은 엄청나게 큰 장원이었다.

구달비와 흑아는 지붕 위에 몸을 숨긴 채 나란히 엎드렸다.

흑아가 속닥인다.

『달비야, 얼른 금덩이를 던져 주고 떠나자.』

『그러면 하인이 가질 수도 있으니까 뚱뚱이의 전낭에 도로 넣는 게 제일 나아. 아니면 그의 방 안에 놓아두던가. 일단 뚱뚱이를 찾아보자.』

둘이서 궁리를 하는 와중에 호랑이도 제 말 하면 온다더니 왕 대인이 그 풍만한 몸집을 드러냈다.

왕 대인은 탐스러운 꽃이 한가득 꽂힌 큼직한 백자 화병을 낑낑대며 운반하고 있는 중이었다.

몹시 무거운지 뚱보의 이마엔 땀이 줄줄 흐른다.

그러나 백자 화병이 무척 중요한 물건인 듯 그는 하인을 안 시키고 직접 나르고 있다.

구달비의 눈에 이채가 서렸다.

그는 흑아에게 전음을 보냈다.

『흑아야, 화병 안에 물이 아닌 다른 게 들어 있는 거 같아.』

『잉? 그게 무슨 소리야?』

『저 봐. 화병이니 찰랑거리는 물소리가 들려야 정상인데 그게 아니고 짤그락거리는 소리가 나잖아. 내 생각엔 물 대신 금이나 보석, 뭐 그런 게 들어 있는 거 같아.』

『그럼 저 병 안에 돈이 가득 차 있단 말야?』

『그런 거 같아. 근데 왕 대인은 저 화병을 들고 어디로 가는 걸까?』

왕 대인이 마차에 올라타는 게 보인다.

구달비는 의아했다.

'저자는 상인이니 재물을 저렇게 위장해서 운반할 필요가 없을 텐데 왜 저러지?

'금이나 보석' 이라는 말에 귀가 솔깃해진 흑아가 다급히 구달비를 부추긴다.

『달비야, 우리 할 일도 없는데 따라가 보자.』

『글쎄다……..』

『넌 저 뚱땡이가 화병에 왜 물 대신 금을 넣었는지 궁금하지도 않아?』

『당연히 궁금하지.』

호기심이 이는 구달비.

흑아가 옆에서 소맷자락을 잡아당기며 연신 차근한다.

『거봐. 너도 궁금하잖아. 그러니까 한 번 따라가 보자니까. 응?』

『좋아. 뚱보가 저걸 뭐에 쓰나 우리도 가보자!』

구달비는 흑아를 품에 넣고 몸을 날렸다.

마차는 장원을 빠져나와 어디론가 달린다.

구달비는 흑아와 함께 마차를 추격했다.

그리고 그 뒤를 청부단의 부단주인 중년인이 스리없이 따른다.

第九章

악마의 유혹

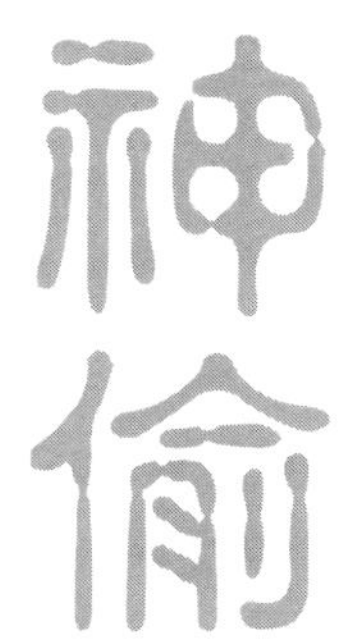

중원의 변방.

이곳은 인적없는 벼랑 밑에 은밀히 자리잡은 토굴이다.

동물의 기름을 짜서 만든 등촉이 금방이라도 꺼질 듯이 가물거리는 가운데 땅속에서 음습히 묻어나는 어둠과 동화되어 있는 자가 있다.

무성히 자란 수염, 오랫동안 빗질을 안 한 듯 헝클어진 머리.

그 사이로 핏발 선 안광이 날카롭게 빛난다.

인간이 아니라 한 마리의 늑대를 연상시키는 이자는 바로 선우운철이다.

선우운철은 마음이 가라앉을 때까지 바윗돌처럼 앉아 있었다.

얼마나 시간이 지났을까.

마침내 그는 앞에 놓인 인피지서를 천천히 집어 들었다.

이제는 다 외우는 내용이었지만 그래도 다시 한 번 음미하고 싶다.

선우운철은 인피지서의 겉장에 눈길을 주었다.

보는 것만으로도 끔찍하게 인간의 피부에 먹으로 문신을 한 네 글자, 인피지서!

선우운철은 첫 번째 장을 넘겼다.

그의 눈이 문신된 글자를 읽는다.

인피지서를 얻은 연자(緣者)에게.

나는 사천의 내로라하는 선비 가문의 장손이다.

고로 나는 원래부터가 유복하게 태어난지라 평생 잘 먹고 잘살아야만 하는 팔자였다.

한데 내가 열 살 때 엄마가 돌아가시면서 모든 게 더럽게 풀려가기 시작했다. 아버지가 새장가를 간 것이다.

새엄마라는 년은 우리 집안에 들어와서 아들 하나를 낳았다.

외아들이었던 나는 이복동생이 생겼지만 전혀 기쁘지 않았다. 새어미 년은 아주 못된 년이라 자기 아들만을 예뻐했기 때문이다.

어린 나는 그년과 싸울 힘이 없었다.

엎친 데 덮친 격으로 삼 년이 지나자 아버지까지 죽어버리는 사태가 발생했다.

난 아버지가 죽었지만 하나도 슬프지 않았다. 멍청한 아버지는 새어미 년의 이간질에 넘어가서 그년과 동생만 끼고 돌았으니 잘 죽은 거다.

문제는 아버지가 죽은 후 내가 집에서 찬밥 신세가 되었다는 점이다.

그년은 나를 하루 종일 못살게 굴며 괴롭혔다.

나는 하인과 동급 대우를 받으며 소처럼 일을 해야만 했다.

그러던 중 나는 아버지 서재에서 우연히 지하 석실을 발견했다.

덜떨어진 아버지는 죽을 때까지 그 석실의 존재를 몰랐지만 그건 우리 선조가 만일을 대비해서 파놓은 것이었다. 어쨌든 서재 밑의 공간은 나의 유일한 피난처였고, 그로 인해 난 숨통이 좀 트였다.

어느 날 나는 산에 나무를 하러 갔다.

그런데 재수가 없으려니 천둥과 번개가 치며 폭우가 쏟아졌다.

나는 몸을 피하려고 동굴을 찾았다.

어느 순간 갑자기 하늘과 땅이 온통 암흑으로 휩싸이더니 나는 감감한 공간에 홀로 둥둥 떠 있는 것만 같은 느낌이 들었다.

눈을 한 번 깜박이자 어둠은 사라지고 내 앞에 동굴이 하나 나타났다.

나는 비를 피해서 동굴로 들어갔다.

조금 걸어가자 눈앞이 환해지면서 나는 어느 방에 들어와 있었다.

뒤를 돌아보니 내가 통과했던 동굴이 벽에 뻥 뚫려 있었다.

방 안은 사방에 책이 가득 쌓여 있었다.

그리고 서탁이 하나 있었는데 그 위에는 문방사우(文房四友)와 한 권의 책이 놓여 있었다.

책 표지를 읽어보니 '불사지공(不死之功)'이라 쓰여 있었다.

불사지공? 죽지 않는 무공?

나는 그 황당한 이름에 흥미가 갔다.

그때 무엇인가가 문 쪽으로 다가오는 소리가 들렸다.

쿵쾅거리는 진동으로 보아 엄청나게 큰 짐승 같았다.

겁이 난 나는 서탁에 놓인 책을 집어 들고 급히 동굴로 뛰었다.

왜 그 책을 훔쳐 왔냐고?

기념으로 훔쳐 왔다.

아무튼 숲에 도달해서 뒤를 돌아보니 동굴은 사라지고 없었다.

집으로 돌아온 나는 석실에 숨어서 그 책을 탐독했다.

불사지공이라는 그 책은 무공지서로서 그 안의 무공을 다 익히면 마지막에 가서는 금강불괴가 되고 동시에 불사(不死)의 몸이 된다는 허무맹랑한 얘기였다.

그런데 제일 중요한 마지막 장이 없었다.

아니, 정확히 말하면 없는 게 아니라 책이 다 안 만들어졌던 것이다. 책 주인은 서탁에서 그 무공 책을 집필하고 있었던 꼴이다.

나는 그 많은 책들 중에서 하필이면 덜 쓰여진 책을 훔쳐 오다니 진짜 재수도 더럽게 없다는 생각이 들었다.

그 마지막 장이 없으면 불사고 지랄이고 말짱 도루묵이다.

다시 가서 그 동굴을 찾아보았지만 도저히 찾을 수가 없었다.

내 생각엔 말로만 듣던 진이나 뭐 그런 게 설치되어 있었던 거 같다. 지금 판단해 보면 하늘과 땅이 일순 캄캄해진 게 폭우나 번개에 의한 자연현상이 절대 아니었기 때문이다.

어쨌거나 동굴 찾기를 포기한 나는 불완전한 불사지공의 무공을 차근차근 익혔다.

그걸 익히는 데 장장 칠 년이 걸렸다.

무공의 기초도 없는 내가 스승도 없이 책만으로 익히다니, 난 천재다. 크하하하!

무공에 자신이 생기자 무기가 갖고 싶었다.

그러나 우리 동네에서 새엄마의 눈에 안 띄고 구할 수 있는 무기란 없었다.

할 수 없이 나는 옆집 부엌에 가서 식칼을 한 자루 손에 넣었다.

이후 그 식칼은 나의 상징이 되었고, 사람들은 나를 '식도광마'라 불렀다.

여기까지 읽은 선우운철은 머리 속으로 식도광마를 떠올렸다.
식도광마(食刀狂魔)!
수백 년 전에 식칼 한 자루를 휘두르며 강호를 종횡무진하던 흉악범.
겁없이 천둥벌거숭이처럼 날뛰던 그는 누가 자기 욕하는 걸 들으면 품에 숨기고 있던 부엌칼을 꺼내서 난도질을 했다.
그는 객잔이나 저잣거리 등 사람이 많은 곳에서도 갑자기 식칼을 휘두르는지라 그 시대 공포의 대명사였다.
그래서 사람들은 식도광마에 대해서 말할 땐 늘 주변을 살피며 경계했고, 건달들 사이에서는 가슴에 식칼을 품고 다니는 게 한동안 유행이 되기도 했었다.
그 시절, 식도광마를 모방한 유사 살인이 많이 일어났으나 식도광마가 저지른 살인인지 아닌지를 판별하기는 쉬웠다. 식도광마가 손댄 시체는 제대로 성한 고기 한 점이 없을 정도로 철저히 잘근잘근 다져져 있었기 때문이다.
그는 몇 년간 강호를 활보하며 온갖 원성을 다 얻더니 어느 날 갑자기 홀연히 사라졌다.
선우운철은 식도광마가 사라진 연유를 인피지서에서 이미 읽었으므로 그 사연이 궁금하지 않았다.
팔찌를 한 번 내려다본 선우운철은 인피지서를 계속 읽었다.

…이복동생 놈을 납치해서 서재 밑 석실에 가둬두고 시간이 날 때마다 가서 고문을 했다. 내 평생 그렇게 신나는 일은 처음이었다. 살맛이 났다.

놈을 잡은 기념으로 나는 놈의 등가죽에 불사지공의 첫 구절을 새겨 넣었다.

가죽을 벗길 때 놈이 파들파들 떨어서 나를 기쁘게 해주었다.

역시 가죽을 벗길 때는 식칼이 최고다.

아들이 없어지자 새엄마가 미친 듯이 발광을 했다. 하루가 다르게 비쩍 말라가는 그년을 보면서 나는 쾌감을 느꼈다.

기회를 봐서 난 그년도 납치했다.

그리고 역시 기념으로 그년의 등짝에 문신을 새겼다.

그런데 얼마나 독한 연놈들인지 등가죽이 벗겨지고 손발톱이 죄다 뽑힌 것은 물론이요, 뼈란 뼈는 모든 마디가 다 부러졌는데도 죽지를 않았다.

놀라웠다. 정말 무서운 연놈이다. 오만 정이 다 떨어진다.

특히 내 이복동생 놈. 저런 독한 놈한테 나랑 같은 피가 흐른다 생각하니 소름이 다 끼쳤다.

모자(母子)를 실컷 들볶다가 싫증이 난 나는 두 연놈이 굶어 죽게 내버려 두고 강호에 출두했다.

내 앞을 막는 놈은 죄다 칼질을 해주고 그중 나와 버금갈 만큼 무공이 아주 뛰어난 놈한테는 기념으로 문신을 새겼다.

문신 솜씨가 점점 나아지며 내가 보기에도 그야말로 일취월장(日就月將)이니 나는 정말 여러 가지로 천재다! 크핫핫핫핫!

아무튼 그렇게 문신한 살가죽을 한 장 한 장 모은 것이 바로 이 책자다.

나는 이 인피지서를 볼 때마다 자부심을 느낀다. 이 책은 내 전리품이자 기념품이다.

그렇게 나는 강호를 마음껏 활보하며 내 멋대로 살았다.

그러길 몇 년이던가?

하루는 누가 날 찾아왔다.

남들 눈엔 신선처럼 생겼다 하겠지만 내가 보기엔 외모에나 신경 쓰는 하잘것없는 늙다리였다.

그놈이 나를 보더니 불사지공이 적힌 자기 책을 훔쳐 갔다고 개지랄을 치며 다짜고짜 내 단전을 파괴했다.

뭐 어쩌고 항변할 틈도 없이 벌어진 일이었다. 그놈의 무공은 내 평생 처음 보는 무시무시한 것이었다. 썩을 놈.

동굴에서 훔쳐 냈던 책을 빼앗긴 나는 자존심을 버리고 그 썩을 놈한테 물었다. 불사지공의 마지막 구결을 완성했냐고.

놈은 완성했다며 있는 잘난 척, 없는 잘난 척 오만 시건방을 다 떨었다.

그러면서 놈은 내게 '넌 아둔해서 평생을 머리 싸매도 절대 그 구결을 만들어낼 수 없다'고 무시까지 했다. 개새끼!

분노를 참으며 난 다시 물었다. 그 구결을 한 번만 들려줄 수 있겠냐고.

놈은 손목에 차고 있던 용 모양의 팔찌를 보이며 '이 속에 있지'라고 약을 올리곤 사라져 버렸다. 진정 개자식이다.

난 분했다.

그 우라질 놈의 팔찌가 잊혀지지를 않는다.

그 팔찌는 투명한 백옥으로 만든 것으로써 특이한 점이라면 용의 눈알이 백옥 속에서 스스로 생성된 것처럼 들어 있다는 점이다.

어쨌거나 단전이 파괴되어 더 이상 무공을 익힐 수도 펼칠 수도 없는 몸이 된 나는 내 석실로 돌아왔다.

돌아와 보니 새엄마랑 동생의 백골이 눈에 띄길래 화가 나서 다시 한 번 칼로 짓이겨 주었다.

나는 지금 내 뱃가죽에 이 마지막 글을 새기는 중이다.

내 생가죽을 뜯어낼 때 무진장 아플 것 같다. 하지만 그런 고통을 동생과 새엄마한테 줬다고 생각하니 기분이 좋아서 웃음이 난다.

연자여!

내가 이 책을 남기는 이유는 하도 분해서 남기는 거다.

그 신선 놈만 없었으면 지금쯤 난 강호에서 즐겁게 살아가고 있을 텐데…….

네가 이것을 손에 넣을 때쯤이면 그 육시랄 영감탱이 놈은 이미 늙어 뒈졌을 테니 너는 이 무공을 익혀서 마음에 안 드는 놈은 싸그리 죽이면서 신나게 살아라.

그리고 내 심혈이 깃든 이 인피지서는 기념으로 평생 간직해라.

길다면 긴 서장을 읽은 선우운철은 낮은 한숨과 함께 설레설레 고개를 저었다.

신세타령과 자화자찬(自畵自讚)으로 횡설수설 도배된 글이었다.

선우운철은 이 책을 읽을 때마다 항상 느끼는 거지만 식도광마는 선비 가문에서 자란 사람답지 않게 상당히 삐뚤어진 심보의 사내였다.

배운 사람이라고는 볼 수 없을 정도로 말끝마다 욕이 붙어 있는 것은 물론이요, 구구절절이 식도광마의 못된 심성이 그대로 드러났다.

식도광마와 동시대의 사람들이 그를 ‘미친놈’, ‘죽일 놈’, ‘막된 놈’이라 부른 것도 무리가 아니다.

그리고 식도광마는 불사지공의 본래 주인을 나쁘게 표현했지만 아마도 그 주인은 정말 신선 같은 자였을 게다. 신선이 식도광마를 죽이지 않고 단지 단전만을 파괴했다는 점만 보아도 그자의 심성이 선하다는 사실을 잘 알 수가 있다.

선우운철은 진심으로 감탄했다.

“이런 엄청난 무공을 만들어낸 그 신선은 참으로 대단한 자다. 대체 어떤 사람일까? 한 번 만나보고 싶구나.”

선우운철은 식도광마가 죽은 후 그의 집이 헐리는 바람에 발견된 이 인피지서가 천왕문의 조사동으로 흘러들어 갔다가 결국 자신과 연이 닿았다는 사실이 꿈만 같았다. 마치 식도광마가 선우운철을 위해서 이 인피지서를 만든 것만 같다.

감격에 겨운 눈으로 인피지서를 내려다보는 선우운철.

잠시 후 그는 팔찌 속에 박혀 있던 도르르 말린 종이를 펼쳤다.

깨알처럼 적힌 불사지공의 구결이 드러난다.

자세를 바로잡으며 선우운철은 나직이 혼잣말을 했다.

“식도광마가 인피지서에서 언급한 마지막 장이 내 손에 있다!”

선우운철은 신중하게 종이의 글자를 응시했다.

가슴이 벅차오른다.

“이것만 익히면 불사지공은 대성이다. 그 후 나는 천하무적이다. 금강불괴! 불사지체! 세상에 그 누구도 나를 죽일 수가 없다!”

*　　　　*　　　　*

선우운철이 절대적인 무공을 익히고 있는 동안 구달비는 비단 장수 왕 대인이 탄 마차를 따라가고 있었다.

문득 구달비는 멈추어 섰다.

그의 얼굴이 썩은 대추 씹은 것마냥 일그러졌다.

마차는 뜻밖에도 관아로 들어갔던 것이다.

'제길! 하필이면 관아라니!'

비록 지금은 손을 씻었다지만 그래도 과거 도둑이었던 신분으로 포졸이 우글거리는 관아엘 들어가자니 여간 켕기는 게 아니다. 아무리 기문둔갑으로 얼굴을 바꿨다 쳐도 말이다.

구달비가 망설이자 흑아가 산성화를 부린다.

『빨랑 따라가지 않고 뭐 해? 이러다 놓치겠다!』

『흑아 네가 몰라서 그렇지 여긴 관아야. 도둑을 잡아다 족치는 곳이라구.』

『그, 그래?』

흑아도 당황해했다.

이어 녀석이 걱정스레 물었다.

『어떡할 거야? 일부러 따라왔는데 여기서 그만둘 거야?』

『아무래도 관아에 들어가기는 좀 껄끄러워. 하지만……..』

『하지만?』

『하지만 애써 여기까지 왔는데 그냥 갈 수야 없지.』

『야호오~ 달비 최고다!』

기뻐하는 흑아.

구달비는 신형을 날려 관아의 담을 넘었다.

'내 경공이 무진장 빨라졌으니 여차하면 튀면 되겠지.'

왕 대인이 마차에서 내리자 관아에서 일하는 시종이 깍듯이 귀빈 대접을 하며 안내한다. 그 뒤를 따라 왕 대인이 백자- 화병을 힘겹게 껴안고 관아 깊숙이 들어간다.

늦여름의 마지막 열기를 발산하는 찌는 듯한 더위라 그런지 관아는 한산했다. 그래서 구달비는 수월하게 왕 대인의 뒤를 밟았다.

이윽고 왕 대인이 어느 전각 안으로 들어선다.

구달비는 전각의 처마 밑에 바싹 달라붙어서 방 안의 대화를 엿들었다.

"오랜만에 문후 여쭙습니다, 부사 나으리."

"어서 오게."

구달비와 함께 귀를 기울이던 흑아가 냉큼 묻는다.

『달비야, 부사가 뭐야?』

『여기 관아에서 가장 높은 직위야. 그러니 저자는 이 고을에서 권력이 제일가는, 한마디로 방귀깨나 뀌는 사람이지.』

『그럼 방귀 잘 뀌는 달비 너도 높은 사람이야? 이히히히~』

흑아가 조그만 앞발로 입을 가리고 킬킬댄다.

그러는 사이 방 안에서는 왕 대인이 화병의 꽃을 주섬주섬 빼내고 있었다.

부사가 무표정을 가장하며 그 동작을 지켜본다.

왕 대인은 꽃을 다 뺀 화병 안에서 비단 주머니를 한 개 끄집어냈다.

그 후 그는 화병을 거꾸로 들었다.

누런 금덩이가 앞을 다투며 마구 굴러 나온다.

쩔그렁~ 쩔그렁~

그러나 부사의 눈은 금덩이보다도 비단 주머니에 머물러 있다.

부사의 눈길을 의식한 왕 대인이 비단 주머니를 거꾸로 들자 수십 개의 진주 알이 영롱한 빛을 발하며 굴러 나온다.

왕 대인은 비단 주머니를 부사 안전에 슬며시 밀었다.

"나으리, 이번 것을 마련하는 데 제 최선을 다했습니다. 아무 관직이라도 내려주시기만 하면 이놈이 나으리를 성심껏 보필하겠습니다."

"허허허, 뭘 매번 이렇게……. 하여간 고마우이."

흑아가 고개를 갸웃거리며 묻는다.

『달비야, 저 두 놈이 뭐 하는 거야?』

『저건 매관매직(賣官賣職)이라는 거야. 뇌물을 받고 관직을 판다는 뜻이지. 저런 놈들 때문에 나라가 썩어. 다 때려죽여야 할 놈들이야.』

『그래? 달비야, 우리 저거 훔치자!』

『뭐?』

구달비의 눈이 휘둥그레졌다.

건수를 잡은 흑아는 신이 났다.

『달비야, 우리 저걸로 맛있는 거 사 먹자. 저놈들은 나쁜 놈들이야. 그러니까 저 돈은 훔쳐도 괜찮은 거야.』

구달비는 즉각 고개를 저었다.

『안 돼! 난 도둑질은 안 할 거야. 당문의 영약고를 끝으로 이젠 그런 짓 안 해.』

흑아가 시무룩해지는가 싶더니 녀석은 이내 고개를 바짝 쳐들고 따졌다.

『그럼 황금 콩알은 왜 훔쳤어? 그건 도둑질이 아니야?』

『그건……. 이런, 제길! 그건 좀 달라! 그건 보복을 하느라고 한 행동이야! 도둑질이 아니란 말야!』

『이유야 어떻든 좌우지간 훔쳤으면 도둑질이지 아니긴 뭐가 아니야?! 쳇!』

『…….』

구달비는 대꾸할 말이 없었다.

이에 용기를 얻은 흑아가 눈을 치켜뜨며 대든다.

『흥! 도둑질하다가 들키면 관아에 끌려가서 모가지가 댕강 잘린다면서 저런 더러운 관아 나으리의 모가지는 누가 잘라?』

흑아는 계속 구달비를 부추겼다.

『달비야, 딱 한 번만 더 도둑질을 하는 거야. 저런 나쁜 놈들을 우리가 혼내주지 않으면 누가 하겠어? 이건 저놈들한테 내리는 천벌이라구!』

『아, 글쎄 이젠 더 이상 도둑질 안 할 거라니까 그러네?』

두 도둑은 마치 제 주머니에 든 물건이라도 되는 양 훔치느냐 마느냐를 놓고 언쟁을 벌였다.

밖에서 이 난리를 치는 동안 방 안에서는 작별 인사가 진행 중이었다.

"나으리, 그럼 잘 좀 부탁드립니다."

"조만간 좋은 소식이 갈 것이네."

"하이고오~ 감사합니다!"

왕 대인은 비대한 몸을 최대한 접으며 절을 했다.

부사가 수염을 쓰다듬으며 의젓하게 말한다.

"허허허, 또 보세나."

"예, 예. 그럼 소인은 나으리만 믿고 이만 물러가겠습니다."

왕 대인이 나간 후 부사는 보화의 값어치를 눈대중해 보았다.

굉장했다. 이만한 뇌물은 머리털 나고 처음이다.

귀밑까지 벌어진 입을 다물 줄 모르며 부사는 마냥 흐뭇해했다.

"클클클, 비단 장수 왕 서방 놈한테 벼슬 주는 일을 차일피일 미루었
더니 급기야 놈이 재산의 반은 팔았구먼. 이렇게 뜸을 들여야 뭐가 나
와도 큰 게 나온다니까. 흐흐흐."

손가락 사이로 진주가 물방울처럼 떨어진다.

차르륵~

"저런 비천한 놈까지도 감투를 못 써서 난리니 벼슬이란 게 좋긴 좋
은 거여. 크흐흐흐~"

진주를 주물럭대던 부사는 벽에 걸린 족자를 옆으로 밀쳤다.

그러자 은밀히 설치해 둔 비밀 금고가 모습을 드러낸다.

부사는 금고에 비단 주머니와 금덩이들을 넣었다.

"이제 왕 서방 놈한테 한자리 줘볼까?"

방 안을 한 번 휘이 둘러본 부사는 밖으로 나갔다.

그가 나가고 방이 텅 비자 흑아가 몸이 달아 안달복달한다.

『달비 네가 하지 않으면 나라도 훔칠래!』

『그렇게는 안 돼! 난 네가 그런 짓 하는 걸 그냥 묵과할 수 없어.』

구달비는 두려웠다.

저렇게 더러운 돈은 훔쳐도 될 것 같지만 이렇게 계속 도둑질을 하
다간 언젠가 잡혀서 아주 큰일을 당할 것만 같은 불길한 예감이 엄습
했기 때문이다.

그러나 한편으론 운명이 자꾸만 도둑질을 하라고 등을 떠다민다는 느낌도 든다.

'제기랄! 난 장사를 해서 먹고살 건데 왜 이렇게 도둑질을 할 건수만 생기는 거야?'

구달비는 앞날이 우려됐다.

옆에서는 흑아가 끊임없이 구달비를 꼬신다.

『달비야, 우리 딱 한 번만 더 하자. 응? 정말로 따악 한 번만!』

귓가에서 속삭이는 이것은 진정 악마의 유혹이었다.

구달비는 심각하게 갈등했다.

'선량한 사람의 재물이 아닌 이런 돈은 훔쳐도 될 것 같지만… 하지만… 하지만…….'

흑아가 다시 충동질을 한다.

『달비야, 이런 기회는 또다시 안 올 거야. 이걸로 커다란 기와집을 사서 네 애인이랑 행복하게 사는 거야. 네가 말했잖아. 그게 꿈이라고.』

『…….』

구달비가 말이 없자 흑아는 때를 놓칠세라 결정타를 날린다.

『애인한테 좋은 선물을 사주고 싶지 않아? 네 처지로 언제 돈을 모아서 애인을 호강시켜 주겠어? 응?』

끝도 없는 악마의 유혹에 마침내 구달비의 마음은 흔들리고야 말았다.

『좋아! 우리 마지막으로 한 건 올리고 손을 터는 거야!』

흑아가 방방 뛰며 좋아한다.

『야호오~ 달비야 내가 망을 볼게, 넌 안심하고 들어가서 금덩이를 가져와.』

구달비는 재빨리 흑아를 처마에 붙이며 말했다.

『그럼 여기서 조금만 기다려. 무슨 일 있으면 전음을 보내고.』

『알았어. 얼른 들어가 봐. 우히히히히~』

도둑과 도둑고양이는 손발이 착착 맞아떨어졌다.

이윽고 창문이 소리없이 열리고 도둑이 잠입했다.

아버지로부터 각종 자물통 여는 법을 전수받은 구달비에게 있어 금고의 문을 따는 것쯤은 일도 아니다.

꼬챙이로 몇 번 찌르고 돌리자 경쾌한 음향이 터져 나온다.

찰칵!

금고 안에는 예의 비단 주머니와 금덩이가 사람의 손길을 기다리고 있었다.

물건을 손에 넣은 구달비는 쏜살같이 내뺐다.

이렇게 해서 또 한 번 도둑질을 하게 된 그의 품 안에는 흑아가 벙실벙실 웃고 있다.

한데 이들이 사라져 가는 광경을 멀리서 지켜보는 눈이 있었다.

다름 아닌 바로 청부단의 중년인이었다.

그는 멀리 떨어진 나무 뒤에 숨어서 구달비와 흑아가 벌이는 짓거리를 낱낱이 지켜보고 있었던 것이다.

'저렇게 도둑질하는 꼴을 보니 당문에서 말한 도둑과 악마가 맞다. 한데 저 도둑놈의 경공이 상당하군. 다행히 내 내공이 일 갑자라서 그렇지 만일 저놈을 한 번 놓치면 절대로 추격할 수 없을 거야.'

구달비가 간 쪽으로 몸을 날리는 중년인의 이마에 주름이 잡혔다.

당문으로부터 도둑의 경공에 대한 말은 들었지만 실제로 보니 장난

이 아니다. 그나마 지금은 도둑이 경공을 최대로 펼치지 않는 터라 그럭저럭 따라갈 수가 있다.

중년인은 구달비를 쫓는 한편 당문이 보내온 서신의 내용을 머리 속으로 다시 한 번 살폈다.

'악마? 허! 악마라니, 실로 끔찍한 이름이로고. 저 악마는 몸이 물과 같아서 암기도 그냥 관통하고 만다던데……. 그리고 미혼약을 포함, 만독(萬毒)이 소용없고 말야. 크흠, 정말 골칫거리로군.'

중년인이 따라다니면서 가만히 살펴보니 악마와 도둑은 알게 모르게 서로의 단점을 보완해 주고 있는 관계였다.

이를테면 악마한테 한 번 물리면 그 자리에서 끝장이라니 근처에 접근할 수가 없으므로 도둑을 무력으로 잡을 순 없다.

그리고 도둑을 객잔에 가둬놓고 미혼향을 뿌리려 해도 악마 때문에 씨알도 안 먹힌다.

뿐이랴. 악마가 꼼짝 못한다는 천잠사 그물로 덮치려는 작전도 도둑의 저렇게 빠른 경공이라면 잡기가 수월치 않다. 더불어 도둑은 천잠사를 자르는 병기까지 소유하고 있는 판국이다.

'당문의 특별 주문이 너무 까다롭구먼. 생포할 때 도둑의 신체가 절대로 상하지 않도록 해달라니 말야. 흐음, 도둑을 미혼향으로 잠재우고 그 틈에 악마를 천잠사로 잡으면? 아니야. 악마가 신병으로 천잠사를 찢겠군.'

결국 잡으려고 해도 둘이 붙어 있으니 문제다.

그러나 둘을 떼어놓으려고 해도 저렇게 둘이 꽁꽁 뭉쳐 다니니 별 뾰족한 방법이 없다.

중년인은 실로 난감했다.

‘흐음, 결론은 둘을 한꺼번에 잡아야 한다는 것이로군.’

하지만 도둑을 잡을 뚜렷한 방도가 안 떠오른다.

청부단의 부단주 중년인은 골이 아파왔다.

‘이 일은 아무래도 내 능력 밖이니 단주님의 도움을 받을 수밖에 없
다. 오늘 중으로 단주님께 천리비응을 날려야겠군.’

중년인은 묵묵히 구달비의 뒤를 밟았다.

한편, 방에 돌아온 부사는 비단 주머니와 금덩이들이 증발했다는 사
실을 발견했다.

한동안 망연히 서 있던 부사는 곧 머리를 싸매고 씨근덕댔다.

“내가 방을 비운 지는 고작 반 시진(1시간)도 안 됐는데?”

부사는 화가 나서 미쳐 버릴 것만 같았다.

텅 빈 금고가 도둑이 들었다고 주장하고 있다.

그런데 도둑을 잡는다는 것이 여의치 않다.

도둑을 잡을 포졸이야 관아에 우글댔지만 개인 집이 아닌 관아에서
잃어버린 그 큰 보화는 누구라도 뇌물이라는 걸 쉽게 짐작할 터. 대명
천지에 뇌물을 찾겠다고 포졸을 동원하는 짓은 제 눈깔 찌르기다. 거
기에 보태어 도둑 잡는 관아에 도둑이 들다니 어디 가서 하소연할 데
도 없다.

“도대체 어느 놈이 귀신같이 알고 고 잠깐 사이에 털어간 것이
냐?”

도둑은 부사가 바로 조금 전에 보화를 손에 넣었다는 사실을 알고
있는 자다.

그러나 보화가 부사의 손에 오늘 쥐여지리란 것은 뇌물을 건넨 당사

자인 왕 대인밖에 몰랐다.

문득 왕 대인의 유들유들한 낯짝이 떠오른다.

"설마 그놈이……? 아니야. 그럴 리가 없어."

부사는 고개를 저었다.

그러나 아무리 머릴 굴려봐도 이건 분명히 보화의 소재를 미리 알고 저지른 계획적인 범행이다.

하니 의심이 가는 데라곤 왕 대인밖에 없다.

부사의 눈에 의혹이 깃든다.

여기에 보태어 지난번에 왕 대인한테서 받은 근덩이를 비밀 금고에 넣던 중 왕 대인이 갑자기 다시 돌아와서 방문을 벌컥 여는 통에 비밀 금고의 존재를 들켰던 기억이 의심을 증폭시킨다.

한참 동안 고심을 하던 부사는 드디어 결론을 내렸다.

"맞아. 비단 장수 왕 서방 그놈은 원래부터가 간특한 놈이었다. 놈은 그간 내게 여러 차례 재물을 진상했으나 벼슬이 꿩 구워 먹은 소식이라 분명히 내게 악심을 품은 것일 게다. 괘씸한 놈! 장사를 하는 놈이니 손재주가 있는 건달들도 많이 알 테지. 하니 놈은 사람을 시켜서 비단 주머니를 회수해 간 것이리라."

물증은 없으나 심증이 갔다.

부사는 천한 장사치 손에 놀아났다고 생각하니 분해서 눈물이 다 날 지경이었다.

그렇다고 해서 뇌물을 되찾겠다며 왕 대인의 집에 쳐들어가서 가택 수색을 벌일 수도 없음이다.

화가 머리끝까지 치민 부사는 손에 들고 있던 관직 임명장을 북북 찢어버렸다.

"나란 사람이 도둑맞은 것을 내 탓으로 여기고 네놈한테 관직을 내려줄 거라 생각했다면 네놈이 사람 잘못 봤다."

부시는 늘어진 볼따구니 살을 출렁이며 이를 악물었다.

"내 눈에 흙이 들어갈지언정 내가 네놈한테 절대로 벼슬을 주나 봐라! 이런 발칙한 놈! 내일부터 당장 비단 장사에 대한 세금을 열 배로 올려야겠다!"

第十章

붉은 목걸이와 푸른 목걸이

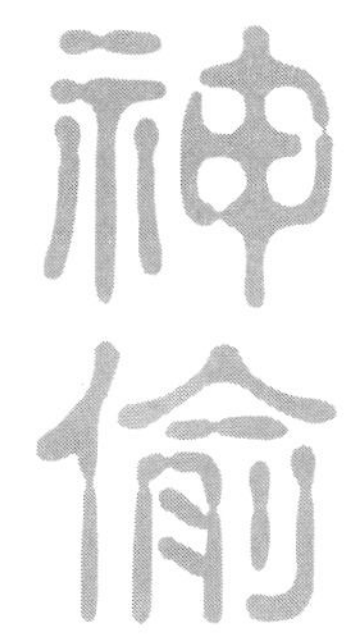

곾아에서 멀리 떨어진 야산에 도착한 구달비와 흑아는 훔쳐 온 물건을 바닥에 펼쳐 놓았다.

이때가 도둑질에서 최고의 환희를 느끼는 순간이다.

고운 때깔의 진주를 보며 흑아가 연신 감탄한다.

"너무 멋지다! 난 이렇게 근사한 건 처음 봐!"

"이건 진주라고 하는 건데 조개 속에서 나오는 거야. 조개가 이것 때문에 무척 고통이 심하대."

"조개가 아파한다구?"

"응. 왜냐하면 진주를 만드는 과정이 너무 괴롭기 때문이야."

"……?"

흑아가 고개를 갸웃거리자 구달비가 설명을 해준다.

"조개는 살 속에 박힌 모래가 아파서 체액으로 모래알을 감싸는데 오히려 모래는 자꾸 커져서 조개를 괴롭힌대. 그 체액에 싸인 모래가 진주가 되는 거야. 그래서 진주는 '조개의 눈물', 혹은 '눈물의 보석'이라 불러. 그렇기 때문에 진주는 보석 중에서도 아주 슬픈 의미의 보석이래. 나도 아버지한테서 들은 소리야."

구달비는 이렇게 얘기하면서 금경은이 흘리던 눈물로 된 진주를 떠올렸다.

불행한 처녀의 방바닥에 널려 있던 수많은 얼음 진주들을 연상하자 다시금 가슴이 아려온다.

'그녀는 어떻게 지내고 있을까? 아마도 나를 기다리고 있겠지?

만년빙심을 갖다준다는 구달비의 말에 환한 기색이 되었던 그녀의 얼굴.

그러나 설산까지 뒤져 보았지만 만년빙심은 없었다.

구달비는 자신의 빈손을 내려다보자 씁쓸해졌다.

"…제길."

흑아가 의아해져서 묻는다.

"왜 그래?"

"아무것도 아니야."

구달비는 머리를 흔들어 상념을 떨쳐 버리곤 진주 알을 셌다.

"하나요, 둘이요, 셋이요……."

이때 갑자기 흑아가 두 앞발로 와락 진주를 끌어안으며 목소리를 높였다.

"내 몫도 줘!"

구달비가 작은 눈을 눈알이 보일 정도로 크게 떴다.

"몫? 몫이라니? 네가 뭘 했는데?"

"나도 망을 봤잖아! 그러니까 난 내 몫을 받을 권리가 있어!"

"에휴~"

"내 몫을 줘! 난 동업자잖아?"

"뭐? 동업자? 푸훗! 내가 뭐가 아쉬워서 고양이 따위랑 동업을 해?"

"아무튼 나랑 같이 훔쳐 낸 거니까 내 몫을 줘!"

흑아의 당당한 요구에 구달비는 고개를 절레절레 흔들었다.

그는 잠시 생각하다가 진주 두 알을 건넸다.

한데 흑아는 전혀 고마워하지 않고 심드렁한 표정이다.

"에계? 겨우 요거야? 더 줘!"

"더 줄 게 없어. 나머지는 가난한 사람들한테 나눠 줄 거야."

"가난한 사람들? 우리가 도둑질할 때 그놈들이 뭘 도와줬다고 돈을 나눠 줘야 해?"

흑아가 붉은 눈알을 번들거리며 투정한다.

구달비는 그런 흑아를 이해시키려고 했다.

"우리 가문에서는 도둑질한 것의 십 할 중 구 할을 떼어서 적선을 하고 일 할만 우리가 가져."

"달비야, 그 가문 버리고 우리 새 가문을 하나 만들자. 십 할 중 구 할을 우리가 갖는 거로. 응? 어때? 헤헤헤~"

제 딴엔 눈웃음을 쳐가며 꼬드기는 흑아를 구달비는 매정하게 물리쳤다.

"안 돼. 반드시 구 할을 줘야 해. 너도 그 사람들의 비참한 삶을 보면 나머지 일 할마저도 다 주고픈 마음이 저절로 들 거야."

"흥! 절대로 그런 마음이 들 턱이 없어!"

흑아는 팔짱을 끼며 코웃음으로 단언했다.

*　　　　*　　　　*

범행의 현장을 떠나기 위해서 이웃 마을로 간 구달비와 흑아는 여러 알의 진주를 금으로 교환했다.

그런데 구달비가 검은 단도로 금덩이를 자르니 흑아가 왈칵 짜증을 낸다.

"그 단도 좀 치우라고 하잖아?! 난 그 단도가 정말 싫어! 네 옷 속에서 그게 내 몸에 닿을 때마다 섬뜩섬뜩하다구!"

"알았어. 그러면 허리에 달고 있을게."

구달비는 단도를 진주가 들었던 비단 주머니에 넣어 허리에 찼다.

그 후 그들은 빈민가로 가서 훔친 것의 구 할에 해당하는 재물을 가난한 자들의 집에 골고루 던져 주었다.

구달비가 피골이 상접한 굶주린 아이들을 가리키며 흑아에게 물었다.

"어때? 쟤들 너무 불쌍하지 않아? 이래도 너 혼자 다 갖고 싶니?"

"……."

흑아는 굶주림의 고통을 누구보다도 잘 알고 있었다. 당문에서 뼈저리도록 실컷 당해봤기 때문이다.

그런데도 녀석은 입술을 꼭 깨물고 아무 말이 없다. 불쌍하다고 인정하려니 앞으로 계속 재물을 나눠 줘야만 하는 까닭이다.

다시금 도둑질을 한 후 내내 찜찜했던 구달비는 빈민가에 온정을 베풀면서 기분이 한결 나아졌다.

"이렇게 좋은 일을 할 땐 도둑질도 제법 할 맛이 난단 말야?"

"……."

혹아는 조가비처럼 입을 굳게 봉하고 있다.

그런데 이 둘의 행동거지를 숨어서 지켜보는 자가 있다.

청부단 중년인의 얼굴에 복잡한 표정이 떠올랐다.

"내 평생 훔친 물건의 대부분을 가난한 자들한테 나눠 주는 도둑놈은 또 처음 보는군. 허허, 거참, 기특한 청년이로고."

생계가 어려운 자들을 돕는 구달비의 행동은 중년인의 가슴에 잔잔한 감동의 물결을 일으켰다.

고아였던 이 중년인은 상전의 은혜를 입어 이만한 위치에 이르렀다.

그러나 자신의 비참했던 과거를 아직도 잊지 않는 그는 벌어들이는 수입의 상당 부분을 고아들을 돌보는 데 쏟아 붓고 있었다. 그러기에 구달비의 선행은 중년인의 마음에 더 가까이 와 닿았다.

"민생을 돌보는 건 관에서 해야 하는 일인데 뇌물이나 받아먹는 썩은 벼슬아치 놈들보다는 저 도둑이 훨씬 더 인간답게 사는구먼."

혼잣말을 하던 중년인은 이내 한숨을 쉬며 고개를 저었다.

"저 청년이 아무리 기특해도 이미 당문의 청부를 받아들였다. 청부한 계약을 해약하려면 열 배의 위약금을 물어줘야 하는 것은 물론 우리 청부단의 신용이 떨어진다. 하니 어쩔 수 없이 저 도둑을 잡아서 당문에 넘겨줘야만 한다."

중년인의 눈길이 구달비의 허리춤을 더듬었다.

그곳엔 검은 단도가 담긴 비단 주머니가 매달려 있다.

"게다가 단주님께서 신병이기라는 저 검은색 단도를 갖고 싶어하시니……. 쯧쯧, 저 도둑의 팔자가 사납구먼. 나쁜 청년은 아닌 것 같은데."

중년인은 구달비의 앞날이 측은해졌다.

그러나 일은 일.

공과 사를 구별해야 하니 어쩔 수 없었다.

그래도 구달비의 선행은 이 중년인의 가슴 한곳에 깊이 자리를 잡았다.

빈민가를 도는 일이 끝나자 앞발에 진주 두 알을 꼭 쥔 흑아가 목에 힘을 준다.

녀석은 호기롭게 말했다.

"달비야, 내가 한턱 낼게."

구달비가 빙그레 웃으면서 묻는다.

"뭘 한턱? 맛있는 거 사줄 거야?"

"일단 네 옷부터 사줄게."

흑아가 구달비의 허름한 옷을 가리킨다.

예상치 못한 배려에 구달비는 가슴이 뭉클해졌다.

'흑아 녀석이 나를 많이 생각하네?'

구달비는 내심 흑아를 기특하게 여기며 큰 소리로 말했다.

"좋아! 흑아 네게 돈 쓸 기회를 주지!"

"우헤헤헤~ 먹고 싶은 거 다 사 먹고 신나게 펑펑 쓰는 거야!"

"좋아, 좋아! 어디 네 마음대로 왕창 써봐!"

둘은 희희낙락하며 저잣거리로 나갔다.

날씨가 좋아서 그런지 거리는 인산인해다.

사는 사람, 파는 사람 모두가 흥이 나서 소란스럽다.

구달비와 흑아는 사방에 널린 수많은 점포들 중에서 옷 가게를 찾아

들어갔다.

가게 점원이 구달비를 아래위로 재빨리 훑어본다.

좋은 옷을 걸친 손님들은 이것저것 뒤적거리고만 가는 경우가 많지만 이렇게 초라한 의복을 걸치고 왔으면 분명히 새옷이 필요해서 온 손님이다. 하니 고양이를 안고 들어온 이 젊은 손님은 가난뱅이처럼 보여도 수단껏 잘만 꼬시면 중간 가격대의 옷 정도는 팔아먹을 수 있을 게다.

나름대로 판단을 내린 점원은 만면에 웃음을 띠며 씩씩하게 인사했다.

"어서 옵쇼!"

"어험, 옷을 사러 왔네."

"어느 정도를 예산하십니까?"

돈을 지불할 사람은 구달비 본인이 아닌지라 구달비는 물주인 흑아에게 전음으로 물었다.

『얼마짜리 사줄 거야? 싼 거? 중간 거?』

『비싼 걸로 사! 최고 비싼 걸로!』

배포 큰 친구를 둔 덕분에 구달비는 흐뭇한 심정으로 허세를 부렸다.

"가격에 상관없이 좋은 옷을 보여주게."

"옛! 알아모시겠습니다요, 공자님!"

돈에 힘입어 갑자기 '공자'라는 호칭이 튀어나왔다.

이어 점원은 졸부들이나 입는 휘황찬란한 비단옷을 펼쳐 보였다.

"공자님, 이건 어떠십니까? 이게 요즘 제일 잘나가는 비단으로 만든 옷입니다. 뭐니 뭐니 해도 역시 비단이 최고지요."

"너무 야한 거 같은데……."

『달비야, 저게 이쁘다. 저걸 사자.』

흑아가 가리키는 것을 보니 여인네나 입는 분홍빛 화복이다.

구달비는 쿡쿡 웃으며 전음을 보냈다.

『저건 여자들 거야. 남자가 저런 걸 입으면 손가락질 받아.』

『으응, 그렇구나.』

영리한 흑아가 얼른 이해한다.

그런데 아름다운 화복을 보자 구달비는 문득 장님 처녀 금경은이 그리워졌다.

'저걸 금 낭자가 입으면 선녀처럼 보일 거야.'

금경은이 분홍 화복을 입고 방그레 웃음 짓는 것만 같다.

'아～ 금 낭자…….'

구달비는 아련한 꿈결에 젖어들었다.

하나 그의 몽상은 곧 점원에 의해서 깨졌다.

"공자님, 그러면 이건 어떻습니까?"

점원은 이것저것 잘도 가져와서 추천을 했다.

한참 뜸을 들이다 구달비는 번쩍이는 비단옷을 골랐다.

그러자 점원은 가죽신을 들고 와서 무릎을 꿇고 신겨주기까지 하는 친절함을 보인다.

결국 구달비는 비단옷에 가죽신을 신게 되었다.

흑아가 바람을 잡는다.

『굉장해! 무진장 부잣집 공자 같아!』

번듯한 옷을 걸친 구달비는 날아갈 것만 같았다.

옷이 날개라고 갑자기 어깨에 힘이 들어가며 용기백배해진다.

둘은 다시 저잣거리로 나와 대갓집 공자처럼 당당하게 활보했다.

갑자기 구달비가 보석상 앞에 멈춰 서며 흑아에게 말했다.

『흑아야, 나도 너한테 뭐 하나 사줄게.』

『뭘 사줄 건데?』

당장에 입이 헤벌쭉 벌어지는 흑아.

구달비는 보석상을 가리켰다.

『음, 목걸이가 어떨까?』

『목걸이?』

『응. 사람이랑 같이 다니는 동물들은 보통 목어 목걸이를 걸고 다녀.』

『왜?』

흑아가 머리를 갸우뚱한다.

구달비는 흑아에게 옷에 대한 답례를 하고 싶었다.

그러나 흑아한테는 먹는 것 외에 특별히 해줄 만한 선물이 없었다.

결국 생각해 낸 게 목걸이였지만 구달비는 그것이 '애완동물' 을 상징하는 표시라고는 차마 말할 수 없었다.

잠시 고민하던 구달비는 돌려서 말했다.

『동물의 목걸이는 사람과 친분이 있다는 것을 나타내는 증표야. 야생 동물이 아니란 소리지.』

『그래?』

뭔가를 공짜로 받는다는 사실에 흑아는 무척 기뻐했다.

『달비야, 비싼 거로 사줘! 에헷헷헷헷~ 신난다~』

들뜬 마음으로 두 친구는 보석상엘 들어갔다.

그런데 구달비는 흑아뿐만이 아니라 금경은에게도 목걸이를 선물할 작정이었다.

점원에게 구달비가 흑아를 가리키며 말했다.

"내 고양이의 목에 걸 목걸이를 사려고 왔소이다."

"아, 예."

흑아의 붉은 눈알이 신기한 점원은 멍한 표정을 지었다.

이때 점원을 밀치며 보석점 주인이 등장했다.

주인은 안쪽에 앉아서 하품만 하고 있다가 구달비의 비단옷을 보곤 후닥닥 달려나온 것이다.

주인이 구달비에게 허리를 굽혀 보이곤 살갑게 물어왔다.

"요즘 귀공자님들 사이엔 애완동물 치장시키기가 큰 유행입지요. 공자님, 어떤 것을 원하십니까? 금 목걸이도 있고 은 목걸이도 있지만 아무래도 보석 목걸이가 제일 품위가 있습니다."

호구다 싶은지 청년의 비단옷에서 눈을 못 떼며 주인은 함박웃음을 머금었다.

구달비는 흑아를 진열대 위에 내려놓았다.

"내 고양이가 직접 고를 것이오."

주인이 흑아의 눈을 들여다보며 탄성을 터뜨렸다.

"오오! 이렇게 예쁜 눈알은 처음 봅니다. 이처럼 특이한 빨간 눈을 했으니 여간 귀한 품종이 아니겠군요. 서역국에서 들여온 엄청나게 비싼 고양이라고 눈알에 쓰여 있습니다."

"하하하! 우리 고양이가 좀 독특하죠."

구달비는 데리고 다니는 고양이의 칭찬을 듣자 당연히 기분이 좋아졌다.

그사이 흑아는 반짝이는 은 목걸이에 정신이 팔려서 앞발로 뒤적거리고 있다.

『달비야, 여기 예쁜 게 많아.』

고운 은 목걸이들이 맑은 소리를 낸다.

촤라락~ 촤라락~

그 모습에 주인이 과장 섞인 감탄사를 연발했다.

"아이고오~ 직접 물건도 고를 줄 알다니, 고양이가 어쩜 이리도 똑똑할까? 사람보다 훨씬 낫군요. 역시나 비싼 품종은 뭐가 달라도 달라."

주인은 고양이가 무척이나 귀여운 양 흑아의 털을 쓰다듬었다.

그러나 그는 쓰다듬는 척하면서 고양이의 궁둥이를 힘껏 밀었다. 값비싼 물건들이 전시되어 있는 진열대의 위쪽을 향해서.

흑아가 영문을 몰라 하며 위쪽으로 떠밀린다.

"……?"

흑아는 구달비를 쳐다봤지만 그는 금경은한테 선물할 것을 고르느라 정신이 없었다.

한편 고양이를 값비싼 상품이 쌓인 곳까지 모는 데 성공한 주인은 회심의 미소를 지었다.

아니나 다를까, 고양이가 비싼 물건에 관심을 보인다.

『달비야, 이거 너무 예뻐! 나 이거 갖고 싶어!』

『그래? 어떤 건데?』

흑아가 고른 물건은 불타는 듯한 홍옥(紅玉:루비) 목걸이였다.

검은 고양이가 빨간 눈을 빛내며 붉은 목걸이를 집어 올리자 주인은 있는 대로 호들갑을 떨었다.

"이야~ 우리 야옹이님의 안목이 대단하군요! 세상에 이렇게 영특한 고양이가 있을 수가?! 오오! 오오!"

구달비의 눈이 커졌다.

흑아가 고른 목걸이는 무척 비싼 물건이었던 것이다.

통이 큰 구달비라도 선뜻 지불하기 어려울 정도로 비싼 목걸이.

그러나 비단옷까지 얻어 입은 마당에 무엇인들 아까우랴.

구달비는 흔쾌히 고개를 끄덕였다.

『흑아야, 그거 사줄게.』

『이히히히히~』

흑아가 입이 귀밑까지 벌어져서 좋아한다.

그러나 그게 다가 아니었다.

주인이 흑아의 꼬리에 보석 반지를 주렁주렁 끼우고 있었던 것이다.

"공자님, 요즘엔 바로 이게 유행입니다. 멍멍 도련님이나 야옹 아가씨의 꼬리에 반지가 몇 개나 끼어 있느냐에 따라서 그 주인이 얼마나 지체 높은 대갓집 공자님인가가 결판이 납니다."

주인은 입을 놀리는 것만큼이나 빠르게 손도 움직였다.

그는 흑아의 몸통에 사람들이나 하는 허리띠를 둘둘 감았다.

"공자님, 어떻습니까? 이 요대(腰帶)가 아주 잘 어울리지 않습니까? 우리 야옹이님은 털이 검정색이라 이런 화려한 장식이 아주 잘 어울리는군요. 허허허."

하나라도 더 팔아먹으려는 주인의 수작에 구달비는 웃음이 나왔다.

"풋!"

그러나 주인은 전혀 창피해하지 않고 열을 올렸다.

"정말입니다요, 공자님. 제가 매상을 올리려고 이러는 게 아니고 이렇게 비싸고 귀한 고양이한테는 그만큼 돈을 들여야 더 모양새가 납니다. 꼬리에 반지를 낀 이 모습을 보십시오. 얼마나 멋집니까? ‘나는 돈덩어리, 귀하신 몸’ 이라고 쓰여 있지 않습니까?!”

주인이 한껏 치켜세우자 흑아는 신이 났다.

『달비야, 내 꼬리에 끼운 것들 아주 예뻐. 다 사줘!』

구달비는 주인과 흑아에게 고개를 저었다.

“그 반지들과 요대는 다 빼고 이것의 값이나 말해 주시오.”

구달비가 고른 것은 은은한 푸른 빛이 도는 벽옥(碧玉) 목걸이였다.

‘이거라면 금 낭자한테 잘 어울릴 거야.’

만년빙심 없이 빈손으로 가기 싫었는데 이젠 마음이 뿌듯하다.

구달비는 천하제일의 미녀를 알고 있다는 자랑스러움에 시키지도 않은 말까지 했다.

“이건 내 애인한테 선물할 것이라오.”

그러나 별로 비싸지 않은 벽옥 목걸이는 주인의 인상을 찌푸려뜨렸다.

‘제놈은 비단옷을 입으면서 여자한테는 이런 싸구려를 선물해? 어떤 여자인지 고생길이 훤하다, 훤해! 나 같으면 이런 놈 절대 안 만난다!’

사실 구달비가 고른 벽옥 목걸이는 벽옥 중에서는 상품(上品)이었다.

하지만 주인은 구달비가 비단옷에 버금가는 값비싼 보석을 살 것이라 기대했기에 실망이 컸다.

이때 흑아가 투정을 부렸다.

『달비야, 니가 안 사주면 내 돈으로 이 반지들을 살래.』

그러나 구달비는 승낙하지 않았다.

『흑아야, 너무 그렇게 요란하게 치장하면 오히려 촌스러워 보이는 법이야. 그리고 그런 식으로 눈에 띄다간 나쁜 사람들한테 납치당하는 수도 있어.』

흑아가 움찔한다.

'납치' 라는 말에 즉각 당문을 떠올린 까닭이다.

『알았어. 그럼 목걸이만 할게.』

고양이의 어깨가 축 처지더니만 녀석은 꼬리를 흔들어 반지를 뺐다.

그리고는 쪼그리고 앉아서 주섬주섬 허리띠를 푼다.

구달비는 주인에게 정색을 해 보였다.

"주인장, 홍옥 목걸이와 벽옥 목걸이만 살 것이니 그리 아시오."

고양이를 빌미로 더 팔 수 있으리라 내심 기대하고 있던 주인은 적이 실망했다.

'쳇, 비단옷 입은 놈답지 않게 아주 짠지로구먼. 그래도 홍옥 목걸이와 벽옥 목걸이 두 개를 팔았으니 이 장사는 수지맞은 거다. 최소한 오십 냥은 받아내야지. 흐흐흐.'

주인은 좋은 방향으로 생각하려고 애쓰며 미소를 잃지 않았다.

그러나 주인의 얼굴에서 웃음이 급속히 사라졌다. 청년이 목걸이의 원가를 거의 정확히 알고 있었던 것이다.

"주인장, 두 개 합쳐서 금 이십 냥이면 되겠지요?"

"예? 이십 냥이면 원가에도 못 미칩니다! 이 붉은 보석으로 치면……."

구달비가 펄쩍 뛰는 주인의 말을 가로챘다.

"주인장, 이 홍옥은 천축국(天竺國:인도)산이며 이만한 크기라면 금

열다섯 냥 정도에 수입하지요? 목걸이로 가공을 했으니 수공비가 한 냥 정도 들었을 테고, 이 벽옥 목걸이로 치면 두 냥이면 족할 거요. 하니 도합 이십 냥이면 주인에게도 두 냥이나 되는 이익이 있으니 뭐 그리 밑지는 장사는 아닐 겁니다.”

주인은 똥 씹은 표정이 되었다.

‘대수롭지 않게 봤건만 이제 보니 이 젊은 놈이 아주 무서운 놈이었구나.’

주인이 손바닥을 비비며 사정한다.

“공자님, 두 냥이라고는 하지만 그게 다 제 수입이 아니라 점원들 월급도 줘야 하고 가게세도 내야 하고 또 세금도 내야 하니… 헤헤, 조금만 더 쳐주시지요?”

“그럼 한 냥만 더 드리겠소이다. 이걸로 계산을 끝냅시다. 아니면 다른 가게로 가라는 소리로 알겠소이다.”

딱 잘라 말하는 구달비에게 주인은 한숨과 함께 손을 내밀었다.

더 실랑이해 봐야 이 이상 한 푼도 더 나오지 않을 것을 눈치챘기 때문이다.

구달비는 흑아한테 목걸이를 사줘서 몹시 흐뭇했다.

흑아도 커다란 동경에 자신의 모습을 비춰보면서 퍽이나 좋아한다.

『나 이거 너무 마음에 들어. 달비야, 고마워. 헤헤헤.』

구달비는 장님 처녀 금경은한테 줄 벽옥 목걸이를 소중히 간직한 채 흑아와 함께 보석상을 나섰다.

주인이 꾸벅 인사를 한다.

“공자님, 또 오십시오.”

그러나 구달비와 흑아가 사라지자마자 주인은 점원에게 냅다 고함을 질렀다.

"야! 얼른 소금 가져와서 가게 앞에 뿌려라! 저런 손님 한 명만 더 있으면 이 장사 때려치우고 싶어질 거 같다!"

가게를 접을 수도 있다는 주인의 말에 점원은 부리나케 왕소금을 가져와서 힘차게 뿌렸다.

그리고 그 가게에 새로운 손님이 들었다.

주인에게 그 손님은 지나가는 투로 말했다.

"여기 오다가 길에서 어떤 청년이 안고 있는 아주 특이한 고양이를 보았소이다. 눈알이 빨간 고양이는 내 평생 처음이었다오."

아는 얘기가 나오자 주인이 반색을 한다.

"아! 그 고양이청년은 조금 전에 우리 집에서 목걸이를 사갔습니다."

"호오~ 그래요? 어떤 것이었는데요?"

"그 청년이 산 목걸이는……."

주인과 손님은 고양이청년을 화제로 수다를 떨었다.

그리고 주인의 얘기를 다 들은 청부단의 부단주는 의미심장하게 고개를 끄덕였다.

"그러니까… 그 청년한테 애인이 있단 말이군요?"

＊　　　＊　　　＊

흑아는 목에 건 목걸이를 연신 쓰다듬으며 기뻐했다.

『헤헤~ 이 목걸이, 정말 예뻐. 달비야, 진짜 고마워. 난 누구한테서 이런 거 받아보기는 처음이야.』

『고맙기는 뭘. 나도 남한테서 옷 선물 받기는 처음이야.』

『달비야, 이제 뭐 좀 먹으러 가자.』

『좋아. 근데 이번에도 네가 내는 거니?』

『물론이지. 내가 원래 통이 크잖아. 에헷헷헷헛..』

『너 같은 친구 둬서 너무 좋다, 야.』

둘은 히히덕대며 음식점으로 향했다.

돈이 생겨서 마냥 기쁜 구달비와 흑아.

그런데 이렇게 구달비와 흑아가 즐거워하는 동안 변방의 땅굴 속에서는 선우운철이 밥을 굶어가며 불사지공을 연마하고 있었다.

선우운철은 가부좌를 틀고 단정히 앉아 정신을 모았다.

그는 두 눈을 감은 채 팔찌에서 나온 종이에 적힌 구결을 외웠다.

"새바라 라아 미사미 나사야 나베사 미사미 나사야……."

벌써 몇 번에 걸쳐 실패했건만 그는 오늘도 포기하지 않고 종이에 있는 글자 하나하나에 온 신경을 집중했다.

이때였다.

가물거리던 촛불이 순간 빛을 잃었다.

바닥도 천장도 갑자기 사방이 캄캄해지며 선우운철의 몸은 마치 허공에 뜬 것만 같이 보였다.

그는 이런 현상이 일어나는 줄도 모르고 계속 중얼거렸다.

"새바라야 모지사다바야 마하사다바야 마하가로니가야 옴~"

그리고 놀라운 일이 벌어졌다.

선우운철 앞쪽의 공간이 쪼개지며 그 속에서 엄청나게 붉은 빛이 쏟아져 나왔던 것이다.

그 빛은 소리없이 선우운철의 몸을 관통했다.

그 순간 선우운철의 전신이 움찔 경련을 일으켰다.

하나 선우운철은 구결 외우기를 멈추지 않았다.

"아로게 아로가 마지로가 지가란제……."

곧이어 그의 뒤쪽 공간이 갈라지며 밝은 주황색 빛을 토해냈다.

그 빛 역시 선우운철을 꿰뚫고 지나갔다.

이렇게 그의 주변 공간이 차례로 열리며 모두 일곱 빛깔의 색이 찬란하게 그 모습을 나타냈다.

그 빛들이 선우운철의 몸을 때릴 때마다 선우운철은 벼락에라도 맞은 듯 연신 꿈틀거렸다. 그럼에도 불구하고 그는 기를 쓰고 구결을 읊었다.

"사바하 바나마 핫다야 사바하……."

얼마나 시간이 치났을까.

선우운철을 스쳐 가던 빛들이 소멸되듯이 전부 사라졌다.

열렸던 공간들은 아무 일 없었다는 양 모두가 원상으로 닫혀졌다.

그리고 언제 이런 해괴한 일이 벌어졌냐는 듯 다시금 촛불이 타오른다.

선우운철은 가부좌를 한 모습 그대로 조용히 앉아 있었다.

그의 몸에 변화가 생긴 것은 이때였다.

갑자기 그의 정수리 한가운데서 희뿌연 서광이 퍼져 나오더니 그 빛은 머리를 감싸고 곧이어 전신으로 번져 나갔다.

실로 장엄하고도 아름다운 서기였다.

선우운철은 선정(禪定)에라도 든 듯 미동도 않고 있다.

눈을 뜰 수 없을 만큼 강하게 동굴을 밝히는 광휘로운 광명.

그것은 선우운철의 몸으로 천천히 스며들었다.

마침내 선우운철이 두 눈을 떴다.

"……!"

철판이라도 단숨에 뚫을 것만 같은 날카로운 안광이 번쩍 빛을 발한다.

선우운철의 얼굴에 화색이 돌았다.

그는 이제야 비로소 자신이 원하던 단계에 올랐음을 알 수가 있었다.

선우운철은 옆에 있던 돌을 손으로 내려쳤다.

쩡!

주먹만한 돌이 두 조각으로 깨졌다.

그는 날카로운 돌 조각을 집어 들고 자신의 허벅지를 찍었다.

퍽퍽!

공력을 실어 세차게 내려쳤건만 허벅지 살은 그대로이고 아무 통증도 없다.

오히려 단단했던 돌이 가루가 되어 부스러진다.

선우운철은 자신의 다리를 자세히 살펴보았다.

투명하면서도 흰 빛이 연하게 허벅지를 감싸고 있다. 그 빛으로 말미암아 돌이 퉁겨 나간 것이다. 한데 그 흰 빛은 비단 허벅지뿐만이 아니라 그의 전신에 둘러쳐져 있다.

그것은 전 무림을 통틀어 전설로만 전해지던 호신강기였다.

선우운철은 머리를 끄덕였다.

"으음, 이런 식으로 금강불괴가 되는 거였군."

그는 남들이 못해낸 큰 성취를 이루었으나 한편으로는 조금 이상스럽기도 했다. 선우운철이 아는 한 호신강기는 무공 수련으로 이루어져야 정상인데 이렇게 술법이랄까, 도를 튼다랄까로 대성에 이르렀으니 고개가 갸우뚱해지는 건 당연지사다.

하나 이는 선우운철이 '불사지공이 만들어진 참된 연유'를 모르는 까닭이다.

하지만 모를 수밖에 없는 것이 불사지공이 적힌 책자를 만든 선인은 그 이유를 책에 안 적어놨던 것이다.

선우운철은 의아했다.

"정녕 이해할 수 없는 일이다. 무공이 아닌 방법으로 호신강기를 생성할 수 있다니. 뭐, 어찌 됐던 목표를 달성했으면 된 거겠지."

더 생각하기를 포기한 그는 자리에서 벌떡 일어섰다.

선우운철은 무림 역사상 최초의 금강불괴가 된 몸으로 동굴 벽을 향해서 돌진했다.

퍼석!

그의 몸은 바위를 뚫고 큰 대(大) 자로 박혀 버렸다.

바위가 돌가루가 되어 무너져 내리면서 그 속에서 앙천대소가 터져 나왔다.

"하하! 으하하하하!"

선우운철은 미친 듯이 웃었다.

마치 못 웃어서 죽은 조상 귀신이라도 붙은 양 그는 마구 웃어댔다.

환희에 가득 찬 웃음소리가 동굴 속에 쩌렁쩌렁 메아리친다.

"으하핫핫핫! 아핫핫핫핫핫핫핫!"

한참 동안을 통쾌하게 웃어대던 그가 격동에 넘쳐 외쳤다.

"이제 나는 천하무적이다!"

＊　　　　＊　　　　＊

밤하늘에는 수많은 별들이 은가루를 뿌린 듯 반짝이고 있다.

구달비는 언덕에 서서 커다란 장원을 내려다보았다.

그는 장원을 가리키며 말했다.

"다 왔어, 흑아야. 저기가 바로 금씨세가야. 세상에서 가장 아름다운 여인이 사는 곳이지."

"진짜 예뻐?"

"아, 글쎄, 그렇다니까. 너도 보면 깜짝 놀랄 거야. 그리고 저 금씨세가는 중원삼대세가 중에 하나야. 아주 굉장한 곳이지. 험험."

구달비는 금씨세가의 명성에 자기가 우쭐해했다.

그러나 그의 긍지를 흑아는 무참히 깨버렸다.

"중원삼대세가? 근데 왜 저렇게 거지 같아 보여?"

"…밤이라서 그런 거야."

구달비는 금씨세가를 두둔했지만 흑아는 낡아빠진 장원에 연신 고개를 갸웃거렸다.

"달비야, 저 집은 낮에 봐도 안 멋있을 거 같아. 아니, 낮에 보면 오히려 더 흉측할 거 같아."

구달비는 의심을 품는 흑아의 말을 잘랐다.

"이제 가보자. 그녀가 날 기다릴 거라구. 흐흐흐."

선물을 들고 온 구달비는 용기백배하여 마치 자기 집 드나들 듯 당당하게 담을 넘었다.

전에 소금을 찾느라 구석구석 뒤진 덕택에 금경은이 거처하는 누각에 손쉽게 당도한 구달비.

그는 조급한 마음으로 단숨에 누각을 기어올랐다.

아름다운 금경은을 만날 생각에 심장이 쿵쾅거리며 뛴다.

구달비는 창문을 열고 빼꼼히 들여다보았다.

저 멀리 침상에 누군가 누워 있는 게 보인다.

구달비는 말라가는 입술에 침을 바른 후 조그맣게 불러보았다.

"금 낭자, 주무시오?"

"천상유혼 공자님?"

침상에 누워 있던 여인은 그간 구달비를 기다렸다고 증명이라도 하듯 발딱 일어나 앉았다.

환대를 받는다고 느낀 구달비는 얼른 창턱을 타 넘어 그녀 옆에 내려섰다.

금경은이 기쁜 얼굴로 구달비를 맞이한다.

"꼭 다시 오실 줄 알았어요."

"약속을 했으니 와야지요. 한데 만년빙심은 가져오지를 못했습니다. 당문의 영약고와 독물고를 다 뒤져 봤지만 그건 없었어요. 하다못해 설산까지 가봤지만 만년빙심은 구하지 못했습니다."

"……!"

금경은의 밝았던 안색이 금방 창백해진다.

그리고 아름다운 입술을 비집고 처연한 탄식이 새어 나왔다.

"하아……."

"정말 미안합니다. 만년빙심도 없다니, 당문이라는 이름도 다 허명

(虛名)이었나 봅니다."

구달비는 당문에 만년빙심이 없었던 게 마치 자신의 죄인 것처럼 느껴져서 몸 둘 바를 몰랐다.

구달비가 사과하자 금경은은 손사래를 쳤다.

"천상유혼 공자님, 괜찮아요. 어차피 크게 기대도 안 했어요."

말은 이렇게 했지만 사실 금경은은 구달비가 만년빙심을 구해오기만을 목이 빠져라 기다렸다. 얼마 전에 오빠인 금종규가 구해온 영약도 역시 소용이 없었던 터라 그녀는 구달비가 가져올 만년빙심에 모든 희망을 걸고 있었던 것이다.

그러나 금경은은 구달비가 너무 미안해하자 실망스런 내심을 숨기고 화제를 돌렸다.

"천상유혼 공자님, 그간 어떻게 지내셨어요?"

"나야 바빴지요. 당문에 들른 후에는 사업을 좀 하느라고요."

허풍을 치는 구달비.

진주가 든 비단 주머니를 터는 등 도둑질하느라 바빴다고는 절대 말할 수 없다.

순진한 금경은은 티끌만큼의 의혹도 없이 구달비의 말을 모조리 믿었다.

"아, 예. 그러셨군요."

"예, 아주 바빴지만 그래도 제 딴엔 최대한 빨리 온 겁니다."

구달비는 말을 하면서 금경은을 오목조목 뜯어보았다.

참으로 아름답다.

달에 산다는 전설의 항아(姮娥)가 인세(人世)에 내려온들, 천궁도(天宮圖) 속의 선녀가 얼굴을 내민들 이 여인에 비할쏘냐. 실로 말로는 다 표현할 미사여구가 없을 만큼 완벽한 미모다.

아무리 보아도 질리지 않고 빠져드는 금경은의 미색에 구달비는 가슴이 진탕되며 호흡이 가빠졌다.

예전에는 너무 추워서 정신이 오락가락했지만 지금은 공력이 높아진 터라 한기가 별로 안 느껴진다. 그래서 구달비는 느긋하게 이 아리따운 여인의 미모를 감상했다.

그러나 흑아는 방 안의 한기를 접하자마자 잠에 곯아떨어져 버렸다.

구달비는 흑아한테 이 아름다운 여인의 모습을 보여주지 못하는 게 한이었다.

그는 주먹으로 흑아의 머리통을 쥐어박으며 금경은에게 말을 걸었다.

"금 낭자는 그동안 어떻게 지내셨습니까?"

금경은은 하루가 일 년처럼 구달비가 오기만을 기다렸다.

하나 그런 사실을 어찌 처녀의 입으로 부끄럽게 고백하랴.

그녀는 침상 옆 서탁 위에 있는 책을 더듬었다.

"저는 그동안 소일거리로 책을 읽었어요."

"호오, 독서를 좋아하시나 보군요?"

구달비는 장님인 그녀가 책을 읽을 수 있다는 점이 이해가 안 갔다.

'손가락으로 더듬나?'

그는 슬그머니 책을 한 권 집어 들어 펼쳐 보았다.

예상한 대로 일반 책이 아니었다.

종이 위에 쓰여진 글자는 일부러 싸구려 먹을 쓴 것인지라 손가락으로 만지면 그 거친 느낌을 통해 글자의 생김새를 알 수 있도록 특별히 만들어진 책이었다.

금경은이 곱게 웃으며 설명한다.

"아버지가 만들어주신 책들이에요. 눈이 안 보이기 전에 천자문은 뗀지라 다행히 전 글자를 알아요."

금경은의 아버지 금천하는 불쌍한 딸이 방 안에 갇혀서 고독하게 지내는 게 안타까워서 이렇게 손수 책을 만들어준 것이다.

구달비는 금경은의 아버지가 얼마나 딸을 아끼는지 이것만으로도 잘 알 수가 있었다.

"참으로 좋은 아버지시군요."

"예, 어머니가 오래전에 돌아가셨지만 그 빈자리를 항상 아버지가 채워주시지요."

"저도 어머니 없이 컸습니다."

"어머나, 저런!"

상냥한 금경은은 구달비가 어미 없이 컸다고 하자 무척 마음 아파했다.

더불어 그녀는 구달비한테서 동병상련을 느꼈다.

구달비는 금경은과 이런 저런 대화를 나누었다.

그렇지만 그의 정신은 다른 데에 가 있었다. 그는 목걸이를 줄 기회만을 노리고 있었던 것이다.

하나 분위기가 좀 무르익으면 주려고 했건만 막상 건네려니 심장이 벌렁거리면서 꽤 많은 용기를 필요로 했다.

평소의 그 두텁던 낯짝은 어디로 달아났는지 구달비는 계속 주저주저했다.

'선물을 거절당하면 어떻게 하나' 등 별의별 생각이 다 들며 '더 좋은 것을 사 왔어야 하는데' 라는 후회도 든다.

'에라이! 장부가 칼을 뺐으면 무라도 찔러봐야지!'

마침내 구달비는 문득 생각난 투로 말했다.

"참, 만년빙심에 비할 수는 없겠지만 이것은 제 마음입니다."

구달비는 고이 간직했던 벽옥 목걸이를 꺼냈다.

주책맞게 손이 덜덜 떨린다.

그는 금경은이 장님이라 자신의 손 떨리는 것을 못 보는 게 다행이라 여기며 목걸이에 대한 설명을 했다.

"금 낭자, 이건 목걸이입니다. 벽옥으로 만든 건데 좀 비싼 물건입니다."

'비싼 거' 라고 촌스럽게 생색내는 구달비에게 금경은은 비록 안 보이는 눈이긴 하나 영롱한 눈망울을 크게 떴다.

"예? 그렇게 귀한 걸 제가 받아도 되나요?"

"물론입니다. 이건 제 어머니가 유품으로 남겨주신 목걸이인데 마음에 드는 처녀가 나타나면 주라고 하셨습니다."

구달비는 음흉스럽게 뻥을 쳤다.

기대했던 대로 금경은이 감격에 겨워한다.

그녀의 가슴은 콩닥거렸다.

'어머니의 유품인 목걸이? 그럼 이건 정표?'

뺨이 발갛게 상기된 그녀는 눈물까지 글썽이며 어쩔 줄을 몰라 했다.

남자한테서 선물을 처음으로 받아보는 금경은은 진심으로 고마워했다.

"정말 감사해요. 소중히 간직할게요……."

"내가 걸어드릴까요?"

"…예."

수줍어하는 금경은.

구달비는 그녀의 뒤로 가서 목걸이를 걸어주었다.

삼단 같은 긴 머리가 위로 올려지며 드러난 가녀린 목덜미가 건강한 청년을 흥분시킨다.

구달비는 마른침을 꿀꺽 삼켰다.

늑대는 그 뽀얀 목에 입을 맞추고 싶은 충동을 꾹꾹 눌렀다.

'으으, 미치겠다!'

손가락으로 목에 걸린 목걸이를 만져 보던 금경은이 감동에 젖어 속삭인다.

"천상유혼 공자님, 다시 만날 때까지 이 목걸이를 절대로 목에서 풀지 않겠어요."

구달비는 마냥 흐뭇했다.

흑아의 목에 '얘는 내 애완동물' 이라는 상징의 목걸이를 걸어준 것처럼 금경은의 목에 마치 '너는 내 것이다' 라는 족쇄를 채워놓은 것만 같았기 때문이다.

그런데 두 남녀가 이렇게 애정을 꽃피우는 동안 밖에서는 큰일이 벌어지고 있었다.

누각 밑에서 금경은의 아버지 금천하는 석상(石像)이 되어 있었다. 활짝 열려진 딸의 방 창문은 그에게 큰 충격을 주었던 것이다.

순간 뇌리에 스치는 생각.

'놈이다!'

밤마다 딸의 방 밑에서 불침번을 서던 그는 소피를 보느라 잠시 자리를 떴었다.

한데 고 잠깐 사이에 일이 벌어졌다.

금천하는 안광을 불처럼 내뿜으며 전신 공력을 모조리 끌어올렸다.

〈제2권 끝〉